JN075882

書下ろし

怒濤の砂漠

傭兵代理店・改

渡辺裕之

祥伝社文庫

目次

プロローグ 7
作戦指令書 12
カブールの砂嵐 57
救援チーム 104
包囲網 141
砂漠の脱出 183

紛争地の捜査 211
マザー・リシャリーフ 250
灰色狼(おおかみ) 284
トルクメニスタンの砂漠 321
荒野の前哨(ぜんしょう)基地 358
エピローグ 416

『怒濤の砂漠』関連地図
ジョージア
黒海
カスピ海
トルコ
インジルリク
空軍基地
トルクメニスタン
シリア
地中海
イラク
イラン
アフガニスタン
サウジアラビア
カラクム砂漠
マザー・リシャリーフ
C-17墜落地点
トルクメニスタン
キャンプ・マーマル
アシガバート
マリ
クンドゥズ
アンドフボイ
ホルム
バグラム
空軍基地
シェベルガーン
カブール
アフガニスタン
カンダハール
空軍基地
アフガニスタン・トルクメニスタン

各国の傭兵たちを陰でサポートする。
それが「傭兵代理店」である。
日本では防衛省情報本部の特務機関が密かに運営している。
そこに所属する、弱者の代弁者となり、
自分の信じる正義のために動く部隊こそが、“リベンジャーズ”である。

【リベンジャーズ】

藤堂浩志 ……………… 「復讐者(リベンジャー)」。元刑事の傭兵。
浅岡辰也 ……………… 「爆弾グマ」。浩志にサブリーダーを任されている。
加藤豪二 ……………… 「トレーサーマン」。追跡を得意とする。
田中俊信 ……………… 「ヘリボーイ」。乗り物ならば何でも乗りこなす。
宮坂大伍 ……………… 「針の穴」。針の穴を通すかのような正確な射撃能力を持つ。
瀬川里見 ……………… 「コマンド1」。元代理店コマンドスタッフ。元空挺団所属。
村瀬政人 ……………… 「ハリケーン」。元特別警備隊隊員。
鮫沼雅雄 ……………… 「サメ雄」。元特別警備隊隊員。
ヘンリー・ワット …… 「ピッカリ」。元米陸軍デルタフォース上級士官(中佐)。
マリアノ・ウイリアムス … 「ヤンキース」。ワットの元部下。黒人。医師免許を持つ。

明石柊真 ……………… 「バルムンク」。フランス外人部隊の精鋭“GCP”出身。
セルジオ・コルデオ …… 「ブレット」。元フランス外人部隊隊員。狙撃と語学が得意。
フェルナンド・ベラルタ … 「ジガンテ」。元フランス外人部隊隊員。狙撃の名手。
マット・マギー ……… 「ヘリオス」。元フランス外人部隊隊員。航空機オタク。

土屋友恵 ……………… 「モッキンバード」。傭兵代理店の凄腕プログラマー。
森　美香 ……………… 元内閣情報調査室情報員。藤堂の妻。
片倉誠治 ……………… CIA職員で、森美香と片倉啓吾の父。

影山夏樹 ……………… フリーの諜報員。元公安調査庁特別調査官。

プロローグ

二〇一九年六月九日午前十一時二十分、ケンタッキー州レキシントン。

小雨（こさめ）降る空を見上げていたライアン・アンブリットは焼け焦げた建物に視線を移し、溜息（ためいき）を吐（つ）いた。

持ち主は伯父（おじ）のクレイグ・アンブリットで、昨年の十二月九日に地下室のガス漏（も）れによる爆発事故で死亡したと地方紙の片隅（かたすみ）に掲載された。それ以上の情報を、ライアンは知らない。葬儀はケンタッキー州ルイビルにあるケーブ・ヒル国立墓地で米軍により盛大に行われ、ライアンも遺族の代表として出席している。というのも、クレイグは七年前に引退したが統合参謀本部の副議長にまで上（のぼ）り詰めたエリート軍人だったからだ。

焼け跡は一週間前まで地元警察ではなく陸軍の憲兵隊により封鎖されており、地元警察の現場検証も許されなかった。私物でも軍事機密に触れる恐れがあるという理由である。

クレイグは妻と十八年前に死別しており、家族は一人娘のシャーロットだけであった。数年前から彼女はアフリカの奥地で医療活動に従事していたのだが、八ヶ月前から消息を絶っていた。何の連絡もないため、軍は焼け跡の封鎖を続けていたのだ。

陸軍がアフリカに人を送って調査したところ、七ヶ月前にエボラ出血熱で死亡していたことが確認された。それが、二週間前のことで、クレイグの実の弟のゲイリーが相続人となった。

ゲイリーは軍人ではなかったが三人の息子に恵まれ、長男のライアンは伯父に憧(あこが)れてウエストポイント陸軍士官学校を卒業し、第七歩兵師団の大尉になっている。そのため、ゲイリーは長男に兄が残した農場と瓦礫(がれき)と化した家の処分を頼んだのだ。

「本降りになる前にはじめるか」

ライアンは独り言を呟(つぶや)いた。見晴らしがいい農場に人の姿はなく、焼け跡を調べたらすぐ業者に頼んで重機で更地(さらち)にしてもらうつもりである。確認と言っても、クレイグの思い出になる品が見つかればという程度であった。

父親のゲイリーも遺産として農場を手に入れたところで、ケンタッキー州の田舎(いなか)で農業を営むつもりもなく、持て余している。金に困っているわけでもないので、正直言って迷惑なだけであった。

ライアンは高級将校であるクレイグを尊敬していた。なぜなら、黒人にとって軍隊でも上層部に行くには並々ならぬ努力が必要であることを知っているからだ。

爆風でドアが無くなった玄関から入った。平家で建坪は八十坪ほど、かつて統合参謀本部のナンバー2だった軍人の家としては質素であるが、独り住まいと考えれば充分な広さだったのだろう。

足を踏み入れたリビングには天井がなく、空が見える。まるで竜巻にでもあったかのような惨状である。それにリビングの床も三分の一ほど無くなっていた。地下室でガス漏れがあり、何かの火が引火して爆発したそうだ。伯父は地下室にいたらしく遺体は飛び散った肉片と焼け残った骨だけだったらしい。

憲兵隊の事故調査員の話では、クレイグが地下室に下りて照明を付けた際、火花が出た可能性があるらしい。おそらく、ガス漏れに気が付いて調べに行ったのが、仇になったのだろう。

地下室にはガソリンがストックされていたらしく、まさに火に油を注ぐ結果になったようだ。玄関がある北側と西側の壁が焼け残ったのは、むしろ奇跡と言えた。残った壁に額に飾られた写真でもあればと思ってリビングだった場所を見回したが、何もない。

中程まで進むと、地下室に通じる出入口があった。むろんドアは吹き飛んでいる。しかも階段は木製だったらしく、燃え落ちており、一・八メートルほど下まで下りるには飛び降りるより、方法はなさそうだ。

ポケットからLEDライトを出して、しばらく地下室の様子を窺った。

「下も調べるか」

舌打ちをしたライアンは、出入口の端から飛び降りる。足元の床から泥が跳ね、思わず複雑な表情になった。泥の微粒子の中に、伯父の遺灰も混じっている可能性があるからだ。

ライトで四方を照らした。二十平米ほどの広さだろうか、地下室としては広い方だろう。

足元に雨に濡れた瓦礫が、慰み程度にあるだけである。事故現場を調査した憲兵隊が、クレイグの死体を見つけるために瓦礫を片付けたと聞いているが、あらかた撤去したようだ。

「うん？」

ライアンは四方の壁をライトで照らして首を捻った。階段があった場所の裏側の壁は、木製の板で出来ているが、その他の三面はコンクリートの打ちっぱなしなのだ。

板壁の前には棚が置かれていたらしく、くっきりと焼け跡が残っていた。

ライアンは板壁を叩いてみた。かなり厚い板で出来ているが、音が軽い。コンクリートの壁をデザイン的に覆っていたわけではなさそうだ。

「まさか？」

足元に落ちていたコンクリートブロックを拾い、渾身の力で叩いた。ミシリと音を立てて、板塀が歪んだ。続けて同じ場所にブロックを何度も打ち付けると、板塀は破れて穴が開いた。

　ライアンはライトで穴の中に光を当てた。

「何てことだ」

　ライアンは絶句した。穴の向こうに十平米ほどの小部屋があり、武器が壁一面に掛けられ、その奥に金庫があったのだ。

作戦指令書

１

六月十二日、午前四時十分、神奈川県元箱根（もとはこね）。

タンザナイトブルーのベンツＧ３２０ゲレンデが国道１号線を抜けて芦ノ湖（あしのこ）湖畔に通じる小道を進み、その先にある駐車場に停まった。

藤堂浩志（とうどうこうじ）はゲレンデのエンジンを切り、辺りを夜明け前の闇に戻した。駐車場には他にも一台の四駆が停めてあるが、人の気配はない。

車を降りると両手を上げて強張（こわば）った背筋を伸ばし、冷えた空気を吸い込んだ。

「うまい」

都会とは明らかに違う、空気の瑞々（みずみず）しさに思わず感嘆の声を漏（も）らした。

ニューヨークから帰国して、三日目になる。今回は寄り道せず、空港から妻の森美香（もりみか）が待つ渋谷の自宅に帰っている。家を出る時は二十一度ほどだったが、湖畔の気温は七、八度低いだろう。ジーンズに長袖のトレーナーというのでは、さすがに寒気を感じる。助手席に置いてあったゴアテックスのウィンドブレーカーを着込み、着替えなどを入れた小型のショルダーバッグを手にすると運転席のドアを閉めた。

二十メートルほど先にあるプレハブの小屋の明かりが灯った。ゲレンデのエンジン音に呼応したようだ。小屋は釣り船の看板が掛かっている。

浩志が小屋に向かって歩きだすと、中から背の高い男が現れて右手を軽く振った。

「おはようございます。すみません、わざわざ」

男は左目がシルバーグレーの異相で外見はごついが、丁寧に頭を下げた。朝倉俊暉、警視庁と防衛省中央警務隊の混合捜査チーム〝特別強行捜査局〟のリーダーである。十数年前の事故で頭部を負傷し、左右の目の色が違うオッドアイ（虹彩異色症）と呼ばれる後遺症が残ったそうだ。

彼は二年前の殺人事件の調査でアフガニスタンに行くことになり、現地でガイド兼護衛として浩志の傭兵仲間だった寺脇京介を雇った。それがきっかけで知り合いになったのだが、男気があり、正義感の強い好人物なので、今では酒を酌み交わす仲になっている。

残念なことに京介はその後、クロノスという国際犯罪組織のヒットマンであるマニュエル・ギャラガーに殺害された。朝倉は忙しい身にもかかわらず、海外で過ごすことが多い浩志や仲間に代わって京介の墓に線香を手向(たむ)け、掃除までしてくれる。浩志も日本に帰ってきたのは今年に入ってはじめてのことなので、会うのは久しぶりだ。

「たまに郊外に出るのもいいものだ」

浩志は自嘲気味に笑った。紛争地なら職業柄地球の裏側でも気軽に足を延ばすが、日本に帰ると出不精(でぶしょう)になる。銃弾が飛び交うこともなく、地雷もない平和な国では、かえって出歩くのが億劫(おっくう)になるのだ。逆に郊外に行く用事を作ってくれたことに感謝している。

「もうすぐ日の出です。行きますか」

バックパックを背負った朝倉は、クーラーボックスと釣竿(つりざお)を手に提(さ)げて桟橋(さんばし)に向かう。

帰国した翌日は、仲間との打ち合わせなどに忙しかった。明後日(あさって)にはタイ国軍の特殊部隊と戦術教官として契約している関係で、チェンマイに行く予定になっている。だが、今日明日と予定は入っていない。朝倉に連絡をとったところ、道具は貸すので釣りに行かないかと誘われたのだ。

前回の任務で、京介の仇(かたき)であるギャラガーを葬(ほうむ)ったことは彼にはメールで知らせてある。だが、詳しい内容はもともと会って話すつもりだった。

七年も前の話だが、美香と二人でアンダマン海の孤島で逃亡生活を送ったことがあり、毎日のようにボートで海に出て漁をしていたので、釣りにはそこそこの自信がある。

浩志は朝倉に従ってプレハブ小屋の脇を抜け、岸辺から桟橋へと進む。湖畔はまだ暗いが、東の空が明るくなってきた。

「レンタルボートは、午前五時からじゃないのか？」

プレハブ小屋は、レンタルボートの管理人用らしく、看板には料金表と五時から十七時までと貸し出し時間が掲示されてあった。それに入漁料を払わなければならないはずだが、小屋には管理人の姿もなかったのだ。

「昨日の夕方に来たんですよ。ここの釣り船屋さんとは昵懇で、前日に一艘借りて、入漁料も前払いしてあります。その代わり、他の釣り客に見られないようにしてくれと言われましたがね」

朝倉は振り返って笑った。

浩志は首を捻った。

「前泊したのか。忙しいんだろう？　それに新婚じゃなかったのか？」

「新婚ですが、家内は俺が鉄砲玉ということを認めているんですよ。忙しいかって言うと、複雑ですね。局自体は忙しいんですが、俺が現場で動くと、職員の仕事を奪うってうるさくて。普段はもっぱら報告書の承認作業に明け暮れています。週中に休みを取るのは、局長の特権ですよ」

朝倉はぼやきながら船外機付きレンタルボートの船尾に乗った。現場主義の男だけに、かなりストレスを溜めているようだ。

「どこの組織も上に行くほどそうらしいな」

苦笑した浩志もボートに乗り込み、桟橋の杭に結ばれている係留ロープを解いた。

朝倉は桟橋から離れると、カヌーのようにオールを使って音も立てずに漕ぎ出した。まるで戦地で極秘作戦に出るようだ。これなら、他の釣り客の目を逃れて湖に出られる。彼の人間性だけでなく、元自衛官としての気質が傭兵である浩志と反りが合うようだ。

本人は守秘義務があるため黙っているが、この男が陸自最強の特殊部隊である特殊作戦群に所属していたことは知っている。アフガニスタンで京介と一緒にタリバンに拉致された際に、傭兵代理店のスタッフである天才的ハッカーの土屋友恵が防衛省のサーバーをハッキングして調べあげたのだ。

「もういいかな」

岸から四百メートルほど離れると、朝倉は船外機のスターターグリップを勢いよく引いて、エンジンを始動させた。

二キロほど低速で進むと、朝倉はエンジンを停めた。

今日の日の出は四時二十六分で、すでに二十五分になっている。だが、曇り空のせいか、湖面の闇はまだ解けていない。この手の釣りは、夜明けとともに始まるのだが、これではルアーがどこに落ちたかも分からない。

「湖面が見えるようになるのにあと二十分ほど掛かるでしょう。それまで体を温めませんか？」

　そう言うと、朝倉はクーラーボックスからステンレスのショットグラスとジャックダニエルのボトルを出した。

「いつもなら、コーヒーを入れますが、さすがにボートの上で火は熾せませんから」

　朝倉はクーラーボックスの上に二つのステンレスグラスを載せると、ジャックダニエルを注いだ。

「いいね」

　浩志は向きを変えて朝倉と対面になるように座り、なみなみとウィスキーが注がれたステンレスグラスを受け取った。

「京介の仇について聞くのなら、この場所がふさわしいと思ったんですよ」

　朝倉もグラスを取って目の高さに掲げた。

「ふさわしい場所？」

　首を傾げた浩志もグラスを掲げると、ジャックダニエルを口にした。

「俺と京介がタリバンのアジトを抜け出し、カンダハールの砂漠を彷徨った時のことです。食料も水もなくなり、お互い励ましあいました。もっとも、あいつは食い物の話ばかりで、余計腹が減るから止めろって、怒鳴りましたけどね。その時、助かったら一緒に芦ノ湖で釣りをしようと俺は誘ったんです。大物が釣れる場所は他にもいくらでもあるんですが、富士山が見えるこの場所が俺は好きなんですよ」

朝倉は遠い目で語ると、ショットグラスのウィスキーを呷った。彼は本当に京介とこの場所でのんびりと釣りをしたかったのだろう。京介は乱暴で、どこか間抜けな男だったが、その分他人から愛されるキャラクターだったのだ。

「あいつらしいな」

浩志は空のグラスをクーラーボックスに載せて笑った。

「それで、ギャラガーの死に様はどうでしたか？」

朝倉は浩志のグラスと自分のグラスにジャックダニエルを注ぐと、尋ねてきた。

「あいつを見つけたのは、エクアドルの仮設実験棟だった」

浩志はグラス片手に前回の任務を話した。機密事項もあるが、朝倉なら話しても大丈夫である。

「なんと、ギャラガーは新型エボラウィルスに感染し、その培養地に使われていたのですか。まるで、実験用のマウスですね」

朝倉は両眼を見開き、首を左右に振った。

「もはや生きた屍だった。必要な情報を引き出し、柊真にとどめを刺させた」

ギャラガーの死に様を思い出した浩志は、口にしたジャックダニエルがなぜか苦く感じられた。

「眉間に銃弾をぶち込むよりむしろ残酷だが、ある意味、それがあの男にふさわしい死だった気がします。ギャラガーの死に様を聞けばすっきりするかと思いましたが、後味は悪いものですね」

朝倉はしんみりと言った。

「エクアドルで京介の仇を取ったものの、俺たちは作戦を続行した。ギャラガーから取り出した新型エボラウィルスの株を持ち出したやつをニューヨークまで追ったのだ。だが、その正体はクロノスじゃなく、中央統一戦線工作部だった」

「ほっ、本当ですか！」

眉を吊り上げた朝倉は、仰け反った。

「結果的に俺たちは新型エボラウィルスの移送を阻止できた。だが、一方でカナダの国立微生物研究所からコロナウィルスとニパウィルスが盗み出され、武漢の中国科学院武漢病毒研究所に送られたようだ」

「中国は、生物兵器を保有して世界中を敵に回すつもりですか？」

「米国も同じようなものだが、中国は他国を侵略して領土を拡大するという十九世紀の列強と同じ野心を未だに持っているから危険だ。もっとも、ウィルスを使うことは、自殺行為だ。いくら、攻撃的な中国でも使うことはないだろう。だが、世界は俺たちが思っているよりも危機的な状況にあることは確かなようだ」

浩志は険しい表情で言うと、ショットグラスのウィスキーを喉に放り込んだ。

「私の仕事に直接関係するかは分かりませんが、中国を警戒した方がよさそうですね」

朝倉も眉間に皺を寄せて頷いた。

2

午後八時、浩志は渋谷松濤の住宅街の路地を歩いていた。ゲレンデを駐車場に停めてきたのだ。

自宅があるビルは、東急文化村のすぐ近くにある。もともとそのビルの地下に美香の経営するスナック〝ミスティック〟があったのだが、数年前に彼女はビルの五階を買い取って自宅に改装した。浩志は芝浦にある倉庫の地下に住んでいたのだが、それを機に引越ししたのだ。

渋谷は都心で何かと便利なのだが、駐車場不足が玉に瑕である。自宅周辺には猫の額ほどの時間貸し駐車場しかないため、二百メートルほど離れた月極駐車場を借りているのだ。海外で暮らすことが多いが、今後日本で暮らす比率が増えれば、引越しも視野に入れるべきだろう。

夜明け前に自宅を出て、芦ノ湖で朝倉と釣りを楽しんだ。彼はかなりの釣り師で、六十センチ超えのブラックバスを三匹、浩志も五十センチほどのブラックバスとなぜか鯉(こい)を一匹釣った。いずれもリリースし、午後四時には湖を後にしている。だが、釣りをしながらウィスキーをかなり飲んだので、近くにある旅館で温泉に浸(つ)かって酔い醒(ざ)ましをしたために帰宅が遅くなってしまったのだ。

別に急ぐわけでもなかったのだが、帰りの東名で美香からなるべく早く戻るように連絡をもらっている。しかも、ミスティックに寄って欲しいと言うのだ。

この何年かは店を他人に任せているが、たまにカウンターに立つこともあるらしい。そもそも彼女は開店当初からスナックのママというのは隠れ蓑(みの)で、本業は内閣情報調査室、いわゆる内調の特別調査官だった。

内調は内閣の重要政策に関する情報の収集分析が主要業務で、他国の情報機関のような諜報(ちょうほう)員が活動する組織ではない。だが、そんな中でも美香は非公開の特別調査室のメンバーだった。今は、二年ほど前に発足した国家情報調査局にリクルートされて、世界中を飛び回っている。そのため、店に出ることもほとんどないのだ。

交差点角にある雑居ビルの階段を下りる。

「うん?」

浩志は首を傾げた。階段下にある〝ミスティック〟と刻まれた金属プレートが貼られたドアに「本日貸切」という札が掛けてあるのだ。浩志と二人で飲むというのなら、自宅で飲めばいいだけの話である。他に客がいるということなのだろう。

首を捻りながらもドアを開けた。店内はジャズのＢＧＭが流れているが、客はカウンター席に座るスーツ姿の男だけらしい。

ドアの開く音に反応し、男が振り返った。

「えっ！」

浩志は思わず両眼を見開いて立ち止まった。

「おかえりなさい」

厨房から出てきた美香が、苦笑を漏らしている。それもそのはずで、カウンターの男は美香の実の父親である片倉誠治だからだ。彼女は母親の死をきっかけに、行方を晦ませていた父親とは長年不仲だった。

若い頃の誠治はＣＩＡの諜報員として海外で働いており、ある事件がきっかけで命を狙われるようになったため、家族の安全を優先するべく身を潜めたそうだ。

現在はＣＩＡの高官でクロノス対策本部長も兼ねている。そのため、浩志とは仕事上で会うこともしばしばあった。だが、美香に気を遣って、浩志は誠治と会っていることを彼女に話したことはない。それだけに驚いているのだ。

しかも、今月の八日に彼とはニューヨークで会ったばかりなのだ。

人民解放軍の情報機関である中央軍事委員会連合参謀部の幹部である梁羽の呼びかけ

で、浩志、誠治、傭兵仲間である明石柊真、それに公安調査庁の元特別調査官でフリーの諜報員である影山夏樹がニューヨークに集められた。

　その席で梁羽から中国の機密情報を得ている。彼は中国を愛するゆえに、一帯一路という名の下で世界制覇を目指す中国政府の野望を食い止めるべく活動していた。梁羽の理想はいつの日か共産党が崩壊し、中国が真の民主国家になることらしい。ある意味、彼の行動はレジスタンスとも言えた。

「百戦錬磨の君でも驚くことがあるのか。私も、こうして彼女に会うのは久しぶりなのだ。とりあえずは、飲まないか」

　誠治は左隣りのカウンターチェアーの背を叩いてみせた。

「ああ」

　浩志は言われるがままに椅子に座り、ショルダーバッグを足元に置くと美香に肩を竦めてみせた。

「兄がこの店で父と待ち合わせをしたの。私の店だとは言わずにね。私も父が来るとは知らなかったわ」

　美香も肩を竦めて笑った。

「啓吾が？　なるほど」

　浩志は小さく笑うと、トイレにでも行っているのかと店の奥を覗いた。彼は元外務省の情報分析官であったが、数年前に内調に出向している。現在は中近東専門の特別分析官になり、政府に近い場所で仕事をしていた。

「相変わらず忙しい男だよ。一時間前に帰っている」

誠治は浩志の視線を察し、グラスのウィスキーを飲みながら言った。

「何か食べる?」

美香がワインのグラスを片手に聞いてきた。

「焼きうどん」

浩志は簡単に答えた。彼女の料理の腕前は知っているが、店には限られた食材しかないために贅沢(ぜいたく)は言えない。それに、彼女の作る焼きうどんは絶品なのだ。

「焼きうどん! それはいい。米国ではまだ食せないメニューだな。私の分も頼む」

誠治が笑顔で言った。この男の笑顔を初めて見た気がする。いつも、眉間に皺を寄せているイメージがあったが、娘の前では表情も緩むらしい。

「それじゃ、先にビールを出すわね」

美香は大ジョッキに生ビールを満たして浩志の前に出すと、厨房の暖簾(のれん)を潜(くぐ)って奥に消えた。浩志が何を飲みたいのか、彼女はいつでも把握している。だからオーダーの必要はない。気温は二十二度ほどだが、湿度が高いため蒸し暑く感じる。歩いているうちに喉が渇き、ビールが無性(むしょう)に飲みたかったのだ。

「娘の顔を見にきただけじゃないんだろう?」

浩志は尋ねると、ジョッキのビールを喉に流し込んだ。

「まあな。娘夫婦の顔を見に来るような親じゃないからな。孫でもいれば別だが」

誠治はグラスのウィスキーを飲み、息を漏らすように笑った。

「それは、啓吾に期待してくれ。それよりも、よく彼女が受け入れてくれたな」

浩志は鼻先で笑った。

「私が彼女のことを陰で支えてきたことを啓吾が、話したらしい。それに、亡くなった妻の墓参りも私は欠かしたことがない。それも話したようだ。もっとも、今日突然仲直りできたわけではない。この一、二年の間で、メールのやりとりはしていた。君と結婚してから彼女も角が取れたらしい。だが、心を通わせることは難しいものだ」

誠治は厨房を見ながら言った。

「それで?」

浩志は催促した。できれば、野暮用は美香が厨房にいる間に済ませたいのだ。

「せっかちな男だ」

誠治はジャケットの内ポケットから封筒を出すと、カウンターに載せた。

浩志は無言で封筒を手にすると、中から折り畳まれた数枚の書類を出した。

「こっ、これは!」

書類を開いた浩志は、声を上げた。左上にトップシークレットと書かれ、タイトルは〝クロノス８４３７指令書〟と記載されている。まぎれもない米陸軍の軍事作戦の指令書なのだ。

「三日前にクレイグ・アンブリットの家の後片付けをしていた甥が見つけたのだ。彼も軍人で助かった。すぐに参謀本部を介して私に届けられたのだ。原本はＣＩＡの資料室の金庫に保管されている。コピーだが、扱いには気をつけてくれ。それから、封筒の中に関係する資料も入っている」

クレイグ・アンブリットは、クロノス８４３７作戦の指令を出した最高指揮官だったが、クロノスのヒットマンに殺害されたのだ。

「仲間に見せても構わないか？」

浩志は書類を見ながら尋ねた。

「そのつもりで渡した。ただし、ブリーフィングを終えたら焼却してくれ」

誠治は前を向いたまま答えた。

「ブリーフィング？」

「リベンジャーズには、アフガンに行ってもらうつもりだ」

「俺たちはＣＩＡの下請けになった覚えはないぞ」

浩志は鼻先で笑った。十数年前、浩志の信じる正義の下に結成された傭兵特殊部隊リベンジャーズは、未だに健在である。これまでも、ＣＩＡの作戦行動に参加したことはあるが、無条件で仕事を引き受けるつもりはない。

「まあ、そう言うな。『毒を食らわば皿まで』というじゃないか。クロノスに関しては、どこまでも付き合ってくれ。詳しくは指令書に添えてある文章を読んでくれ。任務の要請はアナログに限る。私が先祖の墓参りを理由に日本に来たのも、メールや電話は盗聴の恐れがあるからだ。君とも直接会って仕事を依頼したかった。君が承諾したら、日本の傭兵代理店を通じて正式にオファーする」

「毒を食らうのは、俺たちだけか？」

ニューヨークで梁羽が主宰したブリーフィングに参加したのは、浩志と誠治と夏樹、それに柊真の四人である。アフガニスタンということであれば、柊真のチームの方が早く集まれる。

「明石柊真のチームにも声は掛けている。彼には、君も知っている人物に連絡を頼んだ。相手がクロノスだけに直接声を掛けなければ、情報漏洩が心配だからな。今度の任務は人手がいるはずだ。彼らにも手伝って欲しいと思っている。問題でもあるか？」

「柊真のチームなら問題ない」

前回の作戦でも一緒に行動し、彼らの実力は分かっている。

「ところで、例の鍵は貸金庫にでも入れたのか？」

誠治は唐突に尋ねてきた。彼の部下でクロノスに潜入していたリンジー・ムーアが、組織から奪い取った鍵のことだろう。彼女は殺害されたが、浩志が鍵を預かっている。

「これのことか？」

浩志は首に掛けている鎖を引っ張って誠治に見せた。ネックレスのようにいつも身につけている。

「なるほど、君がいつも持っていれば、安全だ。調べたところ、旧ソ連で使われていた暗号解読機に差し込む鍵に似ていることが分かった」

「暗号解読機？」

「スタンドアローンの暗号解読専用のコンピュータがソ連では使われており、敵にアジトや秘密基地が知られた際にそのキーを差し込むことで物理的に破壊できたらしい。特殊なキーで、他にも使い道はあったのかもしれない」

「確かな情報じゃないのか？」

浩志は首を捻った。いつになく自信なさげに聞こえるからだ。

「旧ソ連の情報員の供述書を見つけたんだが、古い資料で確認もされていない。暗号解読機はソ連が崩壊する際に、西側に漏れないように情報部がすべて破壊したらしく、現物も設計図も残っていない。もっとも、ＩＴが発達した現代では、そんな物を使わなくても暗号は作成できるし、解読もできる。過去の遺物など、誰も気にしないのだ」

誠治は声を潜めた。美香の調理が終わったらしく、厨房が静かになったからだ。浩志も書類を封筒に戻し、ショルダーバッグに入れた。

「お待たせ」

厨房から出てきた美香は、焼きうどんが盛られた皿を浩志と誠治に同時に出した。たっぷり掛けられた鰹節が、香り立つ湯気で踊っている。

「これは美味そうだ」

誠治は両手を擦り合わせて笑顔を浮かべた。

「いただきます」

浩志は誠治を気にせず箸を取った。

3

翌日の午前八時五十分、浩志は防衛省の北門近くにある市谷〝パーチェ加賀町〟というマンションのエントランスに立った。

一般のマンションと同じく、内側のガラスドアは電子ロックが掛かっている。ドアの横にビデオカメラ付きのセキュリティボックスがあり、テンキーの暗証番号を入れるか、非接触キーをかざすかで解錠できる。

だが、浩志はセキュリティボックスの前に顔を近付けた。ボックスのＬＥＤライトが赤から緑に変わり、ドアが開く。セキュリティボックスに内蔵されているビデオカメラで顔認証と網膜認証が同時に行われたのだ。

浩志は自動ドアを抜けてエレベーターに乗った。

――おはようございます。みなさん、お揃いです。

ドアが閉まると同時にエレベーターは勝手に動き出し、操作パネルのスピーカーから傭兵代理店社長である池谷悟郎の声が響いた。

「早いな」

浩志は腕時計を見て笑った。九時に傭兵代理店でブリーフィングをすると、リベンジャーズの仲間に連絡を入れておいたのだ。

エレベーターは地下一階の駐車場を過ぎて、行き先ボタンもない地下二階で停止した。ドアが開くと廊下になっている。昨年来た時は、エレベーターホールがやたら広いために目の前はパーテーションが置かれていたが、壁を作ったらしい。

エレベーターホールはビリヤード台やバーカウンターも置かれ、スタッフの休憩場というより娯楽室のようになっていたはずだ。ただ、池谷の趣味でシャンデリアやジュークボックスなど、二十世紀初頭の米国のバーをイメージして作られていたため、スタッフからは古臭いと不評だった。

左手のドアが開き、初老の男が馬のように長い顔を出す。

「いらっしゃいませ」

池谷がドアを閉まらないように押さえながら慇懃に挨拶をした。この男との付き合いも十年以上になる。見てくれは老け込んだが、眼鏡の奥の視線は相変わらず鋭い。

「おはよう」

浩志は軽く頷き、池谷の脇を抜けて部屋に入った。前回訪れた時と様変わりし、ビリヤード台やバーカウンターもなくなっており、天井からぶら下がっていた趣味の悪いシャンデリアもない。四十平米ほどの広さの飾りっ気のない空間は、野戦テントのブリーフィングルームを彷彿させる簡素な造りで、左手の壁際にプロジェクター用のスクリーンとホワイトボードが置かれ、その前に折り畳み椅子が並んでいる。

「おはようございます」

折り畳み椅子に座っていた傭兵仲間が、一斉に挨拶をしてきた。

爆弾の専門家である〝爆弾グマ〟こと浅岡辰也、狙撃のプロフェッショナル〝針の穴〟こと宮坂大伍、オペレーターのプロフェッショナル〝ヘリボーイ〟こと田中俊信、追跡潜入のプロフェッショナル〝トレーサーマン〟こと加藤豪二、陸自空挺団出身の瀬川里見、それに海上自衛隊の特殊部隊である特別警備隊の元隊員だった村瀬政人と鮫沼雅雄の七人である。日本にいる仲間全員が集まっていた。

米軍最強の特殊部隊であるデルタフォースの隊員だったヘンリー・ワットとマリアノ・ウイリアムスらは、米国在住のためここにはいない。彼らとはいつも任務地で合流することになっている。

「ずいぶんとシンプルになったな」

仲間に右手を上げて挨拶をした浩志は、部屋を見回して笑った。エレベーターホールだった場所は、完全に部屋になっている。入口と反対側の奥にあるドアは、スタッフルームに通じているのだろう。

「前回の任務でウィルス兵器の恐ろしさをいやというほど思い知らされましたので、改装しました。生物兵器で攻撃された場合に備え、エレベーターはクリーンルームにし、各部屋には新たに換気装置を取り付けましたので外気が汚染されても安全です。食料の備蓄もしてありますので、一ヶ月は外出することなく籠城できます」

池谷は得意げに説明した。

「籠城ねえ」

苦笑した浩志はポケットから封筒を取り出すと中の書類を出し、専用の磁石でホワイトボードに並べて貼り出した。昨夜、誠治から渡された作戦指令書と三枚の計画書である。添付されていたテキストは、誠治からの作戦指令書のようなものなので読んだ後に破棄している。

「ちょっと、お待ちください」

池谷がホワイトボードの側面にあるスイッチを押した。すると、天井のプロジェクターからホワイトボードに貼り出された四枚の書類が、スクリーンに映し出された。新し物好きの池谷らしい小道具である。

「クロノスの指令書じゃないですか！」

スクリーンの映像を見た辰也が、声を上げた。

「そういうことだ。四日前にクレイグ・アンブリットの自宅地下室から見つかったそうだ。とりあえず、十年前のクロノス８４３７の作戦内容が分かった。ワットが作戦名に付けられている四桁の数字は、暗殺対象者だと言っていたが、当たっていたらしい」

浩志はホワイトボードの書類を顎で示した。二〇〇三年の米軍と有志連合国軍によるイラク侵攻で、サダム・フセインとバアス党などの政権主要メンバーを特定する助けとなるように、米軍が顔写真入りのトランプカードを開発し、兵士に配布した。ちなみに最重要人物であるサダムはスペードのエースであった。

「アフガニスタンでは、当時陸軍に配られたトランプはなかったと聞いていますが」

辰也は肩を竦めた。

「一般兵には配られなかった。だが、デルタフォースは別だ。今も作戦ごとに配られるそうだ。ブリーフィング後は焼却されて残らないがな。なぜか、アンブリットは指令書とともに残したようだ」

浩志はポケットから四枚のカードを出し、ホワイトボードの書類の近くに貼った。

「スペードの8はアルア・アバス、ハートの4はモハメド・ハディ、ダイヤの3はエギル・サルマーン、クラブの7はバシム・オルセン」

辰也はスクリーンに映し出された四枚のカードに記された名前を読み上げた。

「四人ともタリバンの幹部だ」

浩志はトランプのカードを指先で叩いた。

「指令書の命令は、単純にこの四人をクンドゥズ州にあるタリバンのアジトを襲撃し、殺害することだと記載されていますね。計画書には、アジトの位置と攻略が描かれています。特に怪しい点はありません。それから、命令を受けたのは、ジム・クイゼンベリー大尉ということも間違いないですよ」

最前列に座っていた瀬川は立ち上がるとスクリーンに近付いて、書類の内容をかいつまんで言った。前回の作戦では怪我のために参加できなかったので張り切っているようだ。

「裏がないのなら、単純な作戦だがな」

浩志は腕組みをしてホワイトボードの指令書を見て言った。この作戦名を知るきっかけは、クロノスに潜入していたリンジー・ムーアの死に際の言葉である。浩志はクロノス作戦と関係があると思っているが、指令書には彼女が組織から奪った鍵のことは何も記されていない。だから、指令書そのものも疑いの目を持って見ている。

「作戦に裏があるんですか？」

瀬川が頭を掻きながら聞き返してきた。

「ある意味単純な作戦だった。二〇〇九年五月二十一日二十時、クイゼンベリーのユニットはカンダハールの米軍基地をブラックホーク二機で出発し、クンドゥズ郊外に着陸した。ユニットは地元の協力者の案内で、街に潜入したことまでは確認している。だが、作戦が遂行されたことは把握していないそうだ。一時間経っても連絡がないため、支援機であるブラックホークは帰還した。また、指令書には、クイゼンベリーのユニットの人数は、八名と記載されている」

浩志は瀬川の肩を叩いて、席に戻らせた。

「四人のタリバン幹部の暗殺は確かに単純な作戦ですね」

辰也が相槌を打った。

「着陸地点から二キロ西のクンドゥズ郊外にある一軒家で秘密の会合があるという情報を元に米軍は作戦を立てた。地元の住人が用意した二台のトラックに乗って向かう予定になっていたそうだ。ユニットを乗せていたブラックホークのパイロットは、彼らがトラックに乗り込んだことを確認している」

浩志は指令書とは別に、誠治が取り寄せた当時の報告書を読みながら言った。

「クイゼンベリーのユニットが行方不明になったために、作戦は失敗したと断定されたと聞きましたが」

　辰也も書類を見ながら首を捻った。

「作戦実行地がタリバンの支配地域だったために、捜索活動はほとんど行われなかったからだ。そもそも無線連絡も途絶えたために位置すら摑めなかったらしい」

　浩志は書類に記載されていないことを言った。誠治からの情報である。

「米軍の極秘書類が手に入ったことで、我々は何をするんですか？」

　辰也が渋い表情で尋ねてきた。

「クイゼンベリーのユニットの表向きのチーム名は〝第４０５後方支援小隊〟で、コードネームは〝砂漠のバッタ〟だそうだ。我々の任務は、彼らの捜索活動をすることだ」

　浩志は表情もなく言った。

「冗談でしょう？　十年前にアフガンで失踪したユニットの捜索ですか？　そもそも十年といえば、平和な街で失踪者を捜すのだって難しいですよね」

　辰也は大袈裟に肩を竦めた。

「不可能を可能にするのが、リベンジャーズだろう？　違うか？」

　浩志が答えると、仲間は不敵に笑った。

4

イスタンブール空港、六月十五日零時四十五分。

浩志はバックパックを肩に掛け、到着ロビーを小走りに移動していた。

一昨日、羽田国際空港二十三時二十分発の英国行きに乗り、トランジットでロンドン・ヒースロー国際空港を経由し、二十分前に到着している。

二時十分発カブール国際空港行きのカム・エア航空に乗るつもりだが、インターネットで航空券が手に入らなかったため、一旦入国し、急いでカム・エア航空のカウンターで手続きをしなければならない。乗り継ぎ便が一時間も遅延したために予定が狂ったのだ。

「むっ」

出発ロビーに移動した浩志は、走るのを止めて歩きながら腕時計をみた。カム・エア航空のカウンターが長蛇の列になっている。並んでいる連中は、アラブ系であまり身なりはよくなく、いかにも出稼ぎ労働者という雰囲気である。もっとも、浩志と辰也もTシャツにジーンズとたいして変わりはない。

「出稼ぎの連中かもしれませんね。アフガニスタンは危険さえ承知なら、仕事はありますから。しかし、間に合わないかもしれませんよ」

隣りを歩く辰也が渋い表情で言った。

浩志と行動を共にするのは、辰也と加藤だけである。

一昨日の朝、傭兵代理店でブリーフィングを行い、リベンジャーズの行動計画を立てた。任務はアフガニスタンで消えたデルタフォースのクイゼンベリーが率いるユニットの捜索で、リベンジャーズが全員参加することになったのだが、予算の問題があった。

クライアントはＣＩＡであり、幹部である誠治が命令を出しているのだが、秘密予算を使う関係で一度に大金を引き出せないという問題があったのだ。

そのため、浩志と辰也と加藤の三人が先発で現地に発ち、後発の仲間が来るまで準備を整えることになった。他の仲間は明日、米国ニュージャージー州マグワイア空軍基地でワットとマリアノの二人と合流する。そこから、米軍輸送機でドイツのラムシュタイン空軍基地とトルコのインジルリク空軍基地を経由し、アフガニスタン入りすることになっていた。それが、予算を抑える一番手っ取り早い手段であり、誠治にしても国防総省を通じ米空軍の協力を得ることは簡単だからである。

三十分ほど並んでいると、数人前の男でカブール行きの最終便は締め切られ、カウンターは閉じられた。

「まいりましたね。この便を逃すと、明日の二時十分になってしまいますよ」

加藤はスマートフォンで航空便を調べながらボヤいた。イスタンブール空港が、日本からアフガニスタンに入国する際の最短の空港である。

だが、カブール行きの直行便は一日一本の夜間の便しかない。乗り継ぎ便は二本あるが、直行便の飛行時間が五時間二十五分に対して、乗り継ぎ便は五十四時間前後と話にならないのだ。

「紛争国への便は少ないからな。とりあえず、夜食でも食って腹ごしらえをするか」

浩志はのんびりと言った。間に合わないことは想定内である。慌てる必要はないのだ。急を要する任務でもない。

「そうですね。焦っても仕方がありませんから」

苦笑した加藤は頷いた。

浩志はさりげなく周囲を見回し、だだっ広い人工大理石の通路を進んだ。

イスタンブール空港は、二〇一八年十月二十九日に開港し、翌年の四月六日に主要空港だったアタテュルク国際空港における全ての旅客便運行を引き継いでいる。二〇一九年現在では四本の滑走路があり、二〇三〇年までには二本増設され、全施設が完成すれば年間二億人が利用できる世界最大のハブ空港になるだろう。

浩志らはパスポートコントロール（出入国審査）右横にあるエスカレーターを上がり、フードコートに入った。バーガーキング、ポパイズ・ルイジアナ・キッチン、ピザのスバーロなどのファーストフード店が並んでいる。

夜食にしては少々ヘビーかもしれないが、深夜だけに小腹が空いたのだ。浩志はあっさりと食べたいのでポパイズのマイルドチキンセットとケイジャンライスにコーラを注文し、近くのテーブル席に座った。

「ダイエットしているんですか？」

トレーを手にした辰也が、浩志の向かいの席に腰を下ろした。バーガーキングのダブルワッパーチーズとフィッシュバーガーにオニオンリングにフレンチフライ、それにオレンジジュースである。

「機内食も食べたんだ。加藤はスバーロでピザとコーラを頼んでいた。これぐらいでちょうどいいだろう」

浩志は辰也のトレーを見て苦笑した。

「俺もちょっと控えましたけどね」

辰也は両手でダブルワッパーチーズを掴むと、潰すように口の中に押し込んだ。下品ではあるが、サイズが大きいので妥当な食べ方である。

「どこが」

加藤は辰也のメニューを見て笑った。

「飯を食ったら、エアポートホテルにチェックインするぞ」

浩志はチキンを頬張りながら答えた。

「反対側のテーブル席に座っている白人の二人連れは怪しくないですか？」

加藤がピザを頰張りながら尋ねてきた。彼は米国の傭兵学校でネイティブインディアンの教官から、超感覚的な手法を学んだ追跡と潜入のプロである。そのため、様々なことに鼻が利く。浩志と同行する二人は、浩志のボディガードや道案内の役割もあるため、抽選する前に仲間が加藤を推薦した。

「おまえの後ろの二人の男か。俺たちを監視しているようだな」

浩志はこともなげに答えた。

「いつから、尾行していたんだ？」

舌打ちをした辰也は加藤を責めるように尋ねると、オニオンリングを右手でまとめて摑んで口の中に押し込んだ。

「ヒースロー空港からだと思いますが、確証はありませんでしたから」

加藤は首を振った。

「おそらく俺たちを見つけて、慌てて尾行してきたんだろう。中途半端な格好をしている」

浩志は言った。加藤と同じく、すでにヒースロー空港で気が付いていたのだが無視していたのだ。

二人の男たちは、浩志らを気にするわけでもなく、ピザ店でドリンクだけ注文して座っている。だが、浩志は男たちがトランジットのヒースロー空港から、同じ飛行機でイスタンブール空港に到着したことを知っている。小腹が減っていたこともあるが、男たちの尾行を確認するためにフードコートに来たのだ。

男たちはスーツを着ており、飛行機に乗ってから観光客に紛れようとしたのかネクタイを外している。せめて書類バッグでも持っていればビジネスマンに見えなくもないが、手ぶらで飛行機に乗った時点で一般人でないことは誰でも分かりそうなものだ。

「何者ですか？」

辰也は声を落として尋ねてきた。

「クロノスかもしれないが、英国の空港警察かもしれない」

浩志とリベンジャーズの活動は、諜報の世界では知られていると誠治から聞かされている。そのため、本名のパスポートは使わないように言われていた。国によっては、これまでもトラブルを避けるために入国を拒否されることもあった。英国なら空港警察の保安チームを浩志に付けて国外に完全に出たか確認する可能性もあるだろう。

「クロノスなら儲け物ですね」

辰也はにやりとした。

浩志らが先発したのはアフガニスタンでの準備ということもあるが、浩志が動けばクロノスが嗅ぎつける可能性も高いため、それを見極めるということもあったのだ。

「だとしたら御の字だがな」

浩志はプラスチックのスプーンで、スパイシーなケイジャンライスを口に運びながら言った。

「連中は、どうするつもりなんでしょうね？」

ダブルワッパーチーズを平らげた辰也は、フィッシュバーガーを手に取った。

「クロノスだとしても、すぐには手を出さないだろう。コロンビアで俺を拉致した連中は、リベンジャーズに殲滅された。用心しているはずだ」

「何度でも叩きのめしてやります。いつでも来い、ですよ」

辰也は右拳を握りしめた。浩志と加藤の他の先発メンバーを誰にするかは、くじ引きで決めている。運良く当たったので張り切っているのだ。だからと言って浩志と一緒に行動できることを単純に喜んでいるわけではなく、輸送機ではなく民間機に乗れることが嬉しいのに違いない。輸送機での長距離移動はこたえるのだ。

「だが、油断は禁物だ」

浩志は二人の男をちらりと見て笑った。

5

イスタンブール空港内のエアポートホテルは出発ロビーにあり、出国前に利用できる

〝ランドサイド〟と入国前の乗降客用の〝エアサイド〟の二つのエントランスがある。

食事を終えた浩志と辰也、加藤は、エアポートホテルの〝ランドサイド〟側にある〝ヨーテル〟と看板が出ているエントランスに入った。

「わざとらしく、通り過ぎましたよ」

辰也が小声で言った。尾行していた二人の男たちは何食わぬ顔で遠ざかって行く。

「ひょっとしたら、俺たちに気付かれてもいいと思っているかもしれないぞ。そうじゃなきゃ、よほどの間抜けだ」

浩志はそう言うとフロントの前に立ち、パスポートを出した。フロントの反対側の壁際には端末のモニターが並んでいる。自動チェックインシステムなのだろう。新しい空港だけに、システムも最新式らしい。ただ、造りは簡素で天井が低い。それに間接照明がパープルというのもラブホテルを彷彿させる。

「お連れさまとご一緒ですか？」

フロント係の男性は、背後に立つ辰也と加藤を見て尋ねた。

「部屋は別々だ」

浩志は宿泊カードに記入しながら答えた。

「お一人さまならクイーンルームが、空いています」

フロント係は辰也にも宿泊カードを渡しながら言った。

「それでいい」

浩志は記入を終えた宿泊カードを返した。

「それでは、ごゆっくりお休みください」

フロント係は浩志らにカードキーを渡してきた。

三人はエレベーターに乗ってドア近くのリーダーにカードキーをかざした。すると、自動的に客室階が選択されて動き出す。

「チェックアウトの時間までホテルにいますか？」

上階で下りて廊下を進み、辰也は一つ離れた部屋のドアの前に立って言った。とはいえ数メートルしか離れていない。各部屋が狭いということである。加藤は辰也の隣りの部屋になった。

「そのつもりだ。市内に行ったところで帰るのが面倒なだけだ。それより、ホテルのフィットネスセンターで運動した方がよほどいい」

浩志は頷くと、自分の部屋のドアノブの上にあるリーダーにカードキーをかざして中に入った。

十三平米と狭いが、空港内のホテルとしてはありがちな広さである。床板以外はすべて白で統一され清潔感があり、近未来的なデザインで一般受けはするだろう。だが、シャワールームはガラス張りで、洗面所もベッドの近くにあり落ち着かない。同じ広さなら下町の小汚い木賃宿の方が安らげる。

ベッド横の内線電話が鳴った。

――フロントでございます。ミスター・峯岸にお客様がいらしています。お電話を代わりますが、出られますか？

チェックインの時に対応してくれたフロント係からである。今回は、峯岸康夫という名前の偽造パスポートを使用している。

「客？」

――ミスター・デビット・ピアースが、お話をしたいそうです。

「……代わってくれ」

おそらく、尾行していた連中の一人だろう。無視してもいずれは接触してくると思っていた。

――私はデビット・ピアース、英国の6に所属している。少し話をさせてくれないか。

6というのは、英国の秘密情報部であるＭＩ６のことだろう。フロントの電話を使っているので、最低限の自己紹介をしたようだ。

「分かった。そっちに行く」

受話器を戻した浩志は、辰也と加藤にスマートフォンで客が来たことを伝えて部屋を出た。二人とも一人で対応することに難色を示したが、小型の無線機をモニターの状態にすることで納得させた。

手荷物はバックパック一つと少ないが、空港のセキュリティに触れない装備は用意してきた。傭兵代理店から支給されるもので、超小型のＧＰＳ発信機が埋め込まれた偽造パスポートを三冊、ブルートゥースイヤホン、衛星携帯電話機、無線機、追跡に使うＧＰＳトラッカーなどである。だが、武器はない。

フロントに出ると、例の二人の男が立っていた。一人は、オールバックで色褪せた金髪の四十代後半。もう一人は、黒髪を短く刈り込んだ三十代半ばである。

浩志はポケットの無線機をオンにすると、彼らに近付いた。

「はじめまして、ミスター・峯岸。私はデビット・ピアース、それと部下のダレン・ファウワーです」

ピアースは強張った表情で右手を差し出した。明らかに浩志だと分かっているようだ。

「６だと証明できるのか？」

浩志はピアースの右手を無視して尋ねた。

ピアースはフロント係から見えないようにポケットから出したＩＤカードを出し、浩志に見せた。左上に英国の王冠のマークがあり、中央のＭＩ６の印字の下に名前、右上に顔写真が印刷されている。

「それが本物だとしても、何の用だ？」

浩志は思わず苦笑した。浩志はこの十数年、傭兵代理店で作られた偽造パスポートで海外に出ているが、一度もトラブルはない。身分証明書ほどあてにならないものはないのだ。

「今の私には、これ以上身分を証明できるものがありません。ここではなんですから、さきほど会議室を押さえましたので、そこでお話をさせてください」

ピアースは部屋のカードキーを見せた。彼らもチェックインしたということだ。

「それなら、差しで話そうか」

浩志は先に歩くようにピアースに顎で示した。

「了解しました」

ピアースは部下に部屋で待つように指示を出すと、廊下を進んだ。

「我々の存在に気付かれていたとは思いますが、あなたがヒースロー空港でトランジットされることを知ったので、慌てて部下と二人で空港に向かったのですが、お話しする機会に恵まれず、急遽（きゅうきょ）同じ飛行機に乗りました。上司にあなたとの接触の許可を得るのに時間が掛かったのが原因です。さきほどやっと許可が下りました。上は頭が固い連中ばかりで困ります」

ピアースは、浩志とコンタクトが取れてほっとしたのか、歩きながらよく喋（しゃべ）る。たまたま浩志を見つけたのではなく、どこかで顔認証されて存在を知られたに違いない。いつもなら海外では顔認証妨害眼鏡を掛けるのだが、クロノスを誘い出す目的もあったので素顔で移動している。多少面倒なことになってしまったようだ。

「おまえのように口の軽い、エージェントもいるのか？」

浩志は、ピアースを横目で見た。

「あっ、いえ」

ピアースは顔を赤くし、ラウンジ傍のガラスドアを開けた。

誠治にしろ、影山夏樹にしろ、無駄口は叩かない。二人に共通していることは、過去現在において生死を賭けた任務を何度も経験していることだ。ピアースは現場の経験はあるのだろうが、命のやりとりはしたことがないのだろう。どちらかというと官僚タイプである。

三十平米ほどの部屋に長テーブルと椅子が並んでいる。

ピアースはポケットから盗聴盗撮発見器を出して室内を調べた。彼らにとっては必需品なのだろう。

「大丈夫なようです。こちらへ」

安全を確認したピアースは一番奥の席に座り、その対面の椅子を勧めてきた。

「それで？」

椅子に腰を下ろした浩志は、欠伸を嚙み殺しながら尋ねた。

「私は他国の情報機関と情報のやりとりをする部署にいます。そこで、リベンジャーズが米国で中央統一戦線工作部の生物兵器テロを阻止したという情報を得ました。我が国も生物兵器に対してナーバスになっています。ですが、この情報を流したCIAからは、詳細が得られないのです。ところがあなたが英国に寄られるという情報を得て、部下とあなたを追いかけてきたのです」

やはり、ピアースは日頃はデスクワークをしているようだ。CIAから情報を得られないので、浩志から直接聞き出そうと考えているらしい。情報機関に所属するくせに考えが甘い男である。

「守秘義務があるのを知らないのか？」

浩志は鼻先で笑った。

「上司からも、そう言われました。何も得られなければ、トルコまでの交通費も自腹だと……」

ピアースは肩を落としているが、付き合わされた部下は可哀想であ（かわいそう）る。

「そもそも、CIAからリベンジャーズが関わっていることを聞いたのか？」

クロノスの情報はCIAでもトップシークレットである。誠治がリベンジャーズの活動を漏らしたとは考えにくい。

「米国からは中央統一戦線工作部の生物兵器テロを阻止したという情報と、中国への注意喚起が同盟国の情報機関に流されました。ただ、我々は独自に米国内の情報筋からリベンジャーズの活躍を知ったわけです」

　ピアースは得意げに言った。米国内に英国の諜報網があるということだ。

「だとすれば、それ以上の情報はないだろう。何を知りたいんだ？」

　浩志は首を捻った。

「中央統一戦線工作部の工作員が、米国内のテロ以外にウィルス株を持ち出したという情報がありますが、それは事実ですか？」

　ピアースは身を乗り出して尋ねてきた。

「中国人研究者によってカナダの国立微生物研究所からコロナウィルスとニパウィルスが盗み出され、武漢の中国科学院武漢病毒研究所に送られたようだ」

　この情報は誠治ではなく、梁羽から得た情報であり、むしろ彼は情報の拡散を希望していた。むろん中国の暴走を外国勢力の圧力により、封じ込めようという狙いがある。

「本当ですか！」

　ピアースは両眼を剝いて声を上げた。

「カナダの情報局に確認してみろ。犯人は特定されているが、まだ逮捕されていないと聞いている。そのうち公になるだろう。そもそも、中国が純粋に疾病対策としてウィルスの研究をしているとは思えない。やつらは生物兵器の研究をしているに違いない」

「助かった。これで、経費で帰国できそうだ。なんと礼を言ったらいいか分かりません。中国在住の諜報員に警戒するように情報を出します」

ピアースは立ち上がると、笑顔で握手を求めてきた。

「礼をしたいのなら、俺たちのことは忘れろ」

浩志は仕方なく握手に応じた。

6

米国ニュージャージー州マグワイア空軍基地、六月十五日午前十時二十分。

滑走路の東側にあるＡＭＣ（航空機動軍団）・パッセンジャー・ターミナル（空軍乗客ターミナル）の片隅（かたすみ）に所属や階級章を付けていない陸軍戦闘服を着た七人の男たちがいた。ワットらリベンジャーズの男たちである。他にも陸軍の兵士が三十人ほど個人装備を抱えて場内アナウンスを待っていた。二十代の若い兵士ばかりで、アフガニスタンに赴任するのもはじめての連中なのだろう。

彼らは、エプロンに駐機しているグローブマスターⅢの愛称で呼ばれるＣ－17の整備と積み込みが終わるのを待っているのだ。Ｃ－17は、ドイツのラムシュタイン空軍基地行きである。リベンジャーズの男たちはラムシュタイン空軍基地経由でアフガニスタンに入る予定だ。

ワットとマリアノは日本からやってきた宮坂らとフィラデルフィアで合流し、二台の車に分乗し、マグワイア空軍基地に一時間前に到着している。ワットは予備役とはいえ、中佐であるため、基地に入るのに面倒な手続きを必要としない。

後部貨物室ハッチのスロープを一台のハンヴィーが上って行く。最後の積荷のようだ。すでに五台のハンヴィーが積み込まれており、ハンヴィーを貨物室に固定したら作業は全て終わるだろう。

「藤堂さんは、昨日の便に乗れなかったようだ。到着は俺たちの方が早くなりそうだな」

宮坂がスマートフォンでメールの確認をしていた。各自の報告は傭兵代理店のクラウドストレージに送られる。それを各自チェックすることになっていた。ＩＴの進化により、傭兵の闘い方も変わるものだ。彼らのサポートを友恵と岩渕麻衣（いわぶちまい）が行っている。麻衣も友恵ほどではないが、ハッカーとしての腕を上げて戦力となっていた。

「その方が、都合はいい。アフガンが紛争地ということに変わりはない。三人が護衛なしで動き回るよりも、チームで動いた方が安全だからな」

傍のワットが言った。浩志と辰也、加藤が民間機で先発するにあたって、乗り継ぎがうまくいかないことは充分予測された。その場合は、米軍の輸送機で先に到着したワットらが、現地で装備を調達することになっている。

「そうだな。俺もそう思う。藤堂さんは、先発でカブールに到着して現地の傭兵代理店で武器や装備を揃えるだけならいいが、下手に捜査を進めてクロノスに襲撃されては困るからな」

宮坂は渋い表情になった。

「浩志は、それを狙っているんだ。辰也と加藤だけ付けたのは、リベンジャーズで動いていないと相手に思わせるためだ。だが、コロンビアの時のように拉致されたら面倒なことになる。俺は止めたがな」

ワットは肩を竦めた。彼は浩志の計画に当初反対していたが、言っても計画の変更はないことが分かっているので渋々承認したのだ。

「実は気になっていることがあるんだ」

宮坂は声を潜めた。

後方に瀬川と田中が立っている。また、数メートル離れたベンチにマリアノ、村瀬、鮫沼の三人が座っていた。

「どうした。仲間にも聞かれたくないのか?」

ワットも声のボリュームを下げた。

「そういうわけじゃないが、藤堂さんのことが心配なだけだ。前回の作戦で藤堂さんは、わざと脱出しないで敵に拉致された。今回も囮(おとり)を覚悟で、先発している。以前はもっと用心深かったが、この一、二年の藤堂さんは、自分の命を粗末に扱っているような気がしてならない。なにか、理由を知らないか？」

　宮坂は表情を曇らせた。

「それは俺も気になるところだ。だが、分かる気もする」

　腕組みをしたワットは、低い声で言った。

「どうして？」

　宮坂は不服そうに首を傾げた。

「命令し辛い場面が多くなったということじゃないのか。相手は、単純に銃で撃ち合うような敵じゃなくなった。特にクロノスは、駆け引きも要求される相手だ。それだけに判断に迷うことも多々あるのだろう」

　ワットはこの数年の闘いを思い出しながら答えた。

「確かにそうだな。判断を間違えれば、命の危険は止むを得ない。それなら、自分でという気に藤堂さんがなってもおかしくはないか」

　宮坂は頷くと溜息を吐いた。

「だからこそ、俺たちには個々の判断と働きが要求されるんだ」

　ワットは自分の胸を親指で指した。

「そういうことだな。藤堂さんはリーダーだが、彼にすべてを託し、彼の命令を待っているようじゃ、だめだ。俺たちは自分で考えて動くべきだな」

宮坂も頷いた。

場内に搭乗許可が下りたとアナウンスされた。

「それじゃ、ビジネスシートに乗るか」

ワットは振り返って仲間に声を掛けた。

「大きな声で冗談を言うなよ。空軍の兵士に笑われたぞ」

宮坂が苦笑した。近くでたむろしていた二十代の若い空軍兵士たちが、「ビジネスシート」と聞いて笑っている。

「笑わせておけ」

ワットは鼻歌を歌いながら、C－17に乗り込んだ。

カブールの砂嵐

1

六月十四日午前九時二十分。フランス、パリ郊外ヴィスー。

ヴィスーのジョルジュ・コラン通り沿いに〝スポーツ・シューティング＝デュ・クラージュ（Du courage）〟という看板を掲（かか）げる射撃場がある。

建物は南北に長く、エントランスを背にして左側にライフル用の五十メートルの室内レンジAがあり、廊下を隔てて右側にトレーニングジムとスタッフルームがあった。廊下の突き当たりには、三十メートルのハンドガン用のレンジBがあり、換気装置や防音装置も施（ほどこ）された本格的な射撃場である。

元は食品会社の倉庫だったが、昨年の暮れから一ヶ月半ほど費やして射撃場に改修した。外人部隊出身の傭兵仲間であるセルジオ・コルデロが射撃場の構想を二年ほど前から持っており、柊真も出資することで実現したのだ。賛同者は他にもフェルナンド・ベラルタ、マット・マギーの二人で、彼らも外人部隊時代からの友人である。

ちなみにデュ・クラージュとはフランス語で〝勇気〟のことである。計画の発案者であるセルジオの命名だが、現役の軍人である仲間に異論はなかった。

フランスでは基本的に一般人が銃を所持する権利は与えられていない。銃の許可には、狩猟許可証かスポーツ許可証が必要となる。だが、スポーツの名目での射撃場なら認可が下りやすいため、名前にスポーツ・シューティングという単語を付けたのだ。

ＥＵ諸国で多発するテロ事件の脅威に対して、銃は所持できなくても射撃の技術を身に付けたいと願うパリ市民が増えた。その社会情勢を反映して、射撃場は増えている。デュ・クラージュでは会員制のスポーツ射撃場として、銃の貸し出しも行うが、トランクシステムという制度も設けている。客に銃を販売し、会社の金庫で保管するというものだ。保管料は銃の貸し出し料より安いため、長く通えばいつかは元が取れるという仕組みである。

柊真らは交代でインストラクターを務め、セルジオが主に経理を担当していた。開店した当初の三月の売り上げこそ悪かったが、翌月からは徐々に利益が出るようになった。先月からは経理もできる事務員を雇うことにした。開業から三ヶ月で売り上げが安定し、資金に余裕が出てきたのだ。顧客が順調に増えていることもあるが、低利で融資してくれた〝七つの炎〟の紹介で、パリ警察との契約が取れたからである。

　七つの炎とは外人部隊出身者だけで作られた互助会のような組織で、半世紀ほど前に結成された。だが、会員数が増えて組織が大きくなったため、現在は秘密結社のような存在になっている。

　正面エントランスの右手はカウンターがある受付フロントになっており、先月から事務員として働いているマリー・ダンビエが経理の仕事と受付を兼務していた。

「マドモアゼル、受付はここですか？」

　いつのまにかフロントの前に、ラテン系の男が立っていた。黒髪をオールバックにし、口髭を生やしている。瞳はブルーで、南フランス訛りが強い。

「はっ、はい。入会ですか？」

　顔を上げたマリーは、慌てて掛けていた眼鏡を外してにこりと笑った。男の身長は一八〇センチ近くありスタイルがよく、何よりもルックスがいいからだろう。

「私は、ジャーナリストのアラン・ジョルカエフと申します。ムッシュ・明影山に取り次いで貰えませんか？」

　ジョルカエフは口角を僅かに上げて笑って見せた。

「お電話をいただいていた取材の方ですか？　お待ちください」

　マリーは笑顔を絶やさずに内線電話を取った。

「よろしく」

ジョルカエフはフロントのカウンターに置いてあるパンフレットを手にし、案内を見ながら待った。

「影山はトレーニングジムにいますので、私が案内します」

マリーはいそいそとフロントから出てきた。

「大丈夫、ジムはこの先ですよね。自分で行きますから」

ジョルカエフはパンフレットをカウンターに戻すと、彼女に右手を上げて歩き出した。

フロント横には〝スタッフオンリー〟というプレートがかかったドアがあり、厳重なセキュリティロックが掛かっている。多分、銃の保管庫だろう。その数メートル先に、トレーニングマシンが並んでいるガラス張りの部屋があった。

二人の男が、マシンを使ってトレーニングをしており、その傍にトレーナーと思われる逞(たくま)しい男が立っていた。柊真である。外人部隊では、アノニマ制度で偽名を名乗ることになっている。柊真は影山明という日本人らしい名前を隊から与えられていた。セルジオらの名前も偽名である。彼らとは第三連隊からの付き合いなので、いまさら本名で呼び合うこともなく未だに偽名のまま過ごしているのだ。

ジョルカエフはガラスドアを開けて、中に入った。

「ジャーナリストの方ですね。五分だけ待ってください」

柊真はジョルカエフをちらりと見て言った。

五分後、二人の客はマシントレーニングを終え、タオルで汗を拭きながらジムを出て行った。

「朝から来る客もいるんだな」

「彼らは八時半から九時半までの早朝トレーニングコースの客ですよ。電話ではこの射撃場のインストラクターにインタビューしたいと聞きましたが、他のスタッフも呼びましょうか？」

柊真は折り畳み椅子を出してジョルカエフに勧め、自分はトレーニングマシンに座った。

「どうしようか、迷っているんだ。柊真くん」

ジョルカエフはいきなり日本語を話した。

「えっ！」

柊真は両眼を見開き、立ち上がった。

「私だ。気が付かなかったのか」

苦笑したジョルカエフは、折り畳み椅子に座った。

「えっ！　まさかとは思いますが……」

柊真は名前を口にするのを躊躇った。声から察するに影山夏樹と思われるのだが、目の前の人物が夏樹とあまりにもかけ離れているからだ。

「君の想像通りだよ。そもそも君には素顔で会ったことはないから、顔の造作が変わったところで驚かないでくれ」

夏樹は鼻を鳴らして笑った。

「それなら、電話でそう言ってください。てっきり、フランス人かと思いました。しかも南フランス訛りがあるから、スペイン系のフランス人かと思いましたよ」

柊真は軽く笑うと、肩を竦（すく）めた。

「君とは完璧に暗号化された通信手段が取れないから、仕方がないだろう。たまたま、米国で仕事をしていたんだが、ある人物にまた仕事を頼まれてね。君に会いに来たんだよ」

夏樹は冷めた表情で答えた。もっとも、特殊メイクで顔の形を変えているので、もともと表情がないのかもしれない。

「ひょっとして、前回と同じですか？」

柊真は真剣な表情で尋ねた。前回とはＣＩＡの誠治からの依頼で、コロンビアで浩志と共同で新型エボラウィルスに汚染されたエリアの調査をすることだった。浩志と柊真は新型エボラウィルスの抗体を持っているという理由で依頼されたが、数で勝（まさ）る敵に対処すべく仲間も参加することになった任務である。

「クライアントは同じだが、今回の任務地はアフガンだ。だから、私は参加しない。紛争地は私の活動エリアじゃないからね。だが、君に使命を伝えるメッセンジャーの役だけ引き受けたよ」

夏樹は淡々と言った。彼は公安調査庁の特別調査官だったころ、殺人や拷問も厭わない非情な手段で諜報活動をしていた。そのため、中国や北朝鮮の情報機関から〝冷たい狂犬〟と呼ばれて恐れられた超が付く一流の諜報員だが、紛争地での活動は彼の行動範囲ではないのだろう。

「アフガン。藤堂さんも一緒ですか？」

「リベンジャーズも召還された。彼らは直接ワーロックから指示を受けているから、先発している。彼らとは別行動を取り、現地で合流してくれ。クロノスに染まっていないと言い切れる人間は、数少ない。君らの出番は今後も続くさ」

ちなみにワーロックは誠治のコードネームである。

夏樹は息を吐くように笑った。

「任務の内容を教えてもらえますか？」

腕を組んだ柊真は、トレーニングマシンに腰をかけた。

2

六月十五日、午後二時十分、トルクメニスタン上空。

ドイツ南部にあるラムシュタイン米空軍基地を午前七時に離陸したC－17は、カスピ海上空を抜けてトルクメニスタンに進入していた。

貨物室の折り畳み椅子で揺られていたワットはふと目覚め、額に浮いた汗を戦闘服のジャケットで拭った。C－17は途中で給油と整備のためにトルコのインジルリク空軍基地に寄り、乗務員も乗客である兵士らも基地の食堂で昼飯を食べている。腹を満たしたワットは、離陸直後に睡魔に襲われて眠っていたのだ。

「なんか、息苦しくないか？」

ワットは隣りの席に座っている宮坂に尋ねた。

「民間の航空機と違うんだ。空気調和装置が快適な温度と湿度までサービスしてくれるわけじゃない。多少暑いが、輸送機はこんなものだろう」

宮坂は肩を竦めた。

C－17は高高度を飛ぶため、コックピットと貨物室に与圧がされる。そのため、エンジンによって駆動される圧縮機により圧縮空気が空気調和装置に送られ、適切な気圧と温度と湿度に調整され、機内の空気と混合される。仕組みは民間航空機と変わりはほとんどないのだ。

「おい、田中、どう思う？　何かおかしくないか？」

ワットは、宮坂の隣りに座っている田中に尋ねた。

「おかしい」

田中は腕時計を見て、首を捻った。

「やっぱり、そう思うか？」

ワットはシートベルトに引っ張られて中腰になった。飛行中は席から離れることを禁止されている。

「高度が六千メートルまで落ちている。エンジントラブルかもしれないぞ」

田中が見ている腕時計は、高度計も付いているスポーツタイプだ。彼はエンジンが付いているものなら、飛行機だろうが船だろうがなんでも操縦できる。コードネームでもあるヘリボーイというあだ名は、ヘリコプターしか操縦できないという意味ではなく、若い頃から年寄り臭い顔をしていたために辰也にからかわれて名付けられたのだ。

「五千七百メートル！　まずいぞ。この調子で四千メートルを切ったら、HN－6でも撃ち落とされる。おまえなら、パイロットのサポートをできるな。コックピットに行くぞ」

田中の腕時計で高度を確認したワットはシートベルトを外すと、田中とマリアノに付いてくるように手招きをして席から離れた。三人はハンヴィーが貨物室の中央に六台も停めてあるため、狭い通路を進んだ。

ちなみにHN－6は中国が輸出している携帯式防空ミサイルシステムである。赤外線ホーミング式ミサイルで、最大射程は六キロ、高度は三千五百メートルの航空機を狙うことが可能だ。流通量は少なく、主に南アジアの軍隊に輸出されている。

「勝手に席を立っちゃだめだ」

貨物室を担当する空軍の兵士が、ワットらを咎めた。階級章は軍曹である。

「俺は、中佐だ。口の利き方に気を付けろ」

ワットは軽い敬礼をすると、眉間に皺を寄せて睨みつけた。

「失礼しました。中佐」

軍曹は、背筋を伸ばして敬礼を返してきた。だが、その目は泳いでいる。中佐と聞いて驚いたというより、ワットの威圧感に圧倒されたのだろう。

「高度が異常に低い。まもなくアフガニスタンに入るはずだ。低高度では、テロリストの餌食になる。パイロットに状況を聞いてくれ」

ワットは整然と命令した。

「イエッサー」

軍曹はヘッドセットの無線機で機長に呼び掛けた。

「コックピットから応答がありません」

　軍曹は泣きそうな顔で報告した。

「軍曹、コックピットのドアを開けろ」

「イエッサー！」

　ワットはドアを開けた軍曹を押し退けて、コックピットに入った。

　左側の席に座る機長、右側の副操縦士ともに首が傾いている。

「どうなっているんだ！」

　声を上げたワットが、機長の肩を揺さぶった。だが、機長は反応しないどころか、口から泡を吐き出した。

「副操縦士が死んでいる！　機長も死んでいるんじゃないのか？」

　一緒に入った田中が、副操縦士の首筋の脈を調べた。

「本当だ。機長も死んでいる。遅効性の毒を盛られたのだろう。俺たちもそうだが、操縦士もインジルリク空軍基地で飯を食っているからな」

　ワットは操縦席の背後から、機長の脈を調べて溜息を吐いた。

「とりあえず、機長をコックピットから移動させてくれ。俺が操縦する。自動操縦になっているが、壊れているのかもしれない。高度が下がり続けている。墜落しなかったのは、奇跡だ」

田中は計器盤の気圧高度計と電波高度計を見比べながら舌打ちをした。

大型の航空機には、大気の絶対圧力を測定する気圧高度計と、地上に電波を発して対地高度を測定する電波高度計の二種類が用意されている。気圧高度計は大気が不安定な場合や地表の高度が高い場合は正確性に欠ける。

「分かった」

ワットは機長のシートベルトを外し、左側の座席から慎重に持ち上げた。コックピットは民間機と違ってかなり狭い。そのため、二人がかりで操縦席の後ろから移動させるのは、かえって不便なのだ。

「操縦桿(かん)を足で引っ掛けないようにしてくれ」

田中は副操縦士席の右側から潜り込み、機長がしていたヘッドセットを付けて操縦桿を握った。

「分かっている」

ワットは機長の死体を座席から抜き取ると、マリアノに手伝わせてコックピットの外に運び出した。田中はすかさず左側の操縦席に座った。

「だめだ！　高度五千を切った。操縦桿が利かない。上昇不能！」

田中が、悲痛な声を上げた。

「どういうことだ！」

ワットが声を裏返した。

「自動操縦を解除できないんだ。ひょっとすると、電子システムが乗っ取られているのかもしれない」

田中は必死に操縦桿を引いて、高度を上げようとしている。

「トルクメニスタンの砂漠地帯だぞ。どうやって電子システムが乗っ取られるんだ？　あるいは、強力な電磁波攻撃でもされたのか？」

ワットは声を張り上げた。航空機に限らないが、現代の乗り物は電子システムで制御されている。それをハッキングすることで遠隔操作されるという問題は報告されていた。だがそれには、上空を飛ぶ航空機を捉える強力な電波を出す、装置や設備が必要である。

「北朝鮮じゃあるまいし、砂漠の武装組織がそんな武器を持っているとは思えない。システムの乗っ取りだろう。最新の航空機は、独立したバスであるＡＦＤＸ、つまり航空電子機器データの送信専用ネットワークを使っているから、ハッキングの恐れはない。だが、この機種は古いんだ。まだ、システムの更新がされていないんだろう」

田中は専門用語で答えた。彼は特に航空機が好きなため、友恵に頼んで設計図や仕様書を取り寄せて勉強している。友恵は軍事会社などからハッキングしてダウンロードしているのだが、テロリストも同じ手段で航空機の知識を得ていたとしてもおかしくはない。

「簡単に説明してくれ。システムが古いと、どうやって乗っ取られるんだ？」

ワットは苛つきながら質問をした。

「スマートフォンだ。誰かのスマートフォンがウィルスに犯され、それが電子システムを自動的にハッキングしている可能性はある。この手のハッキングは学会でも警告されていた。自動操縦を解除しない限り、一切操縦できない」

田中は制御パネルをチェックしながら答えると、ワットに自らのスマートフォンを渡した。

「スマートフォンをなんとかすればいいんだな」

ワットは田中と自分のスマートフォンの電源を切った。

「ハッキングされたスマートフォンの電源は切れないはずだ。捜してくれ！」

田中は振り返って叫んだ。

3

午後二時十四分、ワットとマリアノはコックピットから貨物室に入った。

全員がワットを凝視している。彼らもコックピットに異変があったことは分かっているらしい。

ワットは貨物室の内線電話をスピーカーに繋いだ。

「聞いてくれ。この飛行機は乗っ取られ、制御不能に陥っている。正確には電子機器がハッキングされているらしい。各自、スマートフォンの電源を切ってくれ。もし、電源が落とせないようなら、そのスマートフォンが原因かもしれない」

ワットが内線電話で言った。

「スマートフォンの電源を切れ！　スマートフォンの電源を切るんだ！」

マリアノは通路を移動しながら口頭で繰り返した。

だが、すぐ近くの兵士は反応したものの離れた場所の兵士は戸惑っている。事態が飲み込めていないようだ。

「軍曹！　おまえも命令を徹底させろ！」

傍で呆然と立っていた軍曹の背中を叩くと、ワットは内線電話の受話器を握りしめた。

「俺に二度も命令させるな！　さっさと自分のスマートフォンの電源を切れ！　貴様ら死にたいのか！」

ワットは大声で怒鳴った。

兵士らは慌てて、ポケットやタクティカルバッグからスマートフォンを出した。

――こちら機長、まだコントロールできない。スマートフォンの電源を切ってくれ！

田中の声が、貨物室のスピーカーから流れた。

「電源が切れません！」

潰した。

ワットは挙手した兵士のスマートフォンを取り上げると、床に叩きつけてブーツで踏み潰した。

「スマートフォンを壊してでも、電源を切るんだ！」

何人もの兵士が手を上げた。

「なんで、電源が落ちないんだ！」

「俺もです！」

――高度、四千を切った。墜落するぞ！　まだか！

田中が悲痛な声を上げている。

「くそっ！　マリアノ頼んだぞ！」

舌打ちをしたワットは通路を走り、コックピットに戻った。

「機首が南に向いた。このままでは、アフガニスタンの山岳地帯に突っ込むぞ！」

操縦桿を握りしめた田中が、叫んだ。

「スマートフォンの電源はすべて切ったぞ！」

マリアノがコックピットの出入口で叫んだ。

「よし！　いいぞ。自動操縦が解除できた。高度を上げて、進路を北東に向ける」

田中は操縦桿をゆっくりと引きながら言った。額から汗が流れ落ちている。

「高度二千六百まで下がっていたのか。危なかったな」

ワットは高度計を見て安堵の息を吐いた。

「まずいな。国境を越えたところだが、この先は砂嵐が発生しているようだ。直前で進路を一旦南東に向けて回避する必要があるな」

田中は砂嵐を目視すると、レーダーでも確認した。数十キロ先が茶色いベールで覆われたようになっているのだ。高さは二、三千メートルありそうで、色もかなり濃い。強い砂嵐の特徴である。

「やばいな、あれは。俺たちは、なんか悪いことでもしたか？　回避した方がよさそうだな」

ワットも前方を見て首を振った。

轟音（ごうおん）！

激しく機体が揺れ、コックピットの計器類が一斉に警告音を発した。

「くそっ！　1番エンジンが爆発した！」

鋭い舌打ちをした田中は、操縦桿を握りしめた。

「どうなっている！」

ワットはコックピットの窓から左翼を見た。一番左のエンジンが吹き飛んでいる。

「ミサイル攻撃を受けた！」

マリアノがコックピットのドア口で声を上げる。

「フレア、放出！」

田中はコックピットの赤いボタンを押した。途端に機体後部の両脇からフレアが火花を散らしながら幾筋もの雲を空中に描く。エンジンを正確に撃ち抜かれたことで、田中は敵の攻撃が赤外線ホーミング誘導ミサイルだと判断したのだ。高温のフレアは、機体から離れていくのでミサイルの赤外線センサーを攪乱（かくらん）するには有効である。だが、絶対とはいえない。

「高度を上げろ！」

ワットは田中の耳元で声を上げた。

「やっている！　高度三千五百！」

田中は叫び返した。

Ｃ－17の後方で爆発音が聞こえた。フレアに反応したミサイルが爆発したのだ。

轟音！

ワットが右のウィンドウを見て言った。

「くそっ！　また攻撃されたぞ」

「フレアで防ぎきれなかった。３番エンジンだ。もう、墜落するしかない。ワット、後ろに行ってくれ。コックピットは、俺一人で充分だ」

田中がワットに右手を振った。

不時着するのなら砂漠を選ぶ他ないのだ。


「馬鹿な。砂漠地帯に機首を向けた。燃料も放出している。胴体着陸させるもりだ」

田中は鼻先で笑ったものの、計器類を真剣な表情で見つめている。砂嵐は避けたいが、

「死ぬつもりか？」

ワットは副操縦席側に身を乗り出して尋ねた。


「しかし」

ワットは首を振った。田中が強がりを言っているとと思ったからだ。

「シートベルトをつけていなければ、着陸の衝撃で死ぬぞ。それとも死体をどかして隣りに座るか？」

田中が副操縦士の死体を見て、肩を竦めた。この状況で田中は笑みさえ浮かべている。

「分かった。頼んだぞ！」

ワットは田中の肩を笑顔で叩くと、急いでコックピットを出た。

「墜落する。衝撃に備えろ！　安全姿勢になるんだ」

ワットは大声で兵士らに注意を喚起しながら通路を走った。

兵士らは命令に従って両手で頭を抱え、膝の間に埋めるように丸くなる。

ワットは、マリアノの後を追うように自分の席に戻った。

「お疲れ。俺たちが藤堂さんよりも先にカブール入りできると思ったが、違ったらしい

な」

宮坂が苦笑すると、頭を両手で包み込むようにして丸くなり、衝撃に備えた。

「俺はまだ諦めていないぞ」

シートベルトを締めたワットは、スキンヘッドを両手で押さえて安全姿勢になる。

午後九時四十三分、市谷傭兵代理店。

「やっぱり、変！」

軍事衛星でワットらが乗ったC－17を監視していた友恵は席を立つと、内線電話の受話器を取った。

彼女のデスクには六台のモニターが並んでおり、一番左の上段にあるモニターに米軍の軍事衛星の映像が映り込んでいる。米軍やロシア軍は世界中をカバーできる軍事衛星を数多く保有しており、その中には精度が落ちる古い衛星もあった。使用頻度が低いので、友恵はそうした米露の軍事衛星をハッキングして使っている。

だが、集中的に使うとハッキングがバレてしまうため、三十分おきに使用する衛星を自動的に切り替える自作のプログラムを使っていた。

「社長、私の部屋に来てください。……大至急です！」

友恵は社長室の池谷に呼び出した。

「あっ！」

友恵は声を上げ、両手で口を押さえた。C－17の左エンジンが突然爆発したのだ。ドアがノックされて、池谷が部屋に入ってきた。

「何事かね？」

池谷は首を傾げた。

「ワットさんたちが乗っているC－17が、急激な進路変更した直後に攻撃されました。フレアが放出されました」

立ち上がった友恵は、モニターの中央部に映っている夏の花火のように閃光を吐いている機影を指差した。

「あっ！　何が起こったんだ！」

池谷も叫んだ。今度は右エンジンが爆破したのだ。

「小型の対空ミサイルです。赤外線ホーミング誘導ミサイルです。なぜかC－17は超低空飛行していたために、テロリストに狙い撃ちされたようです。フレアが放出される前にロックオンされていたんでしょう」

「二発も命中したというのか！」

池谷は長い顔を横に振った。

「防空システムなら射程が数キロありますから、ロックオンされてから続けて発射されたのでしょう」

パソコンがアラート音を発した。

「あっ！　だめ！」

慌てて友恵が椅子に座った途端に、モニターが暗転した。

「どういうことだね」

池谷が映像の消えたモニターを両手で摑んだ。

「三十分のタイマーが働き、次の軍事衛星に切り替わったんです。少々お待ちください。手動でさっきの軍事衛星にアクセスします」

友恵はキーボードを叩いた。

モニターの映像が戻った。だが、どこにも機影は映っていない。

「C－17は、どうしたんですか？」

池谷はモニターを両手で摑んだまま尋ねた。

「ロックオンした最後の座標を打ち込みました。おそらく進路方向にある砂嵐の中に墜落したのでしょう」

友恵は青ざめた顔で答えた。

4

午後二時二十一分。

両翼から炎を上げるC－17は砂嵐の中に突っ込んだ。

「くそっ！」

視界が遮（さえぎ）られた上に砂嵐に機体を煽（あお）られた田中は、舌打ちをした。だが、慌てることなく機体を水平に戻し、電波高度計を頼りに減速を続ける。砂嵐の中では気圧高度計は使えないのだ。それに、脚部は出していない。

二〇一二年、米国のディスカバリーチャンネルが行った旅客機ボーイング727を砂漠に不時着させる実験映像を田中は見たことがある。砂漠の上空で着陸態勢に入ったところで自動操縦にしたクルーはパラシュートで退避し、機体だけ着陸させて衝撃時のデータを集めるというものだ。

実験機の脚部は砂漠の砂に埋もれて着陸時のスピードを減速させる役割はしたが、機体の先端部は折れて大破した。前輪が砂に引っ掛かり、無理な荷重が機体に掛かったからだ。経験のあるパイロットなら脚部を出すことはないので、田中は不思議に思ったが、予測された結果でもあった。

田中は脚部を格納したまま着陸することにした。着陸時の胴体への衝撃は大きいが軍用機は民間機と違って機体の強度が格段に高いことに懸けたのだ。

「高度千八百五十。確か、この辺りの標高は千八百だったな。五十、四十、三十」

高度計の数字は海抜のため、着陸する場所の標高を計算しなければならない。田中は、着陸地点の砂漠が標高千八百としてカウントダウンをはじめた。

「十五」

田中は機首を引き起こし、エンジンの推進力を若干（じゃっかん）絞った。二つのエンジンが停止してパワーが半減している。失速寸前のため、推進力の匙（さじ）加減は難しい。

「高度〇」

予測した高度に達したが、衝撃はない。

「早かったか」

田中は舌打ちをした。推進力を絞るのは早かったのかもしれない。だが、数秒遅れて激しい衝撃に襲われる。着地したのだ。

砂嵐で前方が全く見えない。目の前に岩山でもあったらおしまいだ。機体は激しく揺れているが、なんとか衝撃に耐えている。

田中は生きている2番と4番エンジンをアイドルから逆噴射させるべきか迷ったが、そのままにした。エンジン内部にまで砂塵（さじん）は入り込んでいる。すでに使い物にはならない状態のはずだからだ。

それに再度エンジンを動かせば、侵入した砂塵が燃焼室内で高温にさらされて溶ける。それが噴射されれば、今度は急速に冷まされることによって噴射口に付着し、どのみち瞬時に動かなくなるだろう。

機体が弾んだ。砂漠の起伏に乗り上げたのだろう。まるでジェットコースターだ。今度は機首が下がり、再び機体に衝撃が走った。貨物室の兵士の悲鳴が衝撃音とともに聞こえてくる。

機体は砂塵を上げながらなおも数百メートル走り続けて止まった。

「やった！　やったぞ！」

拳を振り上げた田中はエンジンを停めて補助動力装置を点火させると、シートベルトを外して貨物室に入った。

貨物室に猛烈な砂塵が吹き込んでいる。機体に裂け目が出来ているのだ。

「なっ！」

田中は息を呑んだ。

二台のハンヴィーが横にずれて、何人もの兵士が壁面にシートごと挟まれている。機体が裂けたため、固定してあったハンヴィーが衝撃で横に押しやられたのだろう。床は金属製のパレットになっており、そこにハンヴィーはチェーンで固定してあったのだが、片方のパレットが床ごと剝（は）がれてしまったのだ。

「田中！」

通路の向こうからアフガンストールで口元を覆ったワットが手を振った。

「怪我（けが）はないか？」

駆け寄ったワットは両手で田中の肩を叩くと、無線機を渡してきた。銃や弾薬などの調達はアフガニスタンの傭兵代理店でするが、無線機などの装備は性能の問題もあるため日本の傭兵代理店で揃（そろ）えてきたのだ。

「大丈夫だ。みんなは？」

田中はマイクが付いたヘッドセットをはめながら尋ねた。

「無事だ。だが、若い連中が大勢怪我をしている。まずはハンヴィーをどかすために牽引（けんいん）をするつもりだ。爆発の心配がないのなら飛行機のエンジンをかけてくれ」

ワットは後ろを振り返って言った。ハンヴィーは二・四トンもあり、人力で動かせるものではない。

マリアノが兵士らを指揮し、ハンヴィーで負傷した兵士に対処している。彼は狙撃の名手だが、医師の資格を持ち高度な外科手術もできるため、リベンジャーズの従軍医師のような役割も担っている。彼に負傷した兵士の対処を任せれば安心だ。

「爆発の心配はない。燃料は、着陸直前に放出したからタンクは空だ。エンジンの火災も砂嵐で鎮火するだろう。だが、どうやってハンヴィーをどかすんだ？　動かせば、挟まっている連中を引きずることになるぞ」

田中は首を傾げた。

「後部貨物室ハッチを開いて後方のハンヴィーを出し、機体の裂け目からロープで二台のハンヴィーを引っ張るんだ。宮坂らに後方のハンヴィーの固定を外させている。おまえは、無線機で救援を頼んでくれ」

ワットは身振りを交えて説明した。

「それはいいアイデアだ。補助動力を稼働させたから電源は大丈夫だ。俺は無線機で応援を呼ぶよ」

田中はコックピットに戻り、ヘッドセットを装着してコックピットの無線機のスイッチを入れた。

「くそっ！」

田中は舌打ちをした。無線機が反応しないのだ。着陸のショックで壊れたのか、砂嵐のせいかは分からない。いずれにせよ、修理するには腰を据えて行う必要があるだろう。

田中は、コックピットの出入口近くにあるロッカーを開けた。機長と副操縦士のタクティカルバッグとハンドガンが入っている。田中はハンドガンをバッグに収めて二つとも担ぐと、コックピットを離れた。不時着したものの、すぐに救助が来るとは思えない。死者の装備を使うのは戦場のルールである。

後部貨物室ハッチから二台のハンヴィーが次々と出ていく。

ハンヴィーを見送った兵士が、ハッチを閉めた。砂嵐を防がなくては、負傷者が呼吸困難に陥るからだ。

ワットはゴーグルをはめて、機体の隙間から外を見た。高高度降下用のゴーグルを見つけたのだ。

機体の隙間は五十センチ以上あり、主翼の付け根から機体が折れている。機体の底でなんとか繋がっているが、天井から両側の側壁は裂けている。しかも天井の亀裂は一メートル近くあり、折れ曲がらなかったのは奇跡だったといえよう。

「1号車にロープを結びつけました」

瀬川が報告してきた。積載されていたハンヴィーは六台あり、コックピット側から番号を振っている。事故を起こしたのは1、2号車で、外に出て行ったのは、5、6号車ということになる。ハンヴィーを移動させるための準備は、瀬川が若い兵士を手伝わせて行っていた。

「6号車、針の穴、応答せよ。こちらからは、まだ見えない」

ワットが機体の裂け目から外を覗き込み、ハンヴィーに乗り込んだ宮坂に無線で連絡をした。外は砂嵐で日暮のように暗く、視界は数メートルしかないのだ。

宮坂が6号車、村瀬と鮫沼が5号車に乗り込んでいた。リベンジャーズ総出で活動している。緊急事態は経験が物を言う。これまで数知れない困難に直面した経験が役に立っているのだ。

――こちら、針の穴。……機体に沿って低速で走っている。……今、……右翼を回り込んだところだ。

宮坂の声は砂嵐にかき消されそうになる。先ほどより、砂嵐は酷くなってきた。機体も風に煽られて揺れている。

前方から二つの光が見えてきた。

「ヘッドライトが見えたぞ。そのまま前進してくれ」

ワットは声を上げると、後方で待機している瀬川に合図をした。

「任せてくれ」

アフガンストールで顔を覆った瀬川は、束にしたロープを右肩に担ぎ、機体の裂け目から外に飛び降りた。リベンジャーズにとって、中東での任務の必需品はアフガンストールと同じく、アフガン帽とも呼ばれるパコール帽である。

「こちら、ピッカリ、コマンド1、ロープを引いてくれ」

ワットは瀬川に指示し、ロープの張り具合を確かめた。ロープが機体の亀裂に触れないようにしないと、牽引する際に機体の断面で切断する危険性があるからだ。

ちなみにコマンド1は瀬川のコードネームで、特に意味はない。数年前に死んだ自衛隊時代からの仲間である黒川章と共有していたコードネームである。瀬川は彼を忘れないため、あえて使っているそうだ。

「いいぞ、そのまま引っ張れ」

ワットはロープを持ちながら言った。

——こちらコマンド1、6号車に結びつけた。

数分後、瀬川からの連絡が返ってきた。

「ゆっくり、引いてくれ」

ワットの指示でロープが引っ張られ、ハンヴィーが横に動き始める。下の金属パレットも動くため、耳障りな軋み音が生じる。

「止めろ！」

ハンヴィーの近くで様子を見ていた田中と負傷者の傍にいるマリアノが同時に叫んだ。

「針の穴、ストップ、ストップだ！　……どうした？」

ワットは無線連絡をすると、田中に尋ねた。

「一本のロープで、ハンヴィーを横方向に移動させるのは、やはり無理だ。車の先端が持ってかれると、斜めになって後部に挟まっている兵士が逆に押し潰される。前後二本のロープで同時に動かさないとハンヴィーは平行に移動しない」

田中はロープの結び目を見て答えた。

「分かっている。だが、機体の裂け目から二本のロープを出すのは無理だ」

ワットは首を振った。

「機体の裂け目からは、ハンヴィーの前方をひっぱり、後方に結びつけたロープを機体の天井近くのフレームを通し、後方のハンヴィーに結びつけるんだ。同時に引っ張ればいい。二十センチだけ横に動かせば、兵士を引き出すことができるだろう」

田中は剝き出しになった天井の鋼鉄製のフレームを見て言った。

「なるほど。田中、おまえがやってくれ」

頷いたワットは、近くにいる若い兵士に田中を手伝うように指示をした。

「こちら、ピッカリ、針の穴、引いてくれ」

十分後、ロープは結び直され、ワットは宮坂に再び連絡をした。

——了解！

宮坂の返事とともにロープにテンションが掛かり、引かれる。同時に後方の三台目のハンヴィーもゆっくりとバックした。機体のフレームが嫌な軋み音を上げる。ハンヴィーを牽引するほどの強度はないのだろう。それでも、兵士たちを潰しているハンヴィーは動き始めた。

「いいぞ、隙間が出来た。ゆっくり兵士を移動させるんだ」

マリアノが若い兵士らを動かし、負傷兵を車の隙間から引っ張りだす。

「ストップ、もういいぞ。車を前進させてロープを緩めてくれ」

ワットは作業を終えたマリアノの合図を待って、宮坂に指示をした。

「続けて二台目も動かすぞ！」

ワットの命令に、若い兵士たちが呼応した。

5

午後三時半。

C－17がアフガニスタン北西部の砂漠に墜落し、一時間が経過しようとしている。

墜落時の衝撃でハンヴィーに挟まれた兵士は十二人、うち三人は軽傷だったが、五人が足と肋骨（ろっこつ）の骨折で重傷、残りの四人が胸部を押し潰されて死亡した。

C－17に乗り込んでいた陸軍の兵士は第三軍団第一歩兵師団の二十八人で、カブールのバグラム空軍基地の警備兵として赴任する予定だった。彼らの中で指揮官は、大尉と上級曹長だったが、二人とも死亡している。

また、乗務員の軍曹は足を骨折しており、機関士である曹長はインジルリク空軍基地で体調を崩したために搭乗を見合わせたことが分かった。本来ならば交代要員を乗せる必要があるにもかかわらず、機長の判断で離陸したらしい。そのため、C－17に乗り込んだ将校は、予備役だが中佐であるワットと、同じく予備役の中尉であるマリアノの二人だけということになった。

「それにしても、ひでえ嵐だな」

コックピットの後方に座るワットは、ウィンドウシールド（風防）を見て唸るように言うと、頰を伝わる汗を顔に巻いているアフガンストールで拭った。室温は三十八度を超していた。砂嵐の砂塵は、空気中の水分を奪って熱を放出する。それでも湿度が極端に低いため、なんとか耐えられた。

コックピットは不時着したC－17で唯一外気を遮ることができる場所であるため、作戦室になっていた。とはいえ狭いので、宮坂と通信機を修理している田中の三人だけである。

他の仲間と兵士は六台のハンヴィーに乗り込み、息を潜めていた。機長を含めた六人の死体は貨物室の片隅に並べてシートを被せてある。

「随分前に、砂嵐に遭った時は数時間ほどだったが、丸一日続くこともあるそうだ」

宮坂はワットの反対側の側面を背に座っている。

「この機に乗り合わせた兵士はラッキーだったかもしれないいな」

ワットは小さな声で言った。体力の消耗を防いでいるのだ。

「少なくとも、田中の操縦で墜落は免れたからな。あのまま岩山にでも激突していたら、だれも助からなかった」

宮坂も小さな声で頷いた。

「補給物資も積んでいた。少なくとも、全員分の食料と水は三日分ある。ただし、武器はハンヴィーに搭載されているM２４９と、機長と副操縦士が持っていたグロック17だけだ。俺たちを対空ロケット弾で撃ち落としたテロリストが、襲ってきたら少々心細いな」

ワットは表情もなく言った。M２４９とは5・56ミリ軽機関銃のことで、ハンヴィーの天井にある銃座にボルトで取り付けてある。ベルト式の二百発弾帯が備えつけられ、最大射程は三千六百メートルという強力な機関銃だ。だが、毎分百二十発という速射をすれば、あっという間に弾丸は尽きてしまう。

「積荷リストを見たが、兵士の装備であるM４とグロック17Cが予備も含めて、三十丁ずつ積まれたことになっている。一体どこに消えたんだ？」

宮坂は積荷の補給物資と武器を調べたが、M２４９軽機関銃の予備弾丸は見つけたものの、M４とグロック17Cを収めたコンテナを見つけることはできなかったのだ。

「俺も問いただした。そしたら、武器のコンテナが届いていなかったから、そのまま離陸したと言っていたよ」

ワットは苦笑した。貨物室担当の軍曹は、命令しないと動けない男である。離陸時間が迫っていたために武器コンテナを捜さなかったらしい。

「馬鹿な！　輸送機で武器を運ばないでどうするんだ」

宮坂は両手で頭を抱えた。

「主要任務は、ハンヴィーと兵士の輸送だから、武器は次の便でもいいと思ったそうだ」

ワットは苦笑するほかない。軍曹も墜落することなど予測できなかったのだ。

「まったく。……嵐が去った後はどうする？」

溜息を吐いた宮坂は、地図を床に広げた。アフガニスタンの北西部に、現在位置が×印で付けられている。カブールからは直線距離で四百五十キロ、道によっては二倍から三倍離れていた。たとえハンヴィーのガソリンが満タンでも、人員や装備を積んだ状態では三百五十キロの行動距離しか出ない。給油なしでは、カブールに辿り着くことはできないのだ。

砂嵐のせいで通信状態が極めて悪いため衛星携帯電話も使えないが、田中が飛行距離や方位を計算して墜落地点を割り出していた。

「俺たちを攻撃した連中は、トルクメニスタンの北東部の砂漠地帯に潜んでいるタリバンの分派だろう。砂嵐が収まったら、C－17が墜落したことを確認するために偵察を寄越す可能性もある。そいつらは問題なく蹴散らせる。だが、その後に大勢で襲ってくることは目に見えている。M２４９は、破壊力はあるが射手は狙い撃ちされる。それに弾丸もすぐに撃ち尽くすだろう。長期戦に持ち込まれたらもたない」

　ワットも地図を見ながら指先で砂漠地帯を示した。

「とすると、嵐が去ったらすぐに出発するしかないな。だが、どこに行けばいい？」

　宮坂は首を振った。

「以前は北部のホルムに米軍の基地があったが、今はない。マザー・リシャリーフにNATO軍の基地がある。それが頼りかな。ここだけの話だが、九月にアフガニスタンから五千人規模の撤退があるそうだ。すでに撤退してタリバンの支配地域になっている場所も多いらしい」

　ワットは眉間に皺を寄せた。

「トランプは、他国の平和維持に金を掛ける気はさらさらないからな」

　宮坂は苦笑いした。

「そういうことだ。米国が長年かけて築き上げてきたものを、あの男は一つずつ破壊していく。情けないよ」

　ワットは大きな溜息を吐いた。

「だが、カブールに行くには北部ルートか、トルクメニスタンの国境に沿った西部南下ルートを通るしかない。中央の山脈越えは、途中で車を乗り捨てなきゃならない。それに、怪我人を連れて徒歩の移動は不可能だ」

宮坂は指先で地図をなぞった。

「こちら、ピッカリ、ヤンキース、応答せよ」

ワットは無線でマリアノを呼び出した。

——こちらヤンキース、どうぞ。

ハンヴィーの1号車と2号車の後部には重傷者が乗せられ、マリアノは彼らの看病をしていた。

「負傷者は、どんな感じだ？」

——一人は夜までもちそうもない。あとの四人は小康状態を保っている。

マリアノは声を潜めて答えた。

「移動は可能か？」

ワットは遠慮がちに聞いた。リベンジャーズと兵士、それに乗務員の軍曹も入れて生存者は三十二人いる。だが、全員を六台のハンヴィーに乗せるとなると、重傷者も椅子に座らせなければならなくなるだろう。

——間違いなく、負傷者は全員死ぬだろうな。

マリアノはさらに小さい声で答えた。

「そうか。ありがとう」

ワットは宮坂を見て、首を横に振った。

「とすれば、ここに踏みとどまって救助を待つしかないか」

　宮坂は頰の無精髭を右手で掻いた。

「嵐が収まって機体が発見されれば、一時間半、遅くて二時間で救援隊が来るはずだ。二時間だけ持ち堪えればいい。この機体を、砦にするか」

　ワットは何度も頷いた。

「やはり、そうか」

　田中が相槌を打つように言った。

「おまえもそう思うか？」

　ワットは立ち上がって田中の背後に立った。

「何のことだ？　俺は無線機のことを言ったんだ」

　田中はワットらの会話を聞いてなかったらしい。

「修理は、終わったのか？」

　ワットは分解された無線機を見て首を傾げた。

「修理はできない。おそらく離陸後一、二時間で無線機の主要な電子部品は焼き切れたのだろう。過重電圧が掛かったらしい。規格外の部品がはめられていたからだ。代用になる部品を探したがなかったよ」

　田中は焼け焦げた電子部品を見せた。

「整備不良の事故か？　……いや、そうじゃないな」

ワットは電子部品を手に取って渋い表情になった。

「機長の死と通信機の故障、制御装置の乗っ取り、すべて墜落事故に見せるためじゃないのか？」

宮坂は険しい表情で言った。

「そう考えるのが妥当だろう。もし、墜落して生存者がいても、砂漠のタリバンが始末してくれる。小細工したやつは頭がいい。この機に乗り合わせた兵士はラッキーだとさっき言ったが、訂正する。俺たちが狙われて、彼らはその巻き添えを喰らったのだろう」

ワットは舌打ちをした。

「クロノスか！」

田中は無線機の壊れた電子部品を床に投げつけた。

6

午後四時四十五分、アダナ・シャキリパシャ空港。

浩志と辰也と加藤の三人は、空港のエントランスから出るとタクシーに飛び乗った。

「インジルリク空軍基地に急いでくれ！　早く着けば、チップをはずむぞ」

浩志はポケットから米百ドル札を出すと、運転手に渡した。空港から基地までは市街地を抜けて十二キロある。

「任せてくれ。十五分で着いてやる」

口髭を生やした中年の運転手は、百ドル札をポケットにねじ込むとアクセルを踏み込んだ。

未明にトルコに到着した浩志らは、イスタンブール空港内のエアポートホテルをチェックアウトした後、再びチェックインしていた。次のカブール行きは翌日の午前二時十分発のため、それまでホテル内のフィットネスセンターで運動していた方が空港内のラウンジで無駄に過ごすより意義があるからだ。

現地時間で午後二時二十四分に、リベンジャーズの仲間が乗ったC－17をアフガニスタンの北西部で見失った、と軍事衛星で監視していた友恵から連絡をもらっていた。現場周辺は激しい砂嵐が続いているため、まだ機体は発見されていない。

浩志はすぐさま誠治を介して米軍に問い合わせている。だが、米軍はC－17が行方不明になったことをまったく把握していなかった。無線が通じず、着陸予定時刻になってもバグラム空軍基地に現れないことで、はじめてC－17が墜落の可能性があると判断したそうだ。

誠治は口頭で二発の対空ミサイルで撃ち落とされたという情報を伝えたが、参謀本部ではいつものＣＩＡの未確認情報として信じなかったらしい。仕方なく誠治は友恵から得られた映像データを参謀本部の幹部に個人的に提供したようだ。むろん日本の傭兵代理店から得られたとはいえないため、ＣＩＡが勝手に軍事衛星を使用したことにしたらしい。

　初動が遅れた米軍は慌てて救援隊を組織したが、砂嵐が収まらないため待機させている。また、インジルリク空軍基地からカブール北部にあるバグラム空軍基地に向けて急遽救援物資を送ることになった。輸送機は医療物資などの積み込みを午後五時半までに終え、六時前には離陸予定だという。誠治は軍の上層部に掛け合って、浩志らが乗れるように取り計らってくれた。

　とはいえ、イスタンブールからインジルリク空軍基地は九百キロ以上離れているため、国内線を使って移動するほかない。浩志らは最短で移動できるようにイスタンブール南部にあるサビハ・ギョクチェン国際空港に行き、国内線でアダナ・シャキリパシャ空港にさきほど到着している。

　タクシーはアダナの南を通るＤ４００号線を百キロ超の猛スピードで走り抜け、乗車してから十二分後にはインジルリク空軍基地の西ゲートに到着した。百ドルのチップは絶大な効果があったようだ。

　基地の南側にある司令部の建物の前でタクシーを停めた浩志は、さらに百ドルのチップを払って降りた。

「ミスター・藤堂か?」

司令部エントランスに立っていた米兵が、尋ねてきた。襟章は少佐である。

「メイプリー少佐か?」

浩志は頷くと、軽い敬礼をした。誠治からこの基地で信頼できる情報将校として彼を紹介されていた。この半年間で、誠治はCIAのみならず、NSA(国家安全保障局)や米軍のパイプを使って信頼できる人間をピックアップし、さらに精査しているらしい。それでも、重要な任務には身内さえ疑って掛からなければならないそうだ。

ちなみに誠治は浩志らをCIAの軍事部門であるSOG(特殊作戦グループ)の要員だと、連絡したそうだ。地上、海上、航空の三つの部隊があり、グリーンベレーやシールズなど、特殊部隊経験者で構成されている組織だ。

「ジェイコブ・メイプリーです。こちらへ、どうぞ」

メイプリーは手招きすると、司令部に入って行く。

浩志らは彼に従い、エントランス近くのブリーフィングルームに通される。

「サイズは聞いていますので、急いで戦闘服に着替えてください。私は玄関に車を回して待っています」

メイプリーは人目を憚っているのか、言葉少なに出て行った。情報将校なのでCIAと繋がりがあるようだ。だが、SOGは紛争地で非合法な活動をするため、あまり関わりたくないのだろう。

部屋の片隅に戦闘服とベルトが三人分畳んで置いてあり、身長が書かれたメモが添えてある。

「驚いた。僕にぴったりのSサイズですよ」

加藤は引き締まった体格をしているが、身長は一六八センチと、リベンジャーズでは一番の小柄である。

「事前にオーダーしておいたのだ」

浩志は鼻を鳴らして笑った。誠治に辰也と加藤が同行していると伝えてあった。彼にはリベンジャーズ全員のデータがあるのだろう。

「二人とも、緊張感なさすぎですよ」

辰也は首を振った。不謹慎だと言いたいのだろう。

「おまえは、ワットらがむざむざと砂漠で死ぬと思うか？」

浩志は着替えながら辰也に尋ねた。

「そう言われると……」

辰也は返答に困っている。

「心配のしすぎでしょう。オペレーションのスペシャリストの田中さんだって乗っていたんですよ。私はなぜだか、全員が無事だと分かるんです」

加藤は笑顔で言った。五感を徹底的に鍛え上げた男だけに妙に説得力ある。

「俺もだ」

浩志も相槌を打った。いつもなら胸騒ぎがするのだが、今回は墜落したと聞いてもなぜか嫌な予感はしないのだ。

「二人が、そう言うのなら、間違いないですね」

辰也は大きな息を吐くと、胸を撫で下ろした。

三人は着替えると、玄関前に停められているハンヴィーに乗り込んだ。

「救援物資の積み込みを終えたので、輸送機はあと五分ほどで離陸します。危なかったですね」

運転席に乗るメイプリーは、アクセルを踏んで急発進させた。少佐である彼がハンドルを握るということは、極秘に行動するためだろう。時刻は午後五時三十五分になっている。予定よりも早く離陸するようだ。

浩志は無言で頷いた。

「新しい情報が入りました。C－17が墜落する寸前の映像がCIAから送られてきたのです。解析したところ、トルクメニスタン上空でコースを南に向け、高度を千二百メートルまで落としてアフガニスタンの山岳地帯に墜落する寸前で、コースを北東に進路を変えたらしいです。理由は分かりませんが、制御装置が故障したのでしょう。しかし、高度を上げた直後に砂漠地帯から、対空ミサイル攻撃を受けました。C－17は左右のエンジンに被弾し、そのまま進路を北東に向けて砂嵐の中に消えました。アフガニスタンの北西部の砂漠ですが、コースから墜落地点はおおよそ見当がついています」

メイプリーは振り返って言った。

「北西部なら、キャンプ・マーマルが近いはずだ。そっちにも救助要請は出したのか？」

キャンプ・マーマルは、アフガニスタンの北部に位置するマザー・リシャリーフにあるドイツ連邦軍を主体とするNATO軍最大の基地である。

「我々もそう思います。しかし、あの御仁のせいで頼めないのです」

メイプリーは険しい表情で言った。

あの御仁とはトランプ大統領のことだろう。トランプはことあるごとにNATOは時代遅れだと批判している。米国はこれまでNATOの本部運営や安全保障関連の共同投資、一部の統合軍事演習などに要する経費の二十二パーセントを支払っている。これが無駄だと言っているのだ。

「キャンプ・マーマルには、米軍も駐屯しているはずだが、肩身の狭い思いをしていると聞いたことがある。NATO軍の協力も頼みづらいとはな。不時着したC－17には、乗員と兵士合わせて、何人乗っていた？」

苦笑した浩志は、当たり障りのない質問をした。メイプリーの情報は数時間前に友恵から得ている。しかも、彼女は映像から得られた飛行速度と高度、角度を解析し、着陸地点を割り出していた。ただし、砂漠面の抵抗係数、それに脚部を出した場合と胴体着陸の場合では、それぞれ誤差が八百メートルほどあるらしい。

「乗員三名、陸軍兵士二十八名に予備役の兵士が七名、合わせて三十八名です」

予備役というのは、ワットらのことである。

「救援部隊の構成は?」

「シースタリオンとブラックホーク二機と聞いています」

シースタリオンとはCH-53大型輸送ヘリコプターのことで、乗員以外に三十七名の兵員を乗せることができる。ブラックホークはUH-60中型多目的軍用ヘリコプターのことで、シースタリオンの護衛と救助にも使うのだろう。

「俺たちは乗れるんですか?」

横に座っている辰也が首を捻った。

シースタリオンだけでは全員を収容できないため、ブラックホークにも数名乗せる必要がある。だが、現地でテロリストに対処する武装した空軍兵士も乗せるため、ブラックホークが二機では意外と空きスペースはないだろう。

「大丈夫です。あなた方の任務は、墜落したC-17と積載していた貨物の爆破と聞いています。三人の武器と起爆装置と爆薬など収めたコンテナはすでにC-17に積んであります。それをバグラム空軍基地で待機しているシースタリオンに積み込んでください。あなた方三名分のシートは用意してありますよ」

メイプリーは低い声で笑った。民間機のようにシートと表現した冗談に自分で受けているらしい。意外と面白い男かもしれない。

爆薬と聞いて辰也は、にやりとした。彼は爆弾グマと呼ばれるほど、爆弾の製造から解体まで詳しいその道のプロである。爆弾作りに関しては、米軍の爆弾処理班を遥かに上回る知識と技術を持っている。

また、リベンジャーズの一員なら誰でも爆弾の知識はある。それを誠治は心得ており、SOGからプロの助っ人を派遣したと米軍に提案したのかもしれない。

「気に入った」

浩志は表情もなく頷いた。

救援チーム

1

六月十五日、午後六時四十分、カブール。

柊真は、シャリナウパーク通りに面したラッキー・タウン・レストランの壁際の席で食事をしていた。名前からしてハンバーガーなどのファーストフード店のようだが、ごく普通のアフガニスタン料理を出す地元の店である。

昨日の朝、仕事場であるスポーツ・シューティング＝デュ・クラージュに訪れた夏樹を介して誠治の仕事を引き受けた。すぐに仲間と相談し、柊真はマットと二人で先に出発している。というのも、共同で立ち上げた会社をいきなり放棄することはできないからだ。

シャルル・ド・ゴール国際空港十五時三十分発のイスタンブール行きに乗った。イスタンブール国際空港には二十時過ぎに到着し、浩志らが乗り遅れた二時十分発カブール国際空港行きで問題なくカブールに来ている。

現地時間の午前九時五分に到着した際に衛星携帯電話機で友恵に連絡を入れたが、誰よりも早く到着したと聞き、昼過ぎまでは市内の市場で買い物をするなどのんびりとすごした。

セルジオとフェルナンドは、外人部隊時代の友人に声を掛けて会社の留守を頼むためフランスに残ったが、柊真らと同じルートで明日には到着することになっている。

また、ホテルはレストランの近くにあるゲストハウスにチェックインした。グリーン・ゾーン（安全地帯）内の四つ星、五つ星ホテルは高いこともあるが、テロリストの標的になるためあえて避けたのだ。アフガニスタン人向けのゲストハウスなら、二千アフガニ（約二千八百円）も出せばトイレとシャワーが付いた宿に泊まることができる。

柊真とマットは対面に座り、串料理であるコフタとケバブ、それにナンを黙々と食べていた。ビールを飲みたいところだが、イスラム圏なのでアフガニスタンやイランで飲まれるドゥーグと呼ばれるヨーグルト飲料を飲んでいる。

二人とも無精髭を伸ばし、地元の市場で買った服を着てパコール帽まで被っているために店の風景と馴染んでいた。マットはネイティブインディアンの血が混じっているため肌は褐色で、かつ濃い顔をしているので地元民にしか見えない。また、柊真も彫りが深く、よく日に焼けているのでアフガニスタンでは少数ではあるがアジア系のウズベク人と言っても問題ないのだ。

日が暮れて通りが混み出したので、早めの晩飯を食べることにしたのだ。紛争地での鉄則は、食べられるときに食べることである。テロが起きれば、街は封鎖されてしまうからだ。

テーブルに載せてあるスマートフォンにメッセージが届いた。友恵から午後三時過ぎに仲間が乗り込んだC－17が行方不明だと知らされている。彼女からは逐次連絡は貰っていた。そのため、すぐにメッセージが受けられるようにポケットから出しておいたのだ。

〝R0、Kに向かう。詳しくはメールで〟と友恵からである。R0とは、リベンジャーのコードネームを持ち、創始者である浩志を意味するテキストコードである。浩志がカブールに向けて出発したと書いてあるのだ。

番号は単純にリベンジャーズに参加した順番に振られており、辰也がR1、宮坂がR2、田中がR3、加藤がR4、瀬川がR5、ワットがR8、マリアノがR9、村瀬がR11、鮫沼がR12である。

死亡した寺脇京介のR6、黒川章のR7、アンディー・ロドリゲスのR10は欠番になっていた。暗号というほどのものではないが、友恵が考案した略字でテキストを早く送ることができ、しかも他人が見ても分からないという利点がある。

柊真は同時に届いたメールを開けた。

タイトルは「自動消滅」と記されている。意味不明なタイトルに首を捻りながらも本文を開けた。

〝R0、R1、R4は、トルコから一七三五時に離陸。Kには二二〇〇時に到着予定〟という一行を読み終えると、文章は自動的に画面から消えた。浩志と辰也と加藤のことである。友恵のことだから、スマートフォンのメモリからも消去されるプログラムを作成したのだろう。まるでスパイ映画でも見ているようだ。

〝R0、R1、R4は、米軍に参加し、救助に向かう。ただし、定員が埋まっているために、バルムンクは救出チームには参加できない〟

バルムンクとは柊真のコードネームである。

「だろうな」

苦笑しつつ文章を読んでいると、次の行も消滅した。米軍の救援活動はあらかじめ派遣するチームを決めてあったのだろう。部外者が入り込む余地はないはずだ。

〝以下、R0からのメッセージです。「墜落はCが事故に見せかけたRの抹殺だろう。殲滅地帯での任務に変わった。注意せよ」以上〟

最後の文も読み終えると、画面から消え失せた。ここでいうCは、クロノスのことで、リベンジャーズのメンバーを狙った犯行だと浩志は睨んでいるようだ。

メールそのものが受信ボックスから消去されるのを確認すると、柊真はスマートフォンをポケットに仕舞った。次に連絡があるとすれば、浩志らがカブールに到着するころだろう。とはいえ、救援活動に参加できないのなら、当分の間は直接関係のない内容のはずだ。

「どこからの連絡だ？」

マットは周囲を窺（うかが）いながら尋ねた。二人はあえてフランス語で会話している。アラビア語で話すべきだが、カブールなら問題ないはずだ。

「日本の彼女からだ」

柊真は笑顔で答えた。

「例の天才のことだろう。勿体（もったい）ぶるなよ。リベンジャーズのことを連絡してきたんじゃないのか？」

マットが鼻先で笑った。

「こっちに向かっているそうだ。救出チームに入るらしい。だが、俺たちは参加できない」

柊真は笑顔を浮かべたままケバブを手に取った。周囲から見て深刻な話をしていないように見せているのだ。店内は広く、席の間隔は離れている。家族連れが多く、柊真らを気にするような客はいない。あえて言うのなら、離れた席に座っている二歳ほどのかわいらしい女の子が、マットを気にしているぐらいだ。マットが手を振ったために面白がっているのだろう。

「二発もロケット弾を喰らって、生存者はいると思うか?」

　マットは渋い表情で尋ねた。

「俺の勘では、乗員は死んでも仲間は生きていると思う。これは、希望じゃない。そう思えるんだ」

　リベンジャーズと一緒に活動した期間は短いが、彼らはどんな悪条件でも乗り切るだけの能力を持っていることを柊真は知っていた。京介が死んだのは、単純に運に恵まれてなかったからだと思っている。

「確かにな。コロンビアで闘った時は、正直言って俺は諦めていたが、おまえやあの人は、絶対諦めなかった。事実、仲間が助けに来たしな」

　マットは頷きながらナンをちぎって口に入れた。あの人とは、浩志のことである。マットらにとって、浩志の凄まじい闘い方は忘れられないようだ。

「救出にはまだ時間がある。それまで、俺たちはフェルンドとセルジオを迎える準備をしておこう」

　柊真はマットをチラリと見てドゥーグを飲んだ。

2

午後七時四十分、墜落したC－17。

機体を揺さぶっていた耳障り（ざわ）りな風音が、二十分ほど前から和（やわ）らいでいた。

「砂嵐が通り過ぎようとしている」

耳に手を当てていたワットが、渋い表情で言った。

コックピットの後ろで膝（ひざ）を抱えて座っている。その横には宮坂、対面に田中が座っていた。ウィンドウシールドと両サイドのコックピットウィンドウは銃撃に耐えられないため、砂袋を計器の上に積み上げ、それぞれの窓を覆っている。そのため、操縦席には座れなくなっていた。

積載してあった補給物資の中に土嚢（どのう）用の袋があったため、中に砂を詰め、コックピットと貨物室の亀裂に積んである。土嚢は防弾のためであるが、亀裂をある程度塞（ふさ）ぐことができたので、貨物室への防風対策にもなった。貨物室に吹き込んでいた砂塵（さじん）が少なくなったので、ハンヴィーの中にいる必要はなくなり、ほとんどの兵士は窮屈（きゅうくつ）な車内から出ている。

砂は外にいくらでもあるため、土嚢もいくらでも作れた。その他にも、狙い撃ちされないようにハンヴィーのボンネットとM２４９銃座の周囲にも載せてある。

また、敵が攻撃してきた際には亀裂上部の土嚢を外し、そこにハンヴィーから取り外してあるM２４９を備え付けることになっていた。M２４９には折り畳み式の二脚が付けられているため、亀裂の左右に二丁備えることで機体を要塞化して防備を固めることができる。

「砂漠のタリバンは、どう攻めてくると思う？」

隣りに座っている宮坂が尋ねた。

「俺たちを撃ち落とした砂漠のタリバンは二百キロ以上西の地点にいたはずだ。不時着してから四時間以上経過している。C－17の墜落を確認するならすでに百キロは移動し、あと三、四時間でここまで来るだろう。だが、厄介なのは、俺たちは北のファーリヤーブ州かジューズジャーン州の砂漠にいることだ。つまり、タリバンの支配下にいることになる。とすれば、近隣のアンドフボイやシェベルガーンを制圧しているタリバンがやってくる可能性がある」

ワットは気難しい表情で言うと、ペットボトルの水を少しだけ飲んだ。一度にたくさん飲むよりは、少量を何回かに分けて飲んだ方が、喉の渇きは癒される。

「どちらの街もここから四、五十キロの位置にあるかもしれないが、砂漠のタリバンからの要請を受けた場合だよな。それに日が暮れてから行動するか？」

宮坂は首を振った。

「楽観的な意見を言わせてもらうのなら、俺はすぐにタリバンが攻めてくるとは思っていない。ロケット弾を二発も喰らったら、普通は墜落して大破する。墜落機を確認するのなら、夜が明けてからで充分だろう。タリバンは砂漠に慣れているかもしれないが、だからと言って飛行機の残骸と死体を確認するのに夜中に行動しないはずだ。それに砂漠は広い。上空から捜さない限り、C－17を発見するのは昼間でも難しいだろう」

田中が二人の会話に加わった。

「俺もそう願っている。不時着したのは奇跡だからな。だが、C－17はタリバンにとってデカい獲物だ。もし、墜落させたことを世界中にアピールするなら、絶好の宣伝材料になる。米国にとっては、最悪のネタになるがな。兵士がこれ以上死ぬことになれば、アフガンからの撤退を国民は要求するだろう。タリバンは今頃血眼(ちまなこ)になって捜しているはずだ。それに、この地域のタリバンが〝ヤシール〟を持っている可能性は否定できない。〝ヤシール〟なら夜間でも、C－17は発見できる」

ヤシールは、米国のボーイング・インシツ社が開発した重量が十三・一キログラムという軽量小型の電子光学センサーを装備した無人機〝スキャンイーグル〟をイランが捕獲し、デッドコピーして大量生産したものだ。

イランはそれを自国の革命軍に配備するだけでなく、他国にも輸出している。

「ヤシール？　そういえば、去年京介がタリバンのアジトを脱出した後で、ヤシールに追跡されたと言っていたな」

　宮坂はワットの言葉に小さく頷いた。

　昨年の六月、警視庁と防衛省中央警務隊の混合捜査チーム〝特別強行捜査班〟のリーダーだった朝倉俊暉が、殺人事件の捜査でアフガニスタンに行った際に現地でガイド兼通訳として京介を雇っている。

　彼らは捜査を妨害する組織と結託するタリバンに囚われたが、そのアジトから脱出した。だが、砂漠を逃亡する彼らをタリバンはヤシールを使って執拗に追跡したのだ。

「軍事作戦はいつも最悪の場合を想定する必要がある。タリバンをＡＫ47をぶっ放すだけのテロリストだと思わない方がいい。中波長赤外線センサーあるいは電子光学・赤外線センサー搭載のヤシールなら、夜間の偵察も可能だ。砂嵐が止んだら見張りを立てるべきだろうな」

　ワットはポケットからアフガニスタンの地図を出した。Ｃ－17の現在位置に×印が付けられている。田中の計算では、誤差は十キロ以内らしい。

「アンドフボイとシェベルガーンとも近い。タリバン支配地域じゃなきゃ、どちらかに逃げ込んで今頃、街のレストランで飯でも食っているのにな」

　宮坂は腕を組んで唸った。

「夢を語っても、腹が空くだけだ」

田中は目を細めて鼻先で笑った。補給物資の中には米軍のレーション（戦闘糧食）もあったが、まだ食べていない。土嚢である程度砂塵は防いでいるが、それでも機内には吹き込んでくる。そのため、ハンヴィーの中で食べる他なく、負傷者や体力が落ちている者に先に食べさせていた。

コックピットの中でも食べられるのだが、米軍機に乗っているだけに米兵を優先させてレーションを配っている。また、ワットとマリアノは、リベンジャーズの仲間に気を遣って彼らもまだ口にしていないのだ。

「見張りだが、ハンヴィーの6号車をC－17の機首、5号車を右翼側、3号車を左翼側、4号車を尾翼側に配備する。俺は全体の指揮をするから機内に残るが、3号車と4号車にはリベンジャーズに乗り込んでもらうつもりだ」

ワットは水のペットボトルを床に置き、それを飛行機に見立てて説明した。C－17は機首を北北東に向けている。砂漠のタリバンは西から、アンドフボイとシェベルガーンのタリバンは南から来るはずだ。どちらにせよ、戦闘経験の少ない若い兵士ではなく、リベンジャーズが対処する方がいい。

「分かっている。俺たちに任せろ。だとすれば、砂嵐が止む前に腹ごなしをするべきだな。田中、行くぞ」

宮坂が立ち上がって後部のドアを開け、田中が嬉しそうに呼応した。途端にコックピットに砂塵が舞い込む。

「俺の分も……頼む」

ワットは咳き込みながら、アフガンストールを顔に掛けた。

3

午後八時二十分、貨物室の後部ハッチが、唸りを上げて開いていく。

機体とハッチの隙間に入り込んでいた砂塵を擂り潰しながら後部ハッチが開き、外部の闇と機内が繋がった。砂嵐はほぼ収まっているようだが、それでも機内に砂塵は舞い込んでくる。

後部ハッチ脇に立っているワットが、右手を振った。

ライトを点灯させたハンヴィーの6号車が、ハッチから外に出ていく。四人の兵士が乗り込んでおり、交代で見張りをし、敵が襲来した際はＭ２４９の銃撃手にもなる。ワットは米兵の生存者二十四名を指揮していた。それぞれの役割も考えて、各兵士に命令を出している。長年軍人として生きてきただけに彼の指揮振りは見事で、誰しもワットを上官として受け入れていた。

続けて5号車が、排気ガスを貨物室に撒き散らしながら前進する。

「馬鹿野郎、エンジンを吹かしているんじゃない。さっさと出ろ！」

ワットは怒鳴りながら右手を振り続ける。

「すみません」

苦笑した運転席の兵士が、窓を閉じた。彼らにはリベンジャーズで用意してきた予備の無線機を渡してある。

「まるで鬼軍曹だな」

4号車の助手席の窓が開き、宮坂が顔を見せた。運転席には鮫沼が乗っている。後部座席には二人の若い兵士を乗せていた。

「頼んだぞ」

ワットは、ハンヴィーのボディを叩いた。

宮坂が親指を立てるとハンヴィーは前進し、左に曲がって行く。

「そろそろ衛星携帯電話機が使えるはずだ。連絡を頼む」

3号車の運転席から田中が顔を覗かせた。助手席に村瀬が収まっている。

「分かっている」

ワットは3号車が前進してC－17の左翼の数メートル先に停止すると、後部ハッチを閉じた。

「……どうした？」

振り返ると、疲れた様子のマリアノが立っていた。彼はこれまで休むこともなく負傷者全員の手当てをしている。

「ファーリスが、死亡しました。ボビーも危ないですね。残りの三人はいまのところ安定していますが、保証はできません」

マリアノは、沈んだ声で報告した。彼が名前を挙げた兵士はいずれも二十代の若い兵士である。彼は常にメスや鉗子などの手術に必要な最低限の道具を持ち歩いているが、医薬品がない環境では彼の腕を持ってしても限界はあった。

「おまえが負傷者の側にいないと、だめか？」

ワットはアフガンストールを下げて尋ねた。

「若い兵士に代わってもらいました。俺のできることは、もう何もありませんから」

マリアノは大きな溜息を吐きながら答えた。

「飯がまだだろう。レーションを食べて元気を出せ。おまえまで倒れたら困る」

ワットはマリアノの肩を叩いた。

「そうします」

マリアノは肩を落として立ち去っていく。

ワットは彼の背中を目で追って、首を振った。

マリアノは外科医を目指していたこともあり、医師の免許も持っている。だが、彼は研修医のころに米国の医療保険の実態を知って医師として働くのをやめ、陸軍に入隊した。米国で貧乏人は医療保険に加入することはできない。そのため、病気や怪我でも病院に行くことを拒否する。マリアノが医療活動を始めたのは、デルタフォースの任務で仲間が目の前で負傷してからである。

「うん？」

ワットはポケットの衛星携帯電話機が、呼び出し音を立てていることに気が付いた。

「俺だ」

電話機の画面を見てすぐに通話ボタンを押した。

——やっと、繋がった。みんな無事なの？

友恵である。

「ああ、ヘリボーイのおかげで助かったよ。仲間は全員無事だ。だが、機長と副操縦士が死亡していた。それに着陸時のアクシデントで若い兵士が六人死んでいる」

ワットは神妙な顔で答えた。友恵と連絡が取れて嬉しいのだが、周りにいる兵士に気を遣ったのだ。

——機長と副操縦士が死亡していたって、どういうこと？ 着陸前に死んでいたという訳じゃないわよね。

「トルクメニスタン上空で高度が下がった。それで、俺はヘリボーイとヤンキースと一緒にコックピットに行ったんだ」

ワットは時系列で説明した。

――ということは、そのC－17は、機長と副操縦士を殺害し、制御装置を不能にすることで山脈に激突するようにプログラムされていたのね。明らかに事故に見せかけようとしたんだわ。しかもその危機を脱したら砂漠のタリバンに襲撃させるとは、用意周到ね。

友恵は興奮しているらしく、荒い息遣いが聞こえる。

「そこまで計算したかは分からない。タリバンも近代化されている。防空システムを持っているグループの支配地域に侵入し、捕捉された可能性もあるからな。ところで、C－17の無線機が使い物にならない。食料や水はあるが、武器がハンヴィーのM２４９だけだ。タリバンに見つけられる前に救出するように、米軍に打診してくれ」

ワットは気軽に頼んだ。友恵に任せれば大丈夫と分かっているからだ。

――了解しました。座標は衛星携帯電話機の位置情報で摑んでいます。問題は、今現在米国がC－17捜索のために軍事衛星を使っているため、私は使用できません。何かあったら、連絡をお願いします。

「分かった。ピザの注文のときにまた連絡する」

ワットは通話を切ると、思わず周囲を見た。いつの間にか兵士が集まっていたのだ。

「救援は来ますか？」

兵士の一人が尋ねてきた。

「頼んだ。おそらく、ブラックホークを護衛につけたシースタリオンか、チヌークが駆けつけてくるだろう。ヘリの速度を考えれば、ここまで二時間は掛かる。準備も含めて最低で二時間半というところだろうな」

ワットは集まってきた兵士の顔を見ながら答えると、若い兵士たちは歓声を上げた。


零時五十分、市谷、傭兵代理店。

「やった！」

歓声を上げた友恵は、すぐさまパソコンで浩志のスマートフォンに救援要請の暗号化されたメールを送った。スマートフォンで受信してタイトルを読むと、テキストは解凍されるが、時間が経つと自動的に消去される。今回のメールは、不時着したC－17の座標だけが、消えないように設定しておいた。

メールを送った友恵は自室を飛び出し、スタッフルームのドアを勢いよく開けて入った。

パソコンに向かって仕事をしていた中條修と麻衣が同時に振り返った。二人ともC－17に乗っていたワットらが心配で自宅には帰らずに残っていたのだ。

「ひょっとして？」

中條が立ち上がった。

友恵は腰に両手を当て何も言わずに、にやりとした。

「そっ、そうなんですか！」

麻衣も席を立った。

「全員無事よ！」

友恵は満面の笑みで両手を上げた。

「信じていました！」

麻衣が友恵に抱きつき、二人は小躍りした。

4

カブール、午後八時五十五分。

シャリナウパーク通りのラッキー・タウン・レストランで食事した柊真とマットは、2ブロック離れた路地裏のアフガン・アジア・ゲストルームに戻っていた。

木枠の窓が激しく揺さぶられる。

ベッドに座っていた柊真は、立ち上がってカーテンの隙間から窓の外を覗いた。外灯の光すら砂嵐で掻き消されている。

「まいったな。さっきより酷くなっている」

柊真は向かいの建物も見えない暗闇に溜息を吐いた。北西部の砂漠で発生した砂嵐が、カブールまでやってきたのだ。柊真とマットは食事中に店のウェイターから砂嵐が来ると聞いたので、慌てて帰ってきた。

「これじゃ、救援機は離陸できないぞ」

マットは持参したスキットルに入ったウィスキーを呷り、テーブルに置かれたグロック17をボロ布で磨いた。また、座っているソファーには、M4が四丁立て掛けてある。これから四人分の武器の手入れを二人でするつもりである。

柊真らは食事前にカブールの傭兵代理店で仲間の分も入れてグロック17とM4を四人分購入し、砂漠で足回りの良いハイラックスも借りていた。

ポケットのスマートフォンが反応した。

画面を見ると、友恵からのメールだ。例によって、自動消滅というタイトルである。

〝C－17から砂嵐去り、カブールを襲う。救援機飛べず。ピッカリは、水と食料は足りているとのこと。ただし、武器はハンヴィーのM249が六丁とハンドガンが二丁〟

短い文章のメールは、すぐに消えた。友恵は、カブールの米軍と不時着した仲間の動きを知らせてきたようだ。

「やはりそうか。救援隊は動けないらしい」

柊真の予測は当たった。

「だろうな。砂漠で発生した砂嵐がカブールまで到達するということは、上空に強い気流があるということだ。飛行機もヘリも飛ばせないだろう」

マットはマガジンを磨きながら頷いた。

「だが、Ｃ－17の着陸地点の嵐は去っている。タリバンに襲撃される可能性が高くなったということだ。武器はハンヴィーのＭ２４９が六丁、ハンドガンが二丁だけらしい。Ｍ２４９をハンヴィーから取り外したところで、敵が四方から攻めてきたら防ぎきれないな」

カーテンを閉じた柊真は、拳で壁を叩いた。

「Ｍ２４９は、強力な武器だが、小回りが利かない。弓矢で攻めてくる敵に戦斧で戦うようなものだ。だからといって、何もできないのは、救援隊も俺たちも同じだな」

マットは肩を竦めた。

柊真は自分のバックパックから地図を出し、木製のテーブルの上に広げた。アフガニスタン北西部の砂漠に×印が付けられている。友恵からＣ－17の正確な座標を聞き出し、印を付けたのだ。

「正確な場所まで分かっているのに、助け出せないなんて悔しいな」

柊真は地図を見て唸った。

「カブール以外に米空軍基地があればいいんだがな」

マットも地図を見て言った。救援隊はカブールの北近郊のバグラム空軍基地で待機している。

「待てよ。カブール以外にも基地はある。米軍じゃないけどな」

柊真はアフガニスタン北部を指さした。

「マザー・リシャリーフ？　キャンプ・マーマルか！　我らのトーマスだな。あいつなら、絶対アフガンにいるはずだ」

マットは手を叩いて笑った。

「俺たちはトーマスに貸しがある。返してもらってもいい頃だ」

柊真はスマートフォンではなく、衛星携帯電話機を出した。

――ハロー？

相手は柊真の電話番号に心当たりがないため、訝しんでいるのだろう。番号を特定されたくないので、衛星携帯電話機は任務ごとに新しいものに取り替えている。

「久しぶりだな、トーマス。明・影山だ」

柊真はマットを見てにやりとした。

――影山！　ああ、久しぶりだな。パリでのんびりしていると、つい先日フェルナンドから聞いたよ。

トーマスの声が裏返った。柊真から連絡をしたことは一度もないからだろう。電話の相手はトーマス・ハインリヒというドイツ空軍上級本部曹長で、補給部隊に所属している。柊真だけでなくマットやフェルナンドとも顔馴染みだ。柊真は一昨年まで、マットやフェルナンドは三年前までカンダハール空軍基地にNATOの支援部隊として勤務しており、その時にトーマスと知り合っている。

彼はアフガニスタンのNATO所属の兵士には〝調達屋〟として知られた存在であった。どこの国の軍隊でもいる横流しの副業をしている男である。表向きトーマスは、軍で廃棄される備品を安く買い取って、ドイツで売り捌く程度の商売をしていた。また、彼の相棒はベルリンに在住しており、トーマスの指示で相棒が本国からの輸送機に個人的な品を紛れ込ませる運び屋もしていたのだ。

これだけなら、書類を多少誤魔化す程度なので咎めるほどのことではない。だが、トーマスは帰国する輸送機にアフガニスタンで手に入れた上質なコカインを運んで巨利を得ていたのだ。

トーマスはカンダハール空軍基地に出入りするアフガニスタン人の業者を通じてタリバン支配下の農家からコカインを手に入れており、その事実を柊真は聞きつけた。だが、その不正に柊真の部下も加わっていたために彼を告発しなかった。

柊真はフランスにいるフェルナンドらにトーマスのドイツにおける協力者を調べ上げさ

せて動かぬ証拠を摑み、彼の裏稼業を告発しない代わりに部下と縁を切らせたのだ。

「フェルナンドに、いったい何の用があったんだ？」

柊真は口調を荒らげた。

――いや、何。君らが外人部隊を辞めたことは聞いていたが、その後どうなったのか聞いてみただけだよ。俺の商売とは一切関係ない。

トーマスは柊真が告発するようなことがないように、フェルナンドに探りを入れてきたに違いない。

「それならいいんだが、一つ頼みがある」

――まさか。パリで裏稼業をはじめるんじゃないだろうな？　相談に乗るぞ。

トーマスは狡猾な男である。自分の裏稼業に柊真らを引き込めば、告発される恐れはないと考えているのだろう。

「まさか。おまえの裏稼業に手を出すつもりはない。俺たちは根っからの軍人だからな。そうじゃなくて、ドイツ軍のアサルトライフルを二十丁と弾薬をすぐに手に入れたい」

柊真はこともなげに言った。

――なんだ。そんなことか。何が欲しい？

トーマスは溜息を漏らした。彼にとってあまりにも簡単な要求だったらしい。

「G36だ」

柊真は淡白に答えた。G36は、H（ヘッケラー）&K（コッホ）社製の5・56ミリアサルトライフルである。

――G36が、二十丁！　それは、ちょっと難しい。できないことはないが、時間が掛かる。十二丁だったら、在庫がある。どこで受け取る？　パリなら一週間後だ。

「カブールの北部、百キロ」

砂嵐は東南東に移動している。カブールから百キロ北に移動すれば、砂嵐から外れることができるかもしれない。

――カブールから百キロ？　アフガンにいるのか！

トーマスは叫び声を上げた。

「そうだ。俺とマットを二時間後に拾ってくれ」

――ここから、三百キロ以上離れているんだぞ。夜中だし、飛ばしても途中は山道もあるんだ。六時間以上掛かる。

「誰が、車で来いと言った。ヘリでピックアップしてくれ」

柊真は淡々と言った。

――ヘリ？　何を考えているんだか。相変わらずクレイジーな男だ。

トーマスの気の抜けた笑い声が聞こえた。

「おまえが、夜間訓練と称して夜中にヘリを飛ばし、タリバンと取引しているのを知っている。おまえのことはいつでも告発できるんだぞ。軍法会議に掛けられたいのか？」

柊真は口調を変えて言った。

――えっ！　わっ、分かった。……二時間後だな。

舌打ちをしたトーマスは、張りのない声で答えた。

「照明弾を上げる。それを目印に来てくれ。裏切るなよ」

柊真は通話を切ると、待ち構えていたマットと部屋を飛び出した。

5

トルクメニスタン上空、午後九時五分。

浩志と辰也、それに加藤の三人は午後五時三十五分にインジルリク空軍基地を離陸したC－17に乗り込んでいた。

貨物室には医療品のコンテナが十ケース、他にも墜落したC－17と同等の支援物資が積み込まれている。また、ハンヴィーは二台だけ積まれていた。六台も揃（そろ）わなかったようだ。

それに二人の軍医と六人の従軍看護師が乗り込んでいる。軍医の一人は大尉でもう一人は中尉、二人とも三十代前半と若い。彼らはコックピットに近い座席に座っていた。浩志らは、彼らと離れた座席に収まっている。

ヘッドセットをしている貨物室の専任軍曹が、二人の軍医に何かを話し始めた。

「嘘だろう。そうなのか！」

大尉は肩を竦めた。

「なんか、変ですよ」

辰也が軍曹らの様子を怪しんでいる。ジェットエンジンの音がうるさいので、数メートル先の会話はほとんど聞こえない。

「分かっている」

浩志はシートベルトを外し、軍曹に近付いた。

「席に戻ってください」

軍曹は両手を振って見せた。

「どうなっている？」

浩志は腕を組んで首を捻った。

「機長から目的地が、南部のカンダハール空軍基地に変わったと言われたのです。席に戻ってください」

軍曹は丁寧に答えた。浩志たちがＳＯＧの隊員だと聞かされているためだろう。

「どうして、目的地が変わったんだ？」

「砂嵐がカブールを襲っています。とても着陸できません。仕方がないんです」

軍曹は首を何度も横に振った。

「コースは変更したのか？」

「いえ、テロを警戒して墜落したC－17よりも北のコースを取っているので、あと百キロほど先で南にコースを変えるはずです」

「機長と話をさせてくれ。重要な用件だ」

浩志は人差し指を軍曹に向けて振った。

「分かりました」

軍曹はヘッドセットを外し、コックピットに近い壁にある内線電話で話し始めた。

「どうぞ。機長です」

軍曹は受話器を渡してきた。

「SOGの近藤だ。これから言う座標に飛んでからコースを変更してくれ」

浩志は墜落したC－17の座標を伝えた。友恵から衛星携帯電話機にメールで、ワットらの無事とC－17の座標を得ている。

——それは、墜落したC－17の座標ですね。どうされるんですか？

機長も丁寧に尋ねてきた。SOGは紛争地での汚れ仕事を請け負うために嫌われているかと思ったが、そうでもないらしい。

「C－17に乗っていた兵士で負傷者が出たという報告も聞いているはずだ。すぐに救助に行けないのなら、医療品を投下すべきだ」

——あなたのおっしゃる通りですが、本部に確認します。

「我々は、投下の準備をしておく、とりあえず座標に機首を向けてくれ」

——了解です。

「会話は聞いていたな。投下は、俺たちでする。医療品のコンテナを選んでくれ」

浩志は受話器を内線電話に戻すと、軍曹に命じた。彼はインカムでコックピットと繋がっているのだ。

「イエッサー」

軍曹は敬礼して貨物リストを調べ始めた。

「みんな、耳を貸せ」

浩志は辰也と加藤の二人の肩を摑み、投下の手順を指示した。

「了解」

辰也と加藤は頷くと、にやりとした。

「すぐ取り掛かれ」

浩志は彼らの肩を叩いて促した。彼らに準備を任せておけば、安心だ。浩志の仕事は軍曹の相手をすることである。

「ミスター・近藤、医療品を後部貨物室ハッチまで運びます。手伝っていただけますか？これを貨物用のパレットに載せて、それにパラシュートを取り付けます」

軍曹は台車に医療品のコンテナを載せながら言った。

「どうするつもりだ？　後部貨物室ハッチの一番端に二台のハンヴィーが積載してあるんだぞ。ハンヴィーを空中で捨てるつもりか？　それとも、コンテナを空中散布するつもりか？　それよりは、最後尾のハンヴィーの荷台にコンテナを載せて投下すれば、どかす必要はない。受け取った方もハンヴィーごと移動させれば、手間が省けるはずだ」

浩志は台車にコンテナを載せながら言った。

「なるほど。パレットにコンテナを括り付ける手間もいりませんね。しかし、ハンヴィーは投下用の梱包がされていません。そのため、パラシュートの取り付けは非常にデリケートなので、私がやります」

軍曹は頷くと、台車を押してコンテナを運んだ。

「ハンヴィーに貨物用パラシュートを設置しました」

辰也はハンヴィーの天井から飛び降りた。浩志は辰也と加藤に指示しておいたのだ。

「驚いた。牽引用のパラシュートと降下用のパラシュートが正確に取り付けてある」

軍曹は目を丸くしている。

輸送機から戦車やハンヴィーなどの重量がある貨物を投下するには、着地した時の衝撃を和らげる緩衝材と一緒に金属製のパレットに縛り付ける。だが、それができない場合は、二種類のパラシュートを使う。ハンヴィーならフロントか後部に一つ、天井に一つ設置する。天井だけの設置では、ハンヴィーが機外に投げ出された際に回転してしまうため、空中に水平に送り出す必要があるからだ。

まず、フロントのパラシュートを後部ハッチから外に流す。そのパラシュートが外部で開き、ハンヴィーを機外に引っ張り出すのだ。ハンヴィーが輸送機から放り出されたら、第一のパラシュートは切り離されて降下用のパラシュートが開く。むろん設置には技術も知識も必要とする。

「俺たちには常識だ」

辰也は笑ってみせたが、加藤が傭兵学校で得た知識である。浩志はそれを知っていたため、二人に準備をさせたのだ。

「コンテナを積んでくれ」

浩志は辰也に命じた。

「了解！」

辰也はハンヴィーのバックドアを開けて、コンテナを積み込んだ。

「間違いなく目的地に向かっています」

加藤が小型のハンディGPSを見ながら近寄ってきた。彼は追跡のプロだけにスマートフォンのアプリを使うようなことはしないのだ。

「距離は？」

「あと百十キロ、六、七分前後に通過します」

加藤は即答した。頭の中に地図を描き、距離を計算したのだろう。

「軍曹、どうなった？」

「本部から投下の許可が下りたそうです。タイミングを図るために、機長からカウントダウンがアナウンスされます。ハッチは私が開けますので、コンテナを積んだハンヴィーを落としてください」

軍曹は後部貨物室ハッチ脇にある操作パネルの前に立った。

機首が下がった。与圧をなくしてハッチを開けるため、高度を三千メートル前後まで落とすはずだ。だが、あまりにも低くすれば、ワットらが乗り込んだC－17と同じく対空ミサイルの餌食(えじき)になる可能性がある。

「高度五千、ハッチを開きます！」

軍曹が大声で言うと、操作パネルの赤い大きなボタンを押した。警告音とともに、後部貨物室ハッチが開く。

辰也と加藤が、ハンヴィーを固定しているパネルと機体を繋ぐロックを外した。パネル下の床には、滑車があるため、パラシュートの力で二・四トンのハンヴィーは外に滑り出すのだ。

——高度三千五百、四百、三百、二百、百、三千、水平飛行、10、9、……。

機長の声が貨物室のスピーカーから流れるが、風切音でよく聞こえない。

軍曹は高度三千メートルでインカムのイヤーパッドを左手で押さえながら右手を上げ、カウントダウンに入った。

――5、4、3、2、1、ゴー！

軍曹が右手を大きく振り回す。

浩志は、ハンヴィーのフロントに発煙筒を挟んで点火した。

「何をしている！」

軍曹が大声で怒鳴った。

浩志は無視して後部ハッチに取り付けてある牽引パラシュートのリップコードに繋がれたロープを引いた。風圧でパラシュートが機外に流されて開き、ハンヴィーは勢いよく外に吐き出された。

「お先に！」

辰也と加藤がハッチを駆け出し、機外に躍り出た。彼らは浩志ら三人の荷物と装備を医療物資のコンテナに紛れ込ませてハンヴィーの荷台に載せ、車の陰でパラシュートを装着していたのだ。

「オーマイガッ！」

ハッチから消えた辰也らを見て、軍曹が悲鳴を上げた。

「驚かせて悪いが、俺たちはここで降りる」

浩志はパラシュートのハーネスを取り付け、最後の金具を締めると、辰也と加藤を追ってハッチから飛び降りた。

「なっ！ ……シット！」

我に返った軍曹は、鋭い舌打ちをした。

6

浩志は両手両足を広げ、ハンヴィーのフロントに取り付けた発煙筒の煙を追った。

煙は月光を反射してたなびいている。かなり横に流されており、砂嵐は去ったものの上空には強い気流が残っているようだ。

パラシュート降下をしているハンヴィーの二百メートル手前に迫った。まだ、先に降下した辰也らの姿は見えない。

数十メートル下でパラシュートが二つ開いた。高度は二千メートル弱といったところだろう。

浩志もリップコードを引いてパラシュートを開く。

辰也と加藤は貨物室に備えてあった高度計を身につけているはずだが、ハンヴィーに近付いた時点で開くように指示をしておいた。パラシュートを開いているハンヴィーと同じ気流に乗ることで、着地点が離れることのないようにするためである。

後方から突風に煽られた。

「くっ！」

浩志はパラシュートを安定させるために、トグルを引いてブレーキを掛け水平速度を抑えた。辰也らもトグルを引いたようだ。互いの距離は干渉しないように数十メートル離している。

またしても突風が吹いた。今度は横方向である。低空にもかかわらず、乱気流に揉まれているのだ。今度はトグルを腰のあたりまで引き、一旦フル・ブレーキにしてゆっくりとトグルを戻す。なんとかパラシュートの形状を保ち、姿勢を制御した。

地表が迫る。着地と同時に強風でパラシュートに引っ張られ、浩志は砂漠を転がった。砂塵を上げて引きずられながら、浩志はハーネスを外す。パラシュートはタコのように風に吹かれて、あっという間に暗闇に消えた。

周囲を見渡すと右前方に二つの明かりが灯り、すぐに消えた。辰也と加藤が位置を知らせてきたのだ。夜間の砂漠とはいえ、長く点灯させると第三者に位置を知られる可能性がある。

浩志もＬＥＤライトを出して三度点灯させて消すと、膝を突いて座った。空を見上げると、砂塵は舞っているが月は輝いている。

辰也と加藤が足音もなく近付き、浩志の前で跪くとグロックを渡してきた。インジルリク空軍基地で浩志らのために用意されたコンテナの中に、墜落したC－17と積載されていたハンヴィーを爆破するための爆薬と起爆装置の他に、三人分のM4とグロック17Cが収められていた。辰也と加藤は、浩志が軍曹の相手をしている間にコンテナからグロックだけ抜き取っていたのだ。

「ハンヴィーの位置は分かるな？」

浩志は加藤に尋ねた。ハンヴィーは目視できる範囲にはないのだ。

「もちろんです。ここから東南に一キロほどの距離にあるはずです」

加藤は自信ありげに答えた。彼の視力は5・0で夜目も利くが、視界は悪いのでハンヴィーの落下速度、風向きなどを計算した上で答えているのだろう。

「案内してくれ」

浩志は立ち上がった。

「ハンヴィーは現在も移動中と思われますので、少し走ります」

加藤はジョギングする程度に走り始めた。

「そうだな」

頷いた浩志は彼のすぐ後ろを走る。

「どういうことですか？」

最後尾の辰也が尋ねてきた。

「ハンヴィーは投下目的で積み込まれていなかった。だから、着地して砂にめり込まない限り、パラシュートに引っ張られて走るだろう」

加藤は走りながら答えた。

「なるほど。鉄枠で梱包されていなかったからな。それはまずい。だけど、無人のハンヴィーが走っているのを見るのも面白そうだ」

辰也は笑った。

「笑い事じゃないぞ。もっとも、ギアはパーキングにしてあるから、スピードは出ないはずだ」

加藤も笑って答えた。彼らには良い意味で緊張感はない。

数分後、加藤の言う通り、一キロほど先でハンヴィーを見つけた。だが、走ってはおらず、パラシュートに引っ張られて砂溜(だ)まりに突っ込んでいる。前輪は車輪が砂にほぼ埋まっていた。

「パラシュートを外します」

身軽な加藤がハンヴィーに飛び乗り、パラシュートを外した。その間、辰也が運転席でエンジンを掛ける。

浩志はバックドアを開け、コンテナから三人分のM４と予備のマガジンを取り出した。あえて後部座席に座ると、加藤は助手席に乗り込んだ。

ハンヴィーのエンジンが重低音を轟（とどろ）かせる。

「さすがタフな車ですね」

辰也はハンヴィーをバックさせた。タイヤは猛烈な勢いで砂塵を撒き散らしながら砂溜まりを抜け出す。

「C－17までの距離は？」

浩志は腕時計を見ながら加藤に尋ねた。時刻は午後十時三十五分になっている。乗ってきた輸送機は変更したコースを飛んでいたため、思いのほか遅くなったようだ。怪我人のことを考えると、一刻も早くワットらのもとへ行きたい。

「二十九キロです。上空の気流が思いのほか、強かったようですね」

加藤はハンディGPSを見ながら答え、右手を横に振った。C－17の方向なのだろう。

「機長のカウントダウンも遅かったのだろう。時速八百キロで飛んでいたんだ。風のせいばかりじゃないはずだ。それよりも、今日は酒盛りにしますか」

ハンドルを右に切った辰也は、左手を上げた。乾杯という意味なのだろう。

「それも悪くないが、喜ぶのはまだ早いぞ」

浩志はM４から抜いたマガジンを確認しながら言った。

包囲網

1

墜落したC－17は機首を北北東に、機尾を南南西に向け、暗い砂漠に横たわっている。

エンジンを完全に停止させてから七時間経(た)っている。動いていた2番、4番エンジンも大量の砂塵を吸い込んでいるため、二度と始動させることはできない。

また、エンジンを切って補助動力装置を動かしていたが、燃料切れで砂嵐が去った時点で後部貨物室ハッチを開いたのを最後に停止している。

午後十時四十分、ワットは袋にスコップで砂を詰める若い兵士の傍(そば)で、周囲を窺(うかが)っていた。ベルトにはグロックを差し込んでいる。

六人の兵士が、二人一組で土嚢(どのう)を作っていた。後部ハッチが開いたままになっているため、敵襲に備えてC－17の後部に壁を築いているのだ。また、機体の周囲に配置されている四台のハンヴィーは孤立しているので、敵襲の際に徒歩での避難ができるように、後部ハッチまでの要所に小さな壁を作っている。C－17全体を囲えるような壁を築きたいところだが、袋はそれほど残っていない。

──こちら、針の穴、南の方角からライトが見える。距離はおよそ二キロ。

ハンヴィーの4号車に乗っている宮坂からの無線連絡である。

「了解。敵じゃないかもしれないが、味方じゃないことは確かだ」

ワットは無線を使いながら、土嚢の壁を越えてその前に停めてあるハンヴィーの傍に立った。

「砂漠のタリバンが、俺たちを見つけ出したのかな？」

ハンヴィーの助手席の窓が開き、宮坂が顔を覗かせた。

「南から来たとすれば、砂漠のタリバンじゃないな。シェベルガーンあたりを根城にしている連中だろう」

ワットは遠くから近付いてくるライトの光を見て答えた。多数の車が一列で走っているようだ。時折、砂漠の起伏で車列が乱れて複数のライトが見える。

「シェベルガーン？　予測通りだな。だが、北西部の田舎町を支配しているタリバンが墜落機を捜せるとは思えない」

宮坂は首を振った。

「墜落したのを見たのかもな」

　ワットは肩を竦めた。

「冗談言うなよ。俺たちは砂嵐の中に突っ込んで墜落した。シェベルガーンも砂嵐の中だったはずだ。墜落するのが見えるはずがないだろう」

　宮坂はまた首を振った。

「誰が肉眼で見たと言った。アフガンの上空には、米国だけなく、ロシアや中国の軍事衛星が飛んでいる。砂嵐に突っ込んで行くC－17を、映像で確認したのかもしれない。それか、ヤシールを飛ばしているかだな」

　ワットは前を見たまま答えた。

「どちらにせよ。田舎町のタリバンには関係なさそうだがな」

　宮坂は頭を掻いた。

「タリバンの背後には、ロシアがいると言われている。それに、クロノスも関わっている可能性だって捨てきれない。彼ら自身に高度な技術はなくても、ハイテクの恩恵に預かっているかもしれないぞ」

　ワットは渋い表情で言った。

「ロシア？　29155部隊のことか？」

　宮坂は顔をしかめた。

２９１５５部隊は、ロシアの情報機関であるＧＲＵ（参謀本部情報総局）の秘密工作部隊のことで、その主要な任務は、暗殺、爆弾テロなどの汚れ仕事である。アフガニスタンでは多額の報奨金を払ってタリバンを配下に置き、米軍撤退を目的に米兵殺害などの工作をしていることが欧米の情報機関で確認されている。

「よく知っているな」

ワットは目を丸くした。

二〇一六年十月のモンテネグロでの議会選挙を妨害するクーデター計画未遂事件に、２９１５５部隊は関わっていた。モンテネグロのＮＡＴＯ加盟を阻止しようとしたロシアの関与を、西側の情報機関が暴き出したのだ。

「日本の傭兵代理店に行けば、様々な情報を見ることができるからな」

宮坂は前方を気にしながらも笑った。

友恵は各国の情報機関から極秘情報をダウンロードし、傭兵代理店のサーバーにプールしている。リベンジャーズのメンバーならだれでも閲覧することができた。また、池谷は情報を精査し、政府に密（ひそ）かに流しているらしいが、宮坂らの関知するところではない。

「見ろ。停まったぞ」

ワットは遥か前方から来た車列のライトを右手で指差した。一、二キロ先で停止し、ライトを消したのだ。

「これで、救助隊でないことは確かになったな。出番だ。頼んだぞ」

宮坂は振り返って後部座席で待機している兵士に手を振った。運転席の鮫沼は無言で前を見ている。いささか緊張しているようだ。

「イエッサー」

命じられた兵士が、ハンヴィーの銃座に勢いよく立った。

「こちらピッカリ、各自敵襲に備えよ」

ワットは無線で仲間に呼びかけると、土嚢を作る作業をしていた兵士とともに機内に戻った。

「敵の数は？」

マリアノが不安げな表情で尋ねてきた。彼もワットの無線を聞いている。マリアノは他のリベンジャーズの仲間と同じで何度も戦闘経験があり、それを恐れるような男ではない。ただ、負傷者の心配をしているのだろう。

「分からない。一、二キロ先で数台の車が停まった。少なくとも二、三十人はいるだろう」

ワットは淡々と答えた。

「とりあえず、負傷者はハンヴィーに避難させた方がよさそうですね」

マリアノは振り返って貨物室の床に眠っている兵士を見た。生き残った兵士は、外部のハンヴィーの見張りと、機内に備え付けてあるM２４９の銃撃手を交代で担当している。また、軽傷者は、ハンヴィーではなく輸送機の床で横になっていた。狭いハンヴィーの荷台で横になるよりも、楽だからだ。

大半の兵士は、紛争地にはじめて派遣された新兵だ。ワットの命令に反発せず素直に従っている。だが、武器を持たない兵士がいくらいても役には立たない。

「全員、聞け！　敵が迫っている。負傷兵はハンヴィーに退避。ムーブ！　ムーブ！」

ワットは手を叩き、声を張り上げた。

兵士らはワットの命令に従い、真剣な表情で行動する。敵襲来と聞いて誰しも、緊張しているようだ。

——こちら、ヘリボーイ。西の方角から車列がやって来る。

田中からの無線連絡が入った。彼はC－17の左翼側のハンヴィーに乗り込んでいる。

「こちらピッカリ。数は分かるか？」

ワットは落ち着いた声で聞き返した。

——車は複数。そうとしか報告できない。

田中は苛立ち気味に答えた。暗視スコープがあるわけではない。肉眼ではライトの存在を確認するのがせいぜいだろう。

「分かった」

ワットは人差し指で額を掻いた。判断できないことは百も承知で聞いたのだ。

――一キロほど先でライトを消した。

田中は舌打ちとともに報告してきた。

「敵は南と西から同時にやってきた。車を闇に隠したということは、散開して徒歩で攻撃してくるのだろう。敵を目視できるまで、絶対撃つなよ」

ワットは険しい表情で仲間に無線連絡した。

2

午後十時四十五分、カブール北部。

一台のハイラックスが、砂塵が吹き荒れる州道A76号を疾走していた。

ハンドルを握る柊真は額に汗を浮かべ、フロントガラスを睨み付けるように運転している。助手席にはマット、後部座席の足元にM4が載せてあった。

二人ともアフガンストールで口元を覆っている。車内は密閉されているようでも、いつの間にか砂塵が舞い込んでくるためだ。

カブールの五十キロ北に位置する街チャーリーカールを過ぎて障害物がなくなり、見通しはよくなっていた。それでも、視界は三十メートルもないだろう。だが、スピードを五十キロ以下に落とすつもりはなかった。

友恵に軍事衛星で雲の映像を送ってもらい、砂嵐の勢力を分析していた。直径百キロほどの砂の雲が東南東に移動している。カブールからは少なくとも八十キロ以上北に進めば、砂嵐から抜けられるはずだ。

「おっ！」

柊真は慌（あわ）ててブレーキを踏んでハンドルを切ったが、突然目の前に現れた荷車を撥（は）ね飛ばした。

「いつの間にか、街に入っていたらしい。スピードを少し落とした方がいい。今度は人を撥ねるぞ」

天井に右手を付けて体を支えているマットが、左手のスマートフォンを見ながら言った。道は舗装されているが、穴ぼこが多い悪路である。体を支えていないと、天井に頭をぶつけそうになるのだ。

「分かっている。カブールから七十キロは来ている。この街を抜ければ、山間部だ。その前に距離を稼いでおきたい。それに、この砂嵐で外出する馬鹿はいないだろう」

柊真は鼻を鳴らして笑った。

「それもそうだ。嵐の中で外出するやつは、泥棒ぐらいなものだ」

マットも笑った。

「もうすぐ十一時だ。約束通り、トーマスが来るのなら、急がないと」

柊真はアクセルを緩めずに答えた。

人家が消えると道は大きく左にカーブし、すぐに右に急カーブした。左右から剝き出しの岩が連なる山肌が迫っている。谷に入ったのだ。

数えきれないほどのカーブを過ぎて十キロほど進むと、視界が開けた。道から離れた場所に広場があり、その周りに日干し煉瓦の家が見える。山間の小さな村に入ったらしい。

柊真はハイラックスを道の端に停めて、車から降りた。ドアを閉めると、車体に付着した砂塵が宙に舞った。

「風はまだあるが、たいしたことないな」

続いて車を降りたマットがアフガンストールを緩めると、大きく息を吸い込んで吐いた。少なくとも車内よりは空気が澄んでいる。深呼吸する価値はあるだろう。

「うん？」

眉をぴくりと動かした柊真は耳に右手を当てると、マットの肩を軽く叩いた。

「任せろ」

マットは後部座席からタクティカルポーチを取り出して柊真に投げ渡し、Ｍ４を手に日干し煉瓦の家の陰に隠れた。

柊真はタクティカルポーチからフレアーガンを取り出して照明弾を込めると、空に向けて引き金を引いた。

小さな破裂音とともにフレアーガンから発射された照明弾は、空高く飛んで眩い光を放った。

長く待つこともなく、上空にヘリコプターが現れる。

柊真はポケットからハンドライトを出すと、ヘリコプターに向けて振った。

ヘリコプターは下部のライトを点灯させると、車から十メートルほど離れた道路脇の広場に砂塵を巻き上げながら着陸した。ドイツ、フランス、オランダ、イタリアの四カ国により共同開発された中型ヘリコプター、NH90である。

G36を構えた二人のドイツ兵が後部ハッチをスライドさせ、柊真に銃口を向けながら駆け寄ってきた。

「手を上げろ！」

兵士が柊真に乱暴に銃口を突きつけ、別の兵士がボディチェックをしてきた。実践経験のある兵士のようだ。

柊真は両手を軽く上げ、されるがままに任せた。

「クリア！」

ボディチェックした兵士が、手を振って声を張り上げる。すると、NH90の後部から背の高い男が降りてきた。二人の兵士は、男に道を空けて柊真の左右斜め前に立ってG36を構える。

「久しぶりだな、影山」

男は笑いながら、腰のベルトのホルスターからH&K　USPを抜いた。トーマス・ハインリヒである。

「時間通りだな。G36は持ってきたか？」

柊真は銃を目の当たりにしても顔色一つ変えずに尋ねた。

「やはり、おまえはクレイジーだ。それとも、底抜けのお人好しなのか。私が、素直に言うことを聞くとでも思ったのか？」

トーマスはUSPの銃口を柊真の額に当てた。

「俺との約束を破るというのか？」

柊真は顎を突き出して首を捻った。

「私はおまえがいつか告発するんじゃないかと思って、ヒヤヒヤしていた。だから、おまえを始末するべきだと思っていたんだ。正直言って、電話をもらって小躍りしたよ。だから、すぐに夜間訓練の許可を取って駆けつけたというわけだ。こう見えても、私はこの三年で少佐に昇進しているんだよ」

トーマスは得意げに話した。

「一つ、いいことを教えてやろう。おまえはおしゃべりが過ぎる」

柊真はちらりとＮＨ90を見ると、両手の人差し指を弾くように伸ばした。

同時に鈍い音がし、兵士らは壊れた人形のように倒れる。

古武道の印地という投擲技で、柊真は直径十四ミリの鉄礫を手の中に隠し持っていたのだ。古武道研究家の祖父である妙仁に、子供の頃から鍛えられた技である。柊真が放った鉄礫は、二人の兵士の眉間に命中したのだ。手加減をしなければ、鉄礫は銃弾のように頭にめり込んでいただろう。

「なっ！　どういうことだ！」

トーマスは慌てて柊真に銃を向けた。

柊真はわずかに体を左に入れて銃口をかわし、右手でＵＳＰの銃身を押さえながら捻る。次の瞬間、左手で銃を握っていた。

「言ったはずだ。裏切りは許さないと」

柊真はトーマスの鳩尾を蹴り抜き、二メートル後方に飛ばして昏倒させる。

「予測の範囲だったがな」

呟いた柊真は気絶している二人の兵士からＧ36と予備のマガジンも奪うと、ナイフを抜いてハイラックスのタイヤを貫いて四本ともパンクさせた。さらにハンドル下のコードを引き出して切断すると、積んであった自分たちの武器も担いでＮＨ90に乗り込んだ。

パイロットと思われる二人の兵士が、後部貨物室の片隅に手足を縛られた状態で昏倒している。柊真がトーマスらの気を引いている間、マットはヘリに乗り込んで正副パイロットを倒していたのだ。墜落機まで行ったら彼らを解放し、ＮＨ90に負傷者を乗せて基地に帰すつもりだ。ヘリを盗むつもりはないので、負傷者の救助を兼ねてＮＨ90の返却もできる。

インカム付きのヘッドセットをつけたマットが操縦席に座り、慣れた手つきで計器のチェックをしていた。

「いつでも飛べるぞ。これを着けてくれ」

マットは柊真にもインカム付きのヘッドセットを渡してきた。彼はヘリコプターの免許を持っており、輸送機のパイロットとしての経験もある。

「オーケー」

柊真は副操縦席に座り、右手の親指を立てた。

「トーマスをよく殺さなかったな」

マットが、ＮＨ90を上昇させながら尋ねてきた。

「腰抜けを殺せば、恥になる。武士道の教えだ」

「軍法会議で、俺たちを告発するんじゃないのか？　俺たちに輸送機を盗まれたんだぞ」

「それこそ、墓穴を掘ることになる。あいつとタリバンの関係をばらせば、終身刑は間違いない。盗んだわけじゃなくて借りただけだが、輸送機を奪われるような間抜けは、理由を問わず処罰される。おそらく基地には帰らないだろう」

「確かに間抜けだ」

マットは豪快に笑うと、進路を西北西に取った。

3

午後十時五十五分、墜落したC－17。

ワットは貨物室のコックピット側に停めてあるハンヴィーの後部座席を覗き、負傷者を診(み)ているマリアノに手招きした。

「冷えてきましたね」

車から降りてきたマリアノは、身震いした。機内は亀裂から砂混じりの隙間(すきま)風が吹き込んでくる。だが、直接夜気に触れることはないため、一、二度は外気よりも高いようだ。とはいえ、十一、二度だろう。

「負傷者は、どうだ？」

ワットは小声で尋ねた。近くに機体の亀裂を利用したM２４９の銃座で待機している兵士がいるからだ。

「ボビーはもう助からない。出血量が多過ぎたんです」

マリアノは囁くような声で答えた。

「残りの三人は、どうだ？」

「大丈夫です。だが、二十四時間以内に手術をしないと、後遺症が残るでしょうね」

マリアノは首を振ると、俯いた。

「そうか。ここまで頑張ったのにな」

ワットは小さな舌打ちをした。

「それにしても、敵は何をしているんでしょうね？」

マリアノは機体の亀裂の上部を見上げた。空には星が輝いている。

「近付けば暗闇といえど、星明かりで姿が見える。Ｍ２４９の餌食だ。ハンヴィーを外に配置したのは、正解だったな」

ワットはＭ２４９が置かれている機体の亀裂から外を見た。目視できる範囲で、敵の姿はない。土嚢で防弾が強化されたハンヴィーを、警戒しているのだろう。

「そうだ」

ワットは貨物室の後部ハッチの近くにある棚からフレアーガンを出すと、ハッチを駆け下りて機尾側に停めてあるハンヴィーの助手席のドアを叩いた。

「どうした？」

宮坂が助手席のウィンドウを下げ、欠伸をしながら尋ねてきた。

「こいつで、敵を目視する」

ワットはフレアーガンを見せた。

「威嚇射撃をすれば、追っ払えるかもしれないぞ。俺が銃座に立とう」

宮坂は右拳を握りしめて言った。

「それは、いいアイデアだ」

ワットは笑顔で親指を立てた。

宮坂は助手席を降りて兵士と交代した。

「いいぞ」

宮坂はM２４９のグリップを握り、ストックエンドを肩に当てた。銃にスコープは付けられていないが、彼なら数百メートル離れた敵を照準だけで狙撃できるだろう。

「それじゃ、花火を上げるか。こちら、ピッカリ、これから照明弾を上げる。敵の確認をしてくれ」

ハンヴィーの脇に立ったワットは無線で仲間に連絡をし、宮坂がフレアーガンを南西の空に向けてトリガーを引いた。

照明弾が空高く上がって破裂すると、オレンジ色の光を放った。

「何！」

ワットは両眼を見開いた。

離れた場所に、武器を抱えた二百人ほどの人影が浮かび上がったのだ。距離は、四百メートルから五百メートルほど先である。

「どうする？」

宮坂が尋ねてきた。

「撃つな！　敵を刺激するな」

ワットはハンヴィーのボディを叩いて警告した。

――こちら、ヘリボーイ。西の方角に二、三百人いる。

田中からの連絡だ。

――こちら5号車、こちらの方角にも照明弾を打ち上げてもらえませんか？　うっすらと人影が見えましたが、ちゃんと確認したいんです。

右翼側に配置したハンヴィーに乗り込んでいる兵士からの連絡だ。

――こちら6号車です。こちらにもお願いします。

機首側のハンヴィーの兵士からも連絡が入った。

ワットは、振り向いて北東の方角に向けて照明弾を打ち上げた。

再び空が明るくなった。

――こちら5号車、数えきれないほどの敵がいます。

――6号車です。こちらは、百人前後はいます。

兵士らの声は震えていた。彼らの報告通りなら、千人近くの敵に包囲されているということだ。

「こちら、ピッカリ。命令するまで、撃つな！」

ワットは、眉間に皺を寄せた。


「停めろ！」

後部座席の浩志は、前方の上空に二発の照明弾が上がったのを見て思わず叫んだ。

「了解」

ハンドルを握る辰也が急ブレーキを掛け、ライトも消した。

「大変です。C－17は無数の敵に包囲されています」

助手席の加藤が声を裏返らせた。視力が5・0あるだけに照明弾の光で見えたのだろう。少なくともC－17から三キロ以上離れている。浩志も視力はいいが、C－17の機体が見えただけで、人影までは確認できなかった。砂漠に無数の石が転がっているように見えたが、あれば人だったらしい。

「本当か！」

辰也が声を上げた。

「どうしますか？」

加藤が振り返って尋ねた。

「斥候に出てくれ。俺たちは、戦闘の準備をする」

浩志の言葉と同時に加藤は車を飛び出していた。

4

浩志はハンヴィーの前に立ち、暗視双眼鏡で二キロ先を窺っている。時刻は午後十一時二十八分になっていた。

三十分ほど前にC－17の三キロ北東の地点に着いたのだが、一キロ西に移動している。比較的に北側の方が、敵の密度が低いからだ。

インジルリク空軍基地のジェイコブ・メイプリーが浩志らに用意してくれたコンテナには、墜落したC－17と積載していたハンヴィーを爆破するためのC４と起爆装置、それにグロック17Cとナイトスコープを装着したM４、無線機と暗視双眼鏡などの個人装備も収められていた。

「動きはありますか？」

辰也は、ハンヴィーの脇で作業をしながら尋ねた。

「ないな。やつらは、何かを待っているのだろう」

浩志は暗視双眼鏡を覗きながら答えた。

「待っているって、援軍ですか？」

辰也は手を止めて首を傾げた。Ｃ４爆弾を作っているのだ。

「やつらは、Ｃ－17の四方に配置されたハンヴィーのＭ２４９を恐れているのだろう。目視できる範囲で彼らの武器は、ＡＫ47とＲＰＧ７だけだ。ＡＫ47の有効射程はせいぜい三百メートル、ＲＰＧ７の有効射程は千八百メートルと言われているが、実際は五百メートルもない。援軍を待っているとしても、兵士じゃないだろうな」

「なるほど、Ｍ２４９の最大射程は三千六百メートルありますからね。まさか、連中も墜落機をＭ２４９で固めていると思わなかったでしょう。とすれば、射程が二千メートル以上ある武器が搬入されてくるのを待っているということですか」

「おそらくな」

浩志は答えると、双眼鏡を下ろした。

――ピッカリだ。分かったか？

ワットからの無線だ。

「リベンジャーだ」

ヘッドセットのマイクの位置を直しながら応答した。

嵐も収まって衛星携帯電話機や無線機も問題なく使え、浩志はワットや日本の傭兵代理店とも通話していた。ワットには加藤を斥候に出したことも教えてあるので、周囲の状況を知りたいのだろう。

友恵からは軍事衛星を使って墜落機周辺を調べてもらい、タリバンの武装兵と思われる一団が墜落機周辺に千人近くいることが分かっている。

また、ワットはバグラム空軍基地で救助隊を指揮している副司令官であるティム・ベーカー空軍中佐とも連絡を取り合っていた。

米軍は軍事衛星で墜落機の周辺を調べて、武装勢力が包囲していることを知り、嵐は収まってきたものの攻撃ヘリを加えた救助隊の編成に急遽変更し、準備を進めているそうだ。まもなく離陸するらしいが、到着は二時間後の午前二時近くになるだろう。

「三つのグループが包囲していると、トレーサーマンから報告を受けている。おそらくトルクメニスタンの砂漠のタリバン、それにアンドフボイとシェベルガーンを制圧しているタリバンだろう。それぞれ、西、南、東に配置されている。北は比較的少ない人数らしい。どこかのグループが余った兵士を回したのだろう」

加藤は斥候に出て三十分ほどで包囲網を窺い、指揮官らしき男を三人見つけている。

――三つのグループで、千人か。恐れ入るな。それにしても、違うグループに招集を掛けるとは、クロノスはタリバンとどこまでパイプを持っているんだ、まったく。

ワットがぼやいた。

「とりあえず、二時間過ぎれば、救助隊が来る。だが、下手に騒ぎを起こせば、やつらは一斉に襲いかかってくるぞ」

——分かっているよ。暇だから、テレビでも見て大人しくするつもりだ。

「それがいい」

浩志はワットの冗談を軽く笑うと、ポケットから振動する衛星携帯電話機を出し、通話ボタンを押した。

「俺だ」

——こちら、モッキンバード。

友恵である。日本は午前四時になっている。また、彼女に徹夜させてしまったようだ。

「何か、動いたか？」

浩志は武装集団の援軍が来ないか、友恵に監視するように頼んでいた。もっとも、彼女なら命じなくても自主的にする。

——西の方角からトラックが一台やってきます。

「やはり、砂漠のタリバンか」

浩志は頷いた。C－17を対空ミサイルで撃ち落としたのは、砂漠のタリバンと見ている。アンドフボイとシェベルガーンのタリバンを呼び寄せたのも、彼らかもしれない。

——砂漠のタリバンの指導者はハッキーム・カシムで、自分たちのことをアフガニスタンに生息する〝灰色狼（おおかみ）〟と呼んでいるそうです。トラックはC－17から西南西に三十キロの地点を移動中です。座標はメッセージで送りました。

「了解。トレーサーマン、応答せよ」

衛星携帯電話機を切ると、浩志は加藤を呼び出した。

――こちら、トレーサーマン、どうぞ。

加藤は小声で答えた。まだ敵陣の中にいるのかもしれない。

「西からやってくる援軍のトラックを襲撃する。合流できるか？」

浩志は通話しながら、辰也にハンドシグナルで作業を終えて車に乗るように合図した。

――西南西に向かって時速二十キロで走って、二分後に拾ってください。

「了解」

浩志は運転席に乗り込み、辰也が荷台に爆弾を積んで後部座席に乗り込むと、車を走らせた。

5

零時になろうとしている。

砂漠を無灯火のハンヴィーが、砂塵を巻き上げながら走っていた。

浩志は、スマートフォンに座標をインプットした地図を頼りにハンドルを握っている。友恵から教えてもらったトラックの座標だが、相手は動いているので方角程度の指標に過ぎない。しかも砂漠だけに、道路もない空間を矢印が進んでいるだけである。

「来ましたね」

助手席の加藤が指差した遥か前方の闇に、光が見えてきた。砂漠の起伏を辿っているため、光はたえず上下している。

「距離は？」

浩志は光に向けて方角を修正する。

「十二キロというところでしょう。インターセプトをするのなら、一キロ南に走ってください。トラックの積荷は分かりませんが、灰色狼のリーダーのもとに行く可能性が高いですから」

加藤は右手をやや左方向に向けた。

「分かった」

浩志は頷くと、ハンドルを左に切った。優れた音楽家に絶対音感があるように、加藤には絶対地形とでもいうような感覚がある。

「このあたりでいいと思います。数分で、トラックは到着します」

五分ほど車を走らせると、加藤は指示してきた。

「加藤、車を頼む」

浩志は辰也に合図を送って車から降りた。後部座席を出た辰也からM４を受け取り、パコール帽を被った。

加藤は運転席に乗り込み、走り去った。浩志らが乗ってきた車がハンヴィーと分かれば、問答無用で攻撃してくるからだ。

二人はM４を背に担ぎ、アフガンストールで顔を覆ってトラックを待った。

三分後、幌付きの軍用六輪トラックが近付いてくる。

浩志と辰也は両手を振って、トラックの前に立った。

「どうしたんだ？」

車を停めた運転手が、ウィンドウを下げて尋ねてきた。助手席にも男が乗っている。パシュトー語ではなく、アラビア語だ。アフガニスタン人ではないことは確かである。

「検問だ。積荷を調べる」

浩志は辰也に後ろに回るように右手を振って合図しながらアラビア語で答えた。

「こんなところで、検問？　馬鹿馬鹿しい」

男は吐き捨てるように言った。

「注文通りに運んできたのだろうな？　確認するように言われている」

浩志はわざと咎めるように尋ねた。

「疑うのなら、自分の目で確かめろ！」

運転手は首を振ると、唾を吐いた。

浩志は左手で辰也に合図を送った。

辰也は運転手に背中のＭ４が見えないようにトラックの後部に走る。

「むっ！」

幌を捲った辰也は、舌打ちをした。

荷台にＡＫ47を手にした四人の男が乗っているのだ。

「積荷を調べる。手を貸せ」

辰也は手前の男に引っ張り上げるように右手を伸ばした。

「偉そうに。……おっ、おまえの銃は」

男が辰也の背中のＭ４に気が付いた。辰也はすかさず男を引きずり下ろし、落下する男の顔面に左パンチを喰らわせて地面に転がした。

残りの三人が同時に立ち上がり、ＡＫ47を構える。

辰也はグロックを抜いて、三人を次々と撃った。

「何！」

銃声を聞いた運転手と助手席の男が、慌ててＡＫ47を手に車を飛び降りてきた。

浩志は運転手の顎に左肘打ちを喰らわせて昏倒させ、右手でズボンからグロックを抜いて助手席の男の眉間を撃ち抜いた。

「ビンゴ！」

辰也が荷台で声を上げた。

浩志は銃をズボンの後ろに差し込むと、トラックを回り込んで荷台に上った。

「やはりな」

積荷を見た浩志は、薄い笑みを浮かべた。

荷台に積まれていたのは、ロシア製百二十ミリ迫撃砲２Ｂ11で、有効射程は五千七百メートルある。これなら、Ｍ２４９を恐れることなく、輸送機を攻撃できるだろう。本体は二百十キロあるため、移動用の車輪が、隣りに置いてある。トラックもロシア製ＫｒＡＺ２５５Ｂだ。

どちらも旧ソ連時代か現代のロシアのものかは分からないが、軍から横流しされたものだろう。中国製やロシア製の武器を反政府勢力が所持しているのは、腐敗した軍隊と武器商人が結託しているからだ。

「藤堂さんの読み通りでしたね」

辰也は荷台の死体を外に下ろしながら言った。

「それにしても、灰色狼は金回りが良さそうだな」

浩志はハンドライトで２Ｂ11を調べながら呟いた。２Ｂ11は新型である。正規の軍隊ではない武装集団なら、すでに生産が終わっている古い型を使ってもいいはずだ。灰色狼に資金援助をしている国や組織があるのだろう。

「百二十ミリ榴弾が七十発もあります。それに増加装薬も沢山ありますね。確かに資金力はありますよ。これで攻撃されていたら、ワットたちもひとたまりもなかったですね。敵は救助隊が来る前に決着させるつもりだったんですね」

辰也は荷台の前に載せてある木箱を覗いて、首を横に振った。増加装薬とはリング状の追加爆薬で、榴弾の下部に取り付けて飛距離を伸ばすことができる。

「どうしたものか？」

浩志は腕組みをして首を傾げた。

「敵の手に渡らないように、トラックごと爆破しましょう」

辰也はにやりとした。爆破の専門家だけに破壊は得意である。

「……いや、有効に使う」

浩志は荷台を降りると、無線で加藤を呼び寄せた。

6

零時二十九分、柊真は暗視双眼鏡で、砂漠を見つめていた。

場所は墜落したC－17から東南東十五キロの位置である。

　柊真とマットは奪ったNH90で現場に駆けつけて負傷者を回収し、拘束しているドイツ兵のパイロットに操縦させてキャンプ・マーマルに帰還させる予定だ。基地は墜落現場から百四十キロほどと近く医療設備も充実しているため、負傷者を収容するには最適な環境である。

　また、柊真とマットは負傷者を送り出した後、救助隊到着までの警護を務めるつもりであった。だが、現場まで三十キロ地点にさしかかった十分ほど前に、軍事衛星で監視している友恵に衛星携帯電話機を使って連絡してみた。見通しが利かない夜間の行動だけに、事前に現場の状況を知りたかったのだ。

　すると、C－17の周囲は千人近い武装集団に取り囲まれているため、近付くのは危険だと教えられた。また、浩志の作戦が間もなくはじまるため、終了するまで危険だから空域に近付かないように指示されたのだ。

「明。ムッシュ・藤堂の作戦って、どんな内容なんだ？」

　マットはNH90の左右の後部ハッチを開け、貨物室から暗闇を窺いながら尋ねてきた。

「C－17を取り囲んでいるタリバンを蹴散らすらしいが、友恵も作戦内容までは知らないようだ」

　柊真は双眼鏡を覗いたまま答えた。

「彼女は優れたハッカーかもしれないが、軍人じゃないから教えても無駄だと思ったんじゃないのか？　直接ムッシュ・藤堂に聞いたらどうだ？」

マットの口調はのんびりしているが、G36を油断なく構えて周囲を窺っている。彼も友恵のことは柊真から聞いてよく知っていた。

「聞きたいのは山々だが、俺たちの持っている衛星携帯電話機は会話が暗号化されないから仕方がないだろう」

柊真は首を横に振った。

「誰に聞かれてもいいだろう。日本語で話せよ。ここは、砂漠だぞ」

マットは肩を竦めた。

「……確かに」

柊真は双眼鏡を下ろし、おもむろにポケットから衛星携帯電話機を取り出した。

浩志は額に浮いた汗を戦闘服の袖で拭った。

タリバン兵から奪った軍用トラックの荷台から百二十ミリ迫撃砲2B11の砲身、脚部、衝撃吸収台などを浩志と辰也と加藤の三人で運び出し、それを組み立てて地面に設置したところである。分解できるとはいえ、それぞれのパーツが何十キロもあるので骨が折れる作業だった。

ポケットの衛星携帯電話機が反応した。画面を見ると、柊真からである。友恵を通じて待機するように伝えてあった。

「俺だ」

浩志は通話ボタンを押した。

――バルムンクです。私の携帯は暗号化されていませんが、作戦をどうされるか教えてもらえますか？

柊真からの電話だ。

「直接連絡するつもりだった。これから十分後の〇〇四〇時に敵を混乱させる。おまえは、それに乗じてターゲットの北側に着陸し、負傷者を収容してくれ」

浩志は抽象的に説明した。会話をどこかで傍受される心配はないはずだが、まったく可能性がないとは言い切れないからだ。また、北側に着陸させるのは、タリバンの兵士が比較的に手薄だからだ。

――〇〇四〇時ですか。もっと遅らせられませんか？　救助隊の到着はあと一時間ほどだと聞いています。

「そうしたいのは、山々だ。だが、敵の武器を奪ったせいで、逆に総攻撃の準備をしているらしい」

斥候に出している加藤から、敵が動き出したという報告を受けている。浩志らが武器を略奪したとは思っていないだろうが、武器を輸送している連中と連絡が取れないので迫撃砲は諦めたに違いない。武装集団は包囲網を縮めており、十分が限度なのだ。

——了解です。合図はありますか？

「すぐに分かる。十分で到着できるか？」

友恵から柊真が乗ったヘリの着陸地点を聞いていた。浩志はＣ－17だけでなく、柊真らの位置も計算した上で計画を立てている。

——余裕で、大丈夫です。

「了解、負傷者は三名だ。頼んだぞ」

浩志は通話を切った。ワットからすぐに移動すべき負傷者は、三名に減ったと連絡を受けていた。

「どうだ？」

浩志は砲身の角度を調節している辰也に尋ねた。迫撃砲を扱ったことがあるのは、三人の中では彼だけである。

「正直言って２Ｂ11は初めてですから。ただ、最大射程でもＣ－17に当たらない距離に設置したので、大丈夫でしょう。心配なのは、地面が砂地なので、発射するたびに本体が衝撃で動きます、どうしても精度は落ちますね」

辰也は苦笑してみせた。２Ｂ11の有効射程は五千七百メートルあり、設置した場所は墜落機から六・五キロ西南の地点のため、C－17を誤爆する心配はない。

　また、タリバン兵はC－17から二キロ以上離れた場所に陣取っており、彼らを狙うには問題ない。タリバン兵は到着時には、四百メートル前後まで近付いていたそうだが、ワットが照明弾を上げたことで包囲網を広げたようだ。

「敵を混乱させるだけでも、いいんだ」

　浩志は鼻から軽い息を漏らして笑った。


　C－17、貨物室。

「急げ！　ムーブ、ムーブ！」

　ワットは右腕をぐるぐると回し、貨物室に残されているハンヴィーの助手席に乗り込んだ。運転席には瀬川が座っており、荷台と後部座席には三人の重度の負傷者と足を骨折しているC－17の乗務員だった軍曹、それにマリアノが乗っていた。

「まったく、前のやつは運転免許を本当に持っているのか？」

　ワットはダッシュボードを叩いた。若い兵士の運転するハンヴィーがすぐ目の前を移動しているのだが、あまりにも遅いので苛立っているのだ。

　二台のハンヴィーは後部貨物室ハッチを出るとC－17の左翼側を回り込んで、機首近くに配置されていたハンヴィーの近くに停められた。

ワットは助手席から降りると、他の二台のハンヴィーの運転手に指示して移動させる。二台のハンヴィーはワットらの車を軸に北側に四十メートルほど離れた場所に並べて停められた。柊真のＮＨ90が降り立つ場所を確保し、二台のハンヴィーを弾除けにしたのだ。

「これでよし」

ハンヴィーを配置したワットは、息を吐き出して腕時計を見た。零時三十八分になっている。

7

零時三十九分。

銃撃音。

――こちら、ピッカリ。敵が攻撃してきた。

銃撃音に混じって、ワットの声がヘッドセットのイヤホンから聞こえてくる。敵に先を越されてしまった。

「発射！」

舌打ちをした浩志は、辰也に命じた。

「了解！」

辰也は榴弾を迫撃砲の砲身に投げ込むと、耳を塞いだ。

爆発音とともに、榴弾が発射される。

数秒後に北西の方角で爆発した。

「三百メートル、ショート！」

衛星携帯電話機を耳に当てている浩志は、大声で辰也に指示する。軍事衛星で監視している友恵に着弾点の誤差を聞いているのだ。

「了解！」

辰也はレバーで砲身の角度を僅かに変え、榴弾を投げ込んだ。

爆発音を伴い、榴弾が夜空に消える。

「百メートル、オーバー！」

「了解！」

辰也は再び調整し、榴弾を放った。

「命中！　敵は右に移動！」

「了解！　やったぜ！」

辰也は歓声を上げながら砲身を微妙に右に動かし、榴弾を投下する。

破裂音を上げた砲身から煙とともに榴弾が発射された。暗闇に消えた榴弾は、数秒後に大きな炎を上げる。

「車両に命中！　南にずらしながら続けて発射！」

浩志は声を張り上げた。迫撃砲が発射されるたびに両耳を塞いでいるが、すでに鼓膜がおかしくなっているのだ。

「了解！」

辰也が角度を調整しながら、榴弾を砲身に投げ込む。


「敵を見たら撃て！」

ワットは他のハンヴィーのＭ２４９の銃座に立っている兵士に命じると、三台のハンヴィーに囲まれたエリアの中央に立ち、マリアノと瀬川とともに上空に向けてハンドライトを照らす。

上空の暗闇を突いて無灯火のＮＨ90が降りてくる。機体のライトを点ければ、ＲＰＧ７の餌食になるため無灯火で旋回していたのだ。

ワットはゴーグルを掛け、ヘリのメインローターが巻き上げる砂塵の中、着陸したＮＨ90の後部スライドハッチを開けた。

「負傷者はどこですか？」

貨物室からアサルトライフルを束にして背中に担いだ柊真が降りてきた。

「こっちだ！」

ワットは手招きして、自分のハンヴィーに戻る。

負傷者を担架で運ぶマリアノと瀬川とすれ違った。一番重篤な負傷者である。マリアノは、負傷者と一緒にキャンプ・マーマルに行く。基地の軍医に尋ねたところ、三人も一度に手術ができないというので手伝うためである。

柊真はハンヴィーの荷台にアサルトライフルと弾薬を詰めたバッグを下ろした。

「助けに来たぞ。ヘリに乗せるまで我慢してくれ」

柊真は体が大きい負傷者に声を掛け、両腕で軽々と抱えた。

「一人で大丈夫か？」

両眼を見開いたワットが、尋ねた。柊真が抱えている負傷者はどうみても百キロ近くあり、残された負傷者は小柄な兵士だからだ。

「平気です。先に行きます。急ぎましょう」

柊真は負傷者を抱えて小走りにヘリに戻ると、貨物室にそっと横たえた。

銃撃音。

三台のハンヴィーのＭ２４９が、一斉に火を噴いた。北側のタリバンが攻めてきたのだ。彼らにとっては、ＮＨ90も大きな獲物だからだろう。

柊真は貨物室の片隅に手足を縛られている正副パイロットの樹脂製の拘束バンドを、ナイフで切断した。

「負傷者を乗せて、基地に戻れ。おまえたちはハインリヒ少佐に騙されたことにしてある。負傷者を救出すれば、勲章ものだぞ。基地にも米軍を通じて連絡済みだ。分かったな。それが嫌ならここで死ね」

柊真はパイロットの眉間にグロックの銃口を突きつけて凄んだ。

「わっ、分かっている。死にたくないし、軍法会議も避けたい」

パイロットが、拘束バンドで赤くなっている手首をさすりながら答えた。

「二人とも操縦席に座るんだ」

柊真は銃口を振って二人を操縦席に追い立てた。

「おかしな真似はするなよ」

マットは、パイロットにグロックを向けながら操縦席から降りた。正副のパイロットは恐る恐る操縦席に座る。

「私は残った方がいいんじゃないですか?」

貨物室に足を骨折している軍曹も乗せるとマリアノは不安げな表情を見せた。この先激しい戦闘になることを心配しているのだ。

「今のおまえを必要としているのは俺たちじゃなく、負傷者だ。それにパイロットの監視も必要だ。心配するな」

ワットはマリアノと固い握手をして自分が持っていたグロックを渡すと、ヘリから離れた。銃を受け取ったマリアノは、無言で貨物室に乗り込んだ。

「行け！」

パイロットに命じた柊真は、貨物室から飛び降りて後部ハッチを閉じた。

「これが最後です」

榴弾を手にした辰也が言った。トラックからは榴弾を半分だけ下ろした。三十四発使ったということだ。

「北東に向けて発射してくれ」

浩志はタリバンを徹底的に掃討するつもりである。彼らは砲撃で大勢の死傷者を出して混乱しているようだが、まだ撤退する気配は見せていない。それに、C－17の周囲に配置してあるハンヴィーのＭ２４９や、タリバンのＡＫ47の銃声が聞こえる。交戦中ということだ。

「発射します」

辰也は手に持っていた榴弾を砲身に投げ込んだ。

「こちらリベンジャー。トレーサーマン、応答せよ」

両手で耳を押さえながら浩志は、無線で加藤を呼び出した。彼は砲撃に遭わないようにタリバンから距離をおきながら、彼らを監視している。

——トレーサーマンです。どうぞ。

「ダメ押しをする。合流してくれ。今、どの辺だ？」

加藤にはタリバンが目視できるところで監視するよう、遠くに行くことを禁じてある。

——一分で、戻ります。

「了解」

浩志は頷きながら通話を終えた。加藤は迫撃砲の着弾数を数えていたのだろう。三十五発を撃ち尽くしたので、浩志が移動することを予測していたに違いない。

暗闇から加藤が抜け出してきた。

「運転してくれ」

M４を手にした浩志はハンヴィーの助手席に乗り込んで加藤に言った。

「分かりました」

加藤は素早く運転席に座り、エンジンを掛ける。

「加藤。敵の多いところに連れて行ってくれ」

M２４９の銃座に立った辰也は、張り切っている。

「任せてください」

加藤がポケットからスマートフォンを出すと、アプリを立ち上げて浩志に渡してきた。

画面には二つのシグナルが点灯している。

「これは、追跡アプリか？」

目を見張った浩志は、思わず尋ねた。

「最初の斥候で、タリバンの三つのグループのリーダーと思われる人物の車にトラッカーを仕掛けてきました。迫撃砲の攻撃で、そのうちの一つは破壊されたようです」

加藤は涼しい顔で答えた。トラッカーは最新のＧＰＳ位置発信機で、日本の傭兵代理店から支給されたものだ。小型で感度も良く、電池寿命も長い。

「うん？」

浩志は首を捻った。

二つのシグナルが、Ｃ－17とは別方向に動き出したのだ。それぞれの支配地域に向かっているらしい。

ポケットの衛星携帯電話機が反応している。友恵からだ。

「俺だ」

――モッキンバードです。Ｃ－17を包囲していたタリバンが撤収しはじめたようです。機体から離れていきます。

彼女は軍事衛星の赤外線モードで、地上の人間の動きを察知できる。彼女もタリバンの敗走を確認したらしい。

「そうか。ありがとう」

浩志は通話を終えると、にやりとした。

「敵は撤収をはじめたんですか？　まだ手製爆弾も使っていないのに」

辰也が不満気に言った。

「そういうことだ。とりあえず、仲間と合流するぞ」

浩志は右手を真っ直ぐC－17に向けて伸ばした。

「了解です。C－17に向かいます」

快活に答えた加藤が、アクセルを踏んだ。

砂漠の脱出

1

午前一時三十分、C－17墜落機。

浩志と辰也は、機体の主要部に爆弾を取り付けていた。

ワットと宮坂はC－17のブラックボックスを、田中はコックピットにある制御システムを瀬川と取り外している。ハッキングや墜落した状況を詳しく調べたいので、ブラックボックスと電子部品を回収したいという要請が誠治からあったからだ。

柊真とマット、それに村瀬と鮫沼は、若い米軍兵士らとともに周囲を警戒している。加藤は五名の米兵を引き連れて、周囲に残された武装兵の死体を調べていた。中には足を怪我しているだけという兵士もいるため油断ができないからだ。また、散らばっている武器を回収し、生存者は捕虜にする必要があった。

「調子はどうだ？」

浩志はコックピットで作業する田中に尋ねた。仕掛ける爆弾は、コックピットが最後なのだ。

「制御システムだけでなく、焼きついた通信システムも取り外しました。それに、ウィルスに感染した兵士のスマートフォンも一緒に送るつもりです。原因は分かるでしょうが、いたちごっこかもしれませんね。テロリストの武器開発も日進月歩ですから」

田中は取り外した電子機器を移送用のコンテナに入れながら答えた。作業は終了したようだ。

――ピッカリだ。もうすぐ救助隊が来る。その前に打ち合わせをしようか？

ワットから無線が入った。

「今、コックピットだ」

浩志は手にしていた爆弾をコックピットの出入口に立っている辰也に渡し、貨物室に入った。

「こいつを田中に渡してくる。ちょっと待ってくれ」

ブラックボックスを手にしたワットが、入れ替わってコックピットに入って行った。

バグラム空軍基地で救助隊を指揮しているティム・ベーカー空軍中佐に、直接渡すことになっていた。彼はシースタリオンに乗り込んでやって来る。

　救助隊は、ベーカーの判断で大型輸送ヘリであるシースタリオン一機、ブラックホーク四機、攻撃ヘリコプターAH－1、通称コブラを二機、それに重武装した兵士も二十名追加という編成に離陸直前に急遽変えていた。墜落したC－17を包囲する千人近い武装集団を蹴散らし、取り残された兵士を無事救助するつもりだったらしい。

　成功すればもちろん勲章もので、大佐に昇格する好材料になることは間違いなかっただろう。だが、リベンジャーズが代わりに武装集団を掃討した。中佐の目的は、救出だけでなく、C－17のブラックボックスや取り外した電子機器を持ち帰ることに変わった。勲章は無理でも、大きな功績として軍歴には残るだろう。

「まだ、ワーロックからの返事はないか？」

　コックピットから出てきたワットが、尋ねてきた。

「まだだ。参謀本部に問い合わせているらしいが、俺たちの申し出に困っているようだ」

　浩志は苦笑した。浩志らが乗ってきたハンヴィーとC－17に搭載されていた六台のハンヴィーを爆破せずにリベンジャーズで、キャンプ・マーマルに持ち込もうという提案をしたのだ。

　米軍はC－17か、それよりも大きなC－5、通称〝ギャラクシー〟でキャンプ・マーマルからハンヴィーを回収するだけの話だが、それを渋っているのだ。だが、七台ものハンヴィーをむざむざ爆破するよりは、無傷で回収できた方がいいに決まっている。

「米国はＮＡＴＯを嫌っている。しかし、面子だけで七台のハンヴィーを廃棄処分にするというのなら、本当に馬鹿だ」

ワットは舌打ちをした。

「それに、俺たちの信用問題もあるのだろう。ハンヴィーをテロリストに売りつけるとでも思っているに違いない」

浩志は軽く笑った。傭兵は正規軍でないため、どこでも胡散臭い目で見られるものだ。

「うーむ。確かに。だが、本来なら、報奨金を出してもいいような仕事だぞ。疑い過ぎだろう。何か条件でも出したのか？」

ワットは腕組みをして唸った。

「条件というほどのものじゃない。情報と新たな足を用意しろと言っただけだ」

浩志は誠治に砂漠のタリバン、灰色狼の詳しい情報を請求した。Ｃ－17の墜落を招き、墜落後は、他の支配地域のタリバン系武装勢力も招集して攻撃を仕掛けてきた。リベンジャーズが引き受けた任務と関係があるのなら、彼らの背後にクロノスの存在があるに違いない。

今回の任務は、十年前の二〇〇九年に出されたクロノス８４３７という命令書に従ってジム・クイゼンベリーと彼の部隊の行方を捜すことである。誠治も藁にもすがる気持ちで任務を依頼したようだ。浩志も正直言って首を傾げつつ引き受けている。

ワットら仲間を乗せた輸送機が狙われたのは偶然ではなく、情報が漏洩したからだろう。任務は、誠治がＣＩＡのどこで情報が漏れたか調べるための囮の作戦だったのではないかとさえ思っている。

だが、浩志にとってＣＩＡがどうなろうと知ったことではなく、仲間の命を狙った者がいるという事実が問題なのだ。それが単なる砂漠の民ではなく、クロノスの息が掛かった武装集団ならなおさらである。リベンジャーズにとってクロノスは、仲間を殺害した憎むべき組織なのだ。

浩志は灰色狼の組織を壊滅させ、その背後にいるクロノスの存在を暴くことが重要だと思っている。そのためにも情報が欲しかったのだ。

ポケットの衛星携帯電話機が、鳴った。戦闘中は銃撃音がうるさいのでマナーモードにしないで使っていたのを忘れていたのだ。

「……分かった」

小さく頷いた浩志は、通話を切った。

「ひょっとして、ワーロックからか？」

ワットが訝しげに見ている。

「そうだ。ハンヴィーはキャンプ・マーマルに持ち込むように言われた。灰色狼の情報は、手に入れたら必ず渡すと言っている。本当かどうかは分からないがな」

浩志は首を振った。

「うん！　お客さんだ」

ワットは耳に手を当てた。

微かにヘリコプターのローターの音が聞こえるのだ。

「らしいな」

頷いた浩志は貨物室に立てかけてあるＭ４を担ぎ、ワットとともに小走りに後部ハッチへと向かう。

Ｃ－17の近くで、ＡＫ47で武装した村瀬と鮫沼が、数名の兵士とともにハンドライトを上空に向けて振っている。

敵の武器は加藤らが回収し、一箇所に集められた。ＡＫ47だけでも百丁以上ある。加藤の報告では、百二十二もの死体を確認している。昨夜襲ってきたタリバン兵は、迫撃砲とＭ２４９の凄まじい攻撃で仲間を置き去りにして逃走したようだ。また、八人の負傷者を捕虜にしていた。

救助隊の輸送機にはすべての捕虜を乗せられないので、リベンジャーズがハンヴィーで運ぶことになるかもしれない。また集められた武器は、再びテロリストの手に渡らないように爆破するつもりだが、現時点では味方の武器になっていた。

鯨のような巨体のシースタリオンが舞い降りてきた。続いてブラックホークが四機、最後に二機のコブラが着陸する。

「さて、これで、第一ラウンド終了か」

笑顔のワットが、アフガンストールで口元を押さえた。

「救助隊が帰るまで、気を抜くな」

浩志は笑顔も見せずに言った。

2

午前二時十分、浩志は救助機のメインローターが巻き上げる砂塵を避けるため、ハンヴィーの助手席に乗っていた。

シースタリオンに十九名の陸軍兵士を乗せ、捕虜にした八名のタリバン兵は武装兵士が乗っている二機のブラックホークに分乗させた。

また、ティム・ベーカー空軍中佐に、ブラックボックスと電子機器などを入れたコンテナを渡している。着陸早々彼は不機嫌そうな顔をし、部下にあたり散らしていた。自分が到着する前に、タリバン兵が掃討されていたからだろう。

だが、ワットがベーカーを案内し、C－17の周囲に散乱する夥しい数のタリバン兵の死体を見せたところ、ベーカーは態度を豹変させておとなしくなった。アフガニスタンに長期駐留する海兵隊員でも、これほどの死体を一度に目にすることはまずないだろう。怖気付いたとしても当然である。

先導役のコブラが最初に浮上し、シースタリオンがその巨体をゆっくりと空中に持ち上げる。最後に護衛機である四機のブラックホークが、爆音を上げながら飛び去った。周囲は砂嵐の如く砂塵が舞い、二・四トンあるハンヴィーのボディを揺らす。

「こちら、リベンジャー。出発だ」

救助隊の機影が夜空に消えたのを確認した浩志は、無線で仲間に告げた。

加藤はアクセルを踏んで、車を発進させる。後続の六台のハンヴィーが、エンジン音を上げて続く。浩志を含めてリベンジャーズは九名、それに柊真とマットを加えて十一名のため、四台は二人で乗り、三台は一人で運転している。

「爆弾グマ、やってくれ」

浩志は辰也に無線で命じた。

――了解。

辰也の返事とともに、二百メートル後方のC－17が爆発した。これで、とりあえず任務の一つは片付いた。

――第二ラウンドの花火だな。

すぐ後ろを走るハンヴィーに乗るワットからの無線だ。瀬川がハンドルを握っている。

「そういうことだ。夜が明ける前に到着するぞ」

浩志は通話を終えると、大きな欠伸をした。この数日、あまり眠っていない。さすがに疲れを覚える。戦闘中に大量にアドレナリンを放出した反動もあるのだろう。

「眠っていていいですよ。四十二キロ東南東に行けば、農道に出られます。農道を二十キロ南下し、州道のA76にぶつかります。州道を九十四キロ進めば、基地に到着です。所要時間は二時間五十分の予定です」

加藤は笑ってみせた。この男に任せておけば、地図を見ることなく、百四十キロ北東にあるキャンプ・マーマルに到着するだろう。砂漠は四十キロほどで終わり、起伏がある荒地になる。まっすぐ進めばいいというわけではないのだ。

「そうか。それじゃ、農道に出るまで眠らせてくれ」

浩志は腕を組んで目を閉じた。出発前に友恵から連絡があった。徹夜続きだったために麻衣と交代して仮眠するそうだ。今も、どこかの国の軍事衛星を使って見張っている。この十年でリベンジャーズの闘い方も随分変わった。

だが、変わらないものもある。イスラム系武装集団は、相変わらずAK47、あるいはAK74を使用している。砂塵が舞うような過酷な環境でも、故障が少ないからだ。だが、彼らも衛星通信を使って世界中と繋（つな）がり、最新の防空システムやドローンさえ保持している。対する傭兵も変わらなければ、ならないのだ。

「農道に出ますよ」

「うん？」

「すみません、起こして。農道に入りました」

加藤が声を掛けていたようだ。

浩志はびくりと頭をもたげて目覚めた。

「そうか。すっかり寝てしまった」

浩志は両手を上げて、座ったまま背筋を伸ばした。

「相当な悪路でしたが、よく眠れましたね。ここから二十二キロで、アクチャという街を通過します。小さな街ですが、アフガン軍の小隊が駐留しているそうです。北部の街ですが、タリバンはいないようですね。麻衣ちゃんから、クラウドにデータが届いていました」

加藤が声を上げて笑っている。腕を組んで目を閉じた瞬間に眠ってしまったようだ。

アフガニスタンの都市部では普通にスマートフォンが使えるが、郡部では電波が届かない。そこで、傭兵代理店から支給されている衛星通信モバイルルーターが役に立つ。

「街に政府軍の小隊がいるからといって、タリバンがいないとは限らないぞ」

浩志はモバイルルーターを起動させるとスマートフォンを取り出し、傭兵代理店のクラウドにアクセスした。クラウドとはインターネットを介したコンピュータ資源の利用形態の一つで、傭兵代理店では高度なセキュリティが施(ほどこ)されたコンピュータに外部からアクセスすることで、情報を共有できるようにしている。

友恵が構築したシステムで任務に必要な情報が蓄えられており、データを更新すると関係者にメールやメッセージが届く。閲覧することができるのは、傭兵代理店からＩＤとパスワードが発行された者だけで、アクセスする際には指紋認証も必要なため、第三者が閲覧することはほぼ不可能だろう。

浩志はクラウドを開き、今回の任務のコードネームである〝砂漠の銀狼〟というホルダーを開いた。いかにもゲームオタクらしい友恵が名付けたもので、クライアントのＣＩＡの作戦コードではない。ホルダーには電子書類や画像が置かれていた。ダウンロードしないで閲覧することで、スマートフォンからの情報漏れを防ぐのだ。

「これか」

呟(つぶや)いた浩志は、アクチャ・マップという名前の画像を開いた。軍事衛星から撮影した街の写真である。アクチャはアフガン絨毯(じゅうたん)の生産地で、古くから栄えた街である。

古い街だけに碁盤の目のように道が張り巡らされているが、幹線道路は南北を抜ける一本だけらしい。七台ものハンヴィーが走るとなると、そこを通る他ないだろう。だが、寝静まった街を叩き起こすような真似はしたくない。そっちから行こうか」

「この先で一旦西に向かう迂回路がある。そっちから行こうか」


浩志はスマートフォンを仕舞った。

「道は悪いと思いますが、その方が安全ですね」

加藤は頷いた。

「……それに気になることがある」

右眉をぴくりと吊り上げた浩志は、フロントガラス越しに夜空を見上げて言った。

3

午前三時四十分、七台のハンヴィーはアクチャには向かわずに、西を迂回する農道を走っていた。

加藤の言ったとおり、道路状況は悪く車両は路面に空いた穴で激しく上下する。

浩志は揺さぶられながらも夜空を見上げて、首を捻った。

「気になりますか？」

ハンドルを握る加藤は浩志をチラリと見て尋ねた。

「気のせいならいいんだがな」

浩志は浮かない表情で答える。

三十分ほど前、浩志は前方の夜空を横切る物体を目撃している。目視できたので低い高度を飛行していたと思われるが、航空機というほどの大きさではなく、そうかといって鳥でもない。一瞬のことなので見間違いという可能性もあるが、用心に越したことはないのだ。

衛星携帯電話機が、呼び出し音を上げた。激しく動く車内でのマナーモードは、気が付かないことがあるためだ。

「俺だ」

画面で相手を確認した浩志は、通話ボタンを押した。

――スパローです。やはり、見つけられません。もし、リベンジャーが目撃したのが、〝アバビール〟だった場合、サイズが小さいため軍事衛星でも捉（とら）えることは難しいと思います。

麻衣からの連絡だ。彼女は友恵がモッキンバードというコードネームを使うため、それに倣（なら）ったらしい。

アバビールとは、コーランに出てくる神が遣（つか）わした鳥の名前で、イランが開発した最新鋭のドローンである。ヤシールと呼ばれていたころの初期のドローンは偵察のみだったが、アバビールの航続距離は千二百キロもあり、爆弾も搭載可能だ。全長三メートル弱と小型であり、低空で飛行するためレーダーにも映らない。

　二〇一九年八月、イエメンの反政府勢力であるフーシ派の支配地域から飛来した十機のアバビールが、サウジアラビアの防空網を掻い潜り油田を爆撃した。今や一機二百ドルのドローンの攻撃に対し、一発五万ドルの迎撃ミサイルで対抗するという。これまでの防空システムの概念は、崩壊したと言っても過言ではない。

「そうか、ありがとう」

　浩志は通話を終えると溜息を漏らし、サイドミラーを見た。後続のハンヴィーのライトが反射する。七台のハンヴィーなら、武装勢力の目には米軍一個小隊の移動として映るだろう。彼らの格好の標的である。キャンプ・マーマルまではたいした距離ではないこともあったが、ハンヴィーを無傷で返すことで米軍に貸しを作っておきたかったのだ。紛争地で孤軍奮闘というわけにはいかないからである。

　再び衛星携帯電話機が電子音を上げた。

　──スパローです。アクチャから車列が南下しています。このままだと、遭遇します。気が付くのが遅くてすみません。

　麻衣が悲痛な声で報告してきた。彼女に小型のドローンを見つけるようにと、無理な要請をしたので発見が遅れたのだろう。

「気にするな。最新の映像を送ってくれ」

浩志は落ち着いた声で答えた。

——了解です。今、クラウドにアップロードしました。

「ありがとう」

さっそくクラウドにアクセスした。二つの画像が新たにアップされている。一つ目を開くと広域の衛星画像で、アクチャの南部とそれよりも西南の二箇所にチェックマークが付けられている。スマートフォンの画面は小さいので、見易いように麻衣が未確認の車列と、浩志らの車列にマークをしたのだろう。別の画像は未確認の車列のアップで、八台の車が写っていた。ピックアップが三台、ＳＵＶと思われる車が五台である。

「どうしたんですか？」

加藤が尋ねてきた。

「八台の車が出迎えてくれるらしい」

浩志は鼻を鳴らして笑った。それぞれの車に四、五人乗っているのなら四十人近い民兵の待ち伏せに遭う可能性があるということだ。

「タリバンですか？」

加藤が驚く様子もなく聞き返した。

「分からない。だが、こんな夜中に我々のインターセプトコースに入るような奴らは、敵と思った方がいいだろう」

「どこで、会えますか？」

加藤は僅かに首を捻った。この男も傭兵になってから年季が入ったものだ。戦闘に不安を覚えるのではなく、どこか楽しんでいる。

「俺たちの方が先にA76に出られるだろう。だが、アクチャに通じる道路との交差点の五十六キロ手前だ。幹線道路を走る未確認の車列は遅れてA76に出たとしても、俺たちの障害になるだろう」

路面状態の悪い浩志らの車列はスピードを出せない。その上、アクチャの幹線道路は、まっすぐにA76号に通じている。

「こちらリベンジャー。A76で待ち伏せ攻撃の可能性が出てきた。戦闘の準備をせよ」

浩志は無線で仲間に呼び掛けた。

――ピッカリだ。敵の人数は？

ワットが早速反応してきた。

「八台の車列だ。こちらより一台多い。対抗してきたのだろう」

こちらが七台の車列と知っているかもしれないが、人数までは把握していないはずだ。ハンヴィーをまさか一人や二人で運転しているとは思っていないだろう。一台追加して、人数で上回るようにしたに違いない。いずれにせよ、こちらが七台の車列を組んでいることは分かっていると見た方がよい。

――プランは？

「無論、立てた」

浩志は不敵に笑った。

4

午前四時十分、リベンジャーズの車列は、無灯火でA76号を東に向かっている。州道に出る前にハンヴィーの後部にハンドライトを粘着テープで止め、後続の車はすぐ前の車のハンドライトを頼りに走っている。先頭の加藤は夜目が利くとはいえ街灯もない道を走っているため、四十キロほどに速度を落としていた。

浩志のポケットの衛星携帯電話機が、呼び出し音を上げる。

「俺だ」

手に取って通話ボタンを押した。

――モッキンバードです。敵は、アクチャに通じる交差点手前でコの字形に車列を配置しました。やはり、待ち伏せするつもりのようです。映像をアップしました。

友恵からの連絡である。彼女は自室で仮眠を取っていたが、麻衣に緊急だからと起こされたに違いない。

「やはり、そうか。ありがとう」

浩志は頷くと、スマートフォンで軍事衛星の映像を確認した。

二台の車でA76号を塞ぎ、道路を挟む形で三台ずつ車を配置してある。夜間なので、肉眼では道路を塞ぐ二台には気付くだろうが、左右の車には気付かないだろう。バリケードとなった車の鼻先に車列を停めたら最後、前と左右から銃撃される。

「こちら、リベンジャー。敵との遭遇まで、残り六キロ。敵は待ち伏せの配置に就いた。フォーメーションの確認をする。点呼をするから、答えてくれ。一番はROMEO1」

浩志は無線で仲間に呼び掛けた。

先頭車両から番号が振られている。浩志と加藤の車は一番、二番目はワットと瀬川、三番目は辰也と宮坂、四番目は村瀬、五番目は鮫沼、六番目は田中、最後尾の七番目は柊真とマットが乗っている。

「二番」

――ピッカリ、LIMA1。

浩志の問いに、ワットが短く答えた。ROMEOとLIMAは、無線通話で正確に会話ができるように決められたNATOフォネティックコードのRとLを意味し、今回はライトとレフトの略で使っている。

「三番」

――爆弾グマ、ＬＩＭＡ２。

辰也である。

「四番」

――ハリケーン、ＲＯＭＥＯ２です。

村瀬が答えた。

「五番」

――サメ雄、ＲＯＭＥＯ３です！

鮫沼が元気よく返事をする。

「六番」

――ヘリボーイ、ＲＯＭＥＯ４。

田中が答えた。

「七番」

――バルムンク、ＬＩＭＡ３。

最後に柊真の落ち着いた声が返ってきた。

待ち伏せ攻撃の配置は予測通りで、それに対抗する手段は、敵の直前で二手に分かれて道路から外れて荒地を走ることだ。

ちなみにＲＯＭＥＯ２と答えた村瀬なら、道路を逸れてから右の列の二番目に付く。Ｌ

ＩＭＡ３と返事をした柊真は、左の列の三番目で最後尾ということになる。

相手が武装していることが確認できるのなら、敵の側面を銃撃する。できるだけ交戦は避けたい。

また、敵陣を突破したら、また州道に戻るのだが、その際、ＲＯＭＥＯが先になり、ＬＩＭＡは後ろに付く。浩志が指揮するＲＯＭＥＯチームの三台は、一人で運転しているために後ろに付いた敵に反撃できないからだ。

加藤がゆっくりとブレーキを踏んで車を停めると、後続車も車間距離を取ったまま停止した。

浩志は急いで助手席から降りて、車体の後部に取り付けてあるライトのスイッチを消した。他の車両も次々と消されたので、七台のハンヴィーは周囲の闇に溶け込んだ。

浩志は運転席から降りてきた加藤に声を掛けた。

「頼んだぞ」

「任せてください」

加藤は頼もしい言葉を残して走り去った。アクチャに通じる交差点から四キロ近く手前の位置である。待ち伏せしている敵の偵察に行ったのだ。これだけ距離を取れば、相手に気付かれる心配はない。

浩志はＭ４を構え、夜空を見上げた。満天の星である。仲間も全員車を降りて、銃を手に空を見上げた。

「いたぞ！　十一時の方角、高度百！」

浩志は叫びながらトリガーを引いた。北東の方角に黒い影を発見したのだ。星空だけに影ははっきりと見える。偵察ドローンに違いない。

「見つけたぞ！」

ワットもほぼ同時に声を上げ、仲間も一斉に銃撃する。夜空に花火のように火花が散った。飛行体に、無数の銃弾が命中したのだ。

飛行体は急降下し、三百メートルほど向こうの闇に消えた。

「見てきます」

村瀬と鮫沼が、墜落した方角に走って行く。

ほどなくして、二人は飛行体を抱えて戻ってきた。

「こいつはアバビール2に間違いないだろう。面白い獲物が獲れたなあ」

ワットはハンドライトで飛行体を照らして笑った。最新の改良型アバビールは3になっており、一世代前の型ということだ。

「おそらく、我々がC－17を出発する直前から監視していたんだろうな」

田中は興味深げに見ながら言うと、自分の運転しているハンヴィーのバックドアを開けたが首を横に振った。持ち帰るつもりだったようだが、荷台に積めるほど小さくはない。

「捨てておくんだな。どうせ、安物だ。分解したところで、得るものはない」

ワットは手を振って捨てる仕草をした。

「できれば日本に持ち帰りたかったなあ」

田中は渋々道路脇に放り投げた。オペレーションマニアらしい発言である。

——こちらトレーサーマン。リベンジャー応答願います。

加藤から連絡が入った。

「リベンジャーだ。どうぞ」

浩志は左耳に手を当てて無線に応じた。

——車はコの字形に配置され、車の背後に民兵が三十八名います。ＡＫ47で武装し、ＲＰＧ7も二丁確認できました。

待ち伏せの準備は整っているようだ。

「戻ってくれ」

浩志は前方の闇を見つめながら小さく頷いた。

5

午前四時二十五分。

「乗車。出発するぞ！」

ハンヴィーのハンドルを握る浩志は、助手席に乗り込んできた加藤をちらりと見て仲間に無線連絡をした。

——こちら、バルムンク。待ってください。今、そちらに行きます。

柊真からの無線連絡だ。

「どうした？」

浩志はドアを開けて後ろを振り返った。柊真の車は最後尾のため、サイドミラーでは確認できないのだ。

「敵のすぐ横を通過することになると思いますが、交戦規定はありますか？」

駆け寄ってきた柊真が尋ねた。交戦規定を気にするような傭兵はいない。あえて妙な質問をするのは、理由があるのだろう。

「アバビールを破壊したので、何もせずに逃走を優先するつもりだ。交戦は避けたい」

敵が四倍近くいるため、まともに交戦するのなら先手必勝である。だが、相手が浩志らの本当の敵かどうか確認する必要はあるだろう。紛争地だけに武装しているからといって、敵とは限らないからだ。偵察機であるアバビールを撃墜したので、相手に気付かれなければそのまま逃げるつもりだった。

「しかし、それでは後手に回ります。気付かれて追撃されたら、逃げるのは不利になりませんか？」

彼は先制攻撃で敵を壊滅させるということを言いたいのだろう。

「相手が、我々の四倍だからと怖気付くつもりはないが、先制攻撃は避けたい。だが、降りかかる火の粉は払う」

現実的には、車に二人で乗っている四台の助手席の者だけが攻撃できることを考えれば、兵力は八倍と考えても過言ではない。

「一番いいのは、Ｍ２４９で掃射することです」

「そのつもりで、敵の追撃に備えておまえと辰也の車を後方に回したのだ。二台を併走させて、追撃してくる車両をＭ２４９で破壊することができるだろう」

銃座に備え付けてあるＭ２４９なら、追撃してくる敵を簡単に敵を狙い撃ちできる。

「Ｍ２４９の銃弾は、残り少ないと聞いています。それに、待ち伏せするくらいですから、敵は必ず追尾してくるでしょう。敵意を確認し、先に攻撃を仕掛け、追撃を封じ込めるのです」

柊真は自身ありげに言った。

「プランは？」

浩志は首を捻りつつも尋ねた。

午前四時三十分。

「出発します」

先頭車両に乗り込んだ柊真は独り言のように無線で呟いてライトを点灯させ、アクセルを踏み込む。柊真とマットが乗っていたハンヴィーは最後尾だったが、一番前に出したのだ。

――気を付けろよ。

マットの声が返ってきた。彼は前から五台目の村瀬の車に乗り込んでいる。

「分かっている」

返事をした柊真は、アクセルに掛かっているロープをきつく縛り上げ、元に戻らないようにした。あらかじめボディのフレームにロープを通しておいたのだ。足を離してみたが、時速三十キロで走っている。また、多少は動かすことはできるがハンドルもロープで固定してあった。

「これでいい」

柊真はにやりとすると、バックミラーを見た。

後続のハンヴィーは距離を取っているが、柊真の後に続いている。

ヘッドライトが、道路を塞いでいる二台のピックアップトラックを捉える。距離は百メートルを切った。

柊真は運転席から飛び降り、回転して受け身を取ると立ち上がって全速で左に向かって走り出す。

無人のハンヴィーは、敵の車列に接近する。

激しい銃撃が、無人のハンヴィーを襲う。バリケードとなっているピックアップトラックの間から白煙が上がり、ロケット弾が発射された。

集中砲火を受けたハンヴィーは派手に爆発し、横転した。


「ROMEO、撃て！」

浩志は敵の攻撃を確認し、無線で号令を掛けた。同時に銃座の加藤がM249のトリガーを引いた。

すでに車列は左右に分かれてA76号を外れ、無灯火で荒地を疾走している。

ROMEOチームは、浩志と加藤、村瀬とマット、そして一人で運転する鮫沼の三台である。

ハンヴィーの銃座に立つ加藤とマットは、右側に並んで停めてある三台の敵の車と武器を構える民兵をM249で掃射する。速度は四十キロまで落としたが、ハンヴィーを止めることなく走りながらの攻撃だ。

――LIMA、攻撃！

十秒ほど遅れてワットの号令が、無線機から発せられた。

ＬＩＭＡチームは、ワットと瀬川、辰也と宮坂、それに一人で運転する田中である。ＬＩＭＡチームは、ＲＯＭＥＯから百メートルほど後方を走っていた。二つのチームが並走して敵を挟撃すれば、同士撃ちになるからだ。ＬＩＭＡチームは、瀬川と宮坂がＭ２４９で左側の敵を容赦無く攻撃する。

「こちらへリボーイ。バルムンクを回収！」

田中が嬉しそうに無線で報告した。最後尾の田中が運転するハンヴィーの後部座席に、柊真が飛び乗ってきたのだ。田中は、柊真を回収するように浩志から命じられＬＩＭＡチームに変わっていた。

柊真はすぐさま銃座に立ち、道路を封鎖していた二台のピックアップトラックをＭ２４９で銃撃した。数名の民兵が反撃してきたが、Ｍ２４９の激しい銃撃にトラックが炎上すると、蜘蛛の子を散らすように後方に逃げていった。

敵の車列からどんどん遠ざかって行くが、民兵の動きは見られない。

「こちら、バルムンク。リベンジャー、応答願います」

柊真はＭ２４９のトリガーから人差し指を外した。

――こちらリベンジャー。怪我はないか？

「大丈夫です。敵の追撃は確認できません」

――グッジョブ！　いい作戦だった。

浩志の笑い声が聞こえた。珍しいことである。

「ありがとうございます」

柊真は後方に目を凝らしながらもにこりと笑った。

紛争地の捜査

1

キャンプ・マーマル、六月十六日、午前六時五十分。

　浩志は米軍兵舎の一室で汗と砂塵をシャワーで流し、支給された強張ったタオルで体を拭いていた。

　三十四平米の広さがある部屋に備え付けられているのは一般の兵士と同じシンプルなパイプベッドだが、シャワーもトイレも付いた個室である。

　米軍のバグラム空軍基地司令部から、浩志たちを受け入れるようにキャンプ・マーマルの司令官に要請が入れられていたのだ。

　浩志らは、米軍が契約した傭兵チームということになっていた。ＳＯＧというのは、誠治の騙りということもあるが、非公式な存在なので使わなかったのだろう。もっとも、傭兵が本職のため文句はない。また、ワットは予備役だが、リベンジャーズを指揮する米軍将校として迎えられている。

浩志は傭兵チームのリーダーとして、ワットは米軍将校として、将校用の個室をあてがわれている。仲間にも兵舎の一部をまるごと貸してくれているので、特別な計らいがされているようだ。だが、特別待遇というより、浩志らと基地の兵士との接触を避けるための処置かもしれない。

体を拭いた浩志は汚れた戦闘服をクリーニング用のビニール袋に入れ、新品の戦闘服に着替えた。兵舎に案内された際に、渡されたものだ。着替えを入れた私物のバックパックは持ってきているので、軽装に着替えることもできるが、紛争地の基地で私服を着る理由はない。

ドアがノックされた。

「どうぞ」

浩志は小さな溜息(ためいき)を吐(つ)きながら返事をした。

基地に到着したのは、午前五時半。ハンヴィーを滑走路脇に停めて、基地の米兵に引き渡し、兵舎に落ち着いたのは二十分前のことだ。簡単に休めるというわけではないらしい。

「おはようございます。ミスター・藤堂。マイケル・レディックと申します。朝食の準備が整いましたので、ご案内します」

　ドアを開けたのは、戦闘服に大尉の階級章を付けた男である。身長は一七八センチほど、胸板は厚く鍛えた体をしているが、物腰はホテルのベルボーイのようで、そのちぐはぐな言動が妙に鼻に付く。

「ありがとう」

　浩志は軽く頷き、大尉に従った。

「おはよう」

　廊下に出ると、ワットが笑顔で立っていた。洗いざらしの戦闘服を着ている。浩志と違い、予備役の将校のため着替えを持ってきたようだ。

「何が、おはようだ」

　浩志は鼻先で笑った。

「腹が減ったから、朝飯を食わしてくれるように、レディック大尉に頼んだんだ。彼は俺たちの担当を命じられたそうだ」

　ワットは得意げに言った。レディックは、浩志より先にワットに挨拶をしたようだ。

「そういうことか。食堂が開くまで我慢できなかったのか？」

「食事はと大尉に聞かれたから、答えたまでだ」

　ワットは肩を竦めた。

「ご案内します」

二人のやりとりを見て苦笑していたレディックは、先に歩き始めた。兵舎を出て広場を抜けて行く。夜が明けたばかりだが、すでに気温は二十四度と高い。風はないが歩くだけで足元に砂塵が舞う。

キャンプ・マーマルは、三千メートルの滑走路があるドイツ軍を主体としたNATO軍の基地である。米軍の駐屯地は、その東の端に隣接する場所にあった。キャンプ・マーマルの一部であるが、司令部を有する米軍基地として単独に機能している。

「そういえば、キャンプ・マーマルの米軍サイドには、グリーン・ビーン・コーヒーがあると聞いたな。食後にコーヒーとマフィンを食べないか?」

ワットが陽気に尋ねてきた。グリーン・ビーン・コーヒーは、コーヒーと軽食を出すチェーン店で、米国内外の空港や米軍基地にも出店している。

「それはいいですね。お付き合いしますよ。でも、食事の前に立ち寄っていただきたいところがあります」

先を歩いていたレディックが振り返って言うと、広場の端にある建物を指差した。

「そういうことか」

ワットは頭を掻(か)いて笑った。

「やはりな」

浩志は顎で建物を指した。司令部の建物である。

「こちらへどうぞ」

小さく頷いたレディックは、プレハブの建物の階段を上がって行く。

「行くか」

ワットはレディックの後に付き、階段下の浩志に向かって手招きをした。

「仕方がない」

首を振った浩志も階段に足を掛けた。基地で世話になる以上、司令部の幹部に挨拶をするのは当然であるが、堅苦しいことは避けたい。

「お入りください」

レディックは階段上のドアを開けた。

いくつものデスクが並べられた百平米ほどのオープンスペースが広がる。パーテーションは要所にあるが、個室はないらしい。早朝にもかかわらず、十人近い兵士が、デスクのパソコンに向かって仕事をしている。

「こんな辺境の基地でも働き者はいるものだな。おっと」

口を滑らせたとばかりにワットは、慌てて右手を口に当てて咳払いをした。わざと言ったに違いない。近くのデスクで仕事をしている兵士がジロリと見たが、ワットが中佐だと分かると視線を外した。

「中佐、司令官のジェイク・ヘンドリックス大佐は奥のデスクです」

レディックは気に留める様子もなく、通路を進む。ワットは良くも悪くも裏表がない。たいていの人間は、五分と掛からず彼の性格を理解できるだろう。

奥にある壁際のデスクに座っている将校が、浩志らを見て笑顔を浮かべた。年齢は四十代半ば、髪はシルバーの白人男性である。

「中佐、ようこそ。あなたの噂（うわさ）は予々（かねがね）聞いています。会えて光栄です。今回、救助隊をこの基地から出せなかったことを心からお詫（わ）びします」

ヘンドリックスは立ち上がると、右手を伸ばした。身長は一九〇センチ近くあり、痩せ型だ。

「軍も政治に影響を受けることは、承知している。今回、世話になるだけで充分だ」

ワットは大人の対応を見せた。

「それに、ミスター・藤堂。あなたのような有名人に会えて私はラッキーです」

ヘンドリックスは浩志に笑顔を見せて握手を求めてきたが、ワットのついでという感じである。本当に知っているかも怪しいものだ。

浩志は表情もなく握手に応じると、それ以上の接触を避けるために後ろに下がった。

「いつまで滞在されますか？　お二人にはお聞きしたいことが、山ほどあります」

ヘンドリックスはワットと浩志を交互に見て手を擦（こす）り合わせた。レディックもそうだが、彼もホテルマンのような口を利く。だが、その目は冷たく、腹に何か持っているような感じである。

「俺たちは忙しいが、少しなら時間を取れる。ハンヴィーを載せる輸送機が来たら、それに便乗するつもりだ」

ワットは横柄に答えた。ヘンドリックスの方が階級は上だが、ワットは軍歴も長いので相手が大佐だからと物怖じすることはない。それに彼の人格をワットなりに評価してのことだろう。

C－17の墜落で死者も出したが、リベンジャーズの働きで大多数の兵士を助けている。にもかかわらず、ヘンドリックスからは感謝の言葉もないのだ。ワットは彼の態度に腹を立てているに違いない。

「そうですか。それでは、質問させてください。あなたは、傭兵チームを指揮されているようですが、どのような任務か教えていただけますか？」

ヘンドリックスは上目遣いで尋ねてきた。

「答えられる任務はない。というか、大した任務ではないのだ」

ワットは肩を竦めた。

「リベンジャーズと言えば、傭兵特殊部隊として業界では名の通ったチームと聞きます。彼らを使っているのに大した任務ではないと言われても、困りますな」

ヘンドリックスは鼻から息を漏らすように笑った。

「仕方がないな。詳細は言えないが、俺たちは、トランプを持っている。それ以上は、語れない。分かるだろう」

ワットは真面目な顔で言った。トランプとは暗殺命令のことだ。浩志らの使命は〝クロノス8437〟の任務を調べることだが、クライアントがＣＩＡだけに教えられるはずがない。

「そっ、そうですか」

ヘンドリックスが絶句した。大佐クラスの将校なら意味は分かるはずだ。暗殺というのなら統合参謀本部から出されている超が付く機密命令である。嘘ではあるが、ワットが言うように辺境の基地司令官ごときに教えられるような内容ではないのだ。

「それじゃ、失礼する」

ワットは振り返ると、浩志に親指を立てて見せた。

2

午前七時半、柊真はマットと兵舎に隣接している巨大なプレハブの建物に入った。

長テーブルと折り畳みの椅子が並べられ、大勢の兵士が食事をしている。一度に二百人が食事できる食堂になっていた。

ステンレスの台の上に料理が載せられたバットや寸胴鍋が置かれ、兵士はプレートを手に並んでいる。

炊事係の兵士が、トングとお玉で料理を無造作にプレートに盛っていく。兵士らは笑顔もなく椅子に座り、黙々と食事をはじめる。食事を楽しめないようでは、紛争地では長く働けない。だが、目立った戦闘もなく、テロを警戒するだけで実質的な任務はないらしい。実務もなく駐屯する彼らは疲れ切っているのだろう。

「月並みなメニューだが、文句は言えないな」

マットは料理が盛られたプレートを手に、近くの席に座った。プレートには、焦げたベーコンにスクランブルエッグとポークソーセージに山盛りのハッシュドポテトが載せられている。米国人の標準的な朝食メニューだが、カロリーが高いだけで栄養のバランスが考えられているとは思えない。

「レーションよりましだ」

柊真はプレートをテーブルに載せると、マットの向かいの席に座った。

「この安物のベーコンにやたらと脂っこいスクランブルエッグは、体に悪そうだな」

マットは文句を言いながらも、食べている。

「栄養のバランスを考えるのなら、サプリを飲むんだな。ミリ飯にそれを求めるのは間違っている」

柊真は表情も変えずに食事をした。まずいことは分かっているが、あえて表現する必要はないのだ。

「それにしても、なんとなく見られている気がする。俺たちがよそ者だからか？」

マットは口を動かしながら、周囲を見回した。

「そうじゃないだろう」

柊真は首を右にさりげなく振った。

「あいつか？」

マットはさりげなく、左に顔を向けた。二つ離れたテーブルの席に、プレートを手にした兵士が一人で座っている。

「兵舎の外で俺たちが出てくるのを待っていた一人だ」

柊真はフォークで刺したポークソーセージに齧り付いた。

「待っていた一人？　何人もいるのか？」

マットは、手を止めると兵士から目を逸らした。

「兵舎の窓から抜け出して調べたら、六人の兵士が出入口に目を光らせていた。彼らはセキュリティ・フォースだろう。この基地に到着した際にＳＦの腕章をしていたのを覚えている」

「セキュリティ・フォースか。なるほど、俺たちは胡散臭い傭兵だからな」

　マットは鼻を鳴らして笑った。セキュリティ・フォースは、空軍警備隊のことで憲兵の役割も担っている。

「腕章を外して俺たちを監視するように、上から命じられているのだろう」

「それにしてもおまえというやつは、米軍基地に来てまで隙を見せない行動をしているのか。すごいと言えるが、呆れた男だな」

　首を振ったマットは、人差し指を立ててみせた。

「実は、藤堂さんにはすでに報告したんだが、気にするなと言われたよ。彼は、気が付いていたようだ」

　柊真は肩を竦めた。

「さすがだ。あの人らしいな。それじゃ、気にせずに食べ続ければいいんだな」

　マットはハッシュドポテトを素手で摑んで口に押し込んだ。

「そういうことだ」

　苦笑した柊真はスクランブルエッグを食べた。

「おっ！　リベンジャーズの登場だ」

　マットは、新たに摑んだハッシュドポテトを出入口に向けた。

　辰也と宮坂と田中の三人が、食堂に入ってきたのだ。

「見ろ」

柊真は辰也らの後ろに目配せした。

三人のすぐ後ろに一人の兵士が付いてきた。

「やつもＳＦか？」

マットが首を傾げた。

「そうだ。俺はこの基地でＳＦの腕章を付けた兵士を八人確認している。一度顔を覚えたら、忘れることはない」

柊真は何気なく答えた。彼は子供の頃から祖父の妙仁に古武道を徹底に教え込まれている。そのお陰で中学を卒業する頃には、達人の域にまで達した。また、その過程で、柊真の五感や記憶力も常人を超えたレベルに達している。だが、厳しすぎる妙仁に反発し、柊真は家出をして傭兵になったのだ。

「歓迎されているかと思ったが、米軍は俺たちを警戒しているのか？」

マットは苦々しい表情で言った。

「米軍が警戒しているわけじゃないらしい。俺たちは墜落したＣ－17から米兵を救助したんだ。褒められることはあっても、敵視される覚えはない。この基地の司令官の個人的な問題という可能性が高いのだろう」

柊真はヘンドリックスがＣ－17を救ったリベンジャーズの働きに対して、一言の礼もなかったことを浩志から聞いている。別に浩志は愚痴を言ったわけではなく、ヘンドリックスが人間として問題があるか、何か企んでいるかのどちらかだと思っているからだ。

「司令官が怪しいんだな」

「そうと決まったわけじゃないが、この基地を出る前にそれを確かめた方がよさそうだ」

柊真は監視をしているＳＦの兵士に手を振った。

3

午後三時、市谷傭兵代理店。

ヘッドホンをつけた友恵は、自室でパソコンのモニターを見つめながらキーボードをリズミカルに叩いていた。

浩志らリベンジャーズがキャンプ・マーマルに到着したのは、四時間前の現地時間で午前五時半である。彼らをサポートしていた傭兵代理店のスタッフは、リベンジャーズの安全を確認できたので平常業務に戻っていた。

「あらっ？　偶然かしら」

友恵はモニターに映し出された情報を訝しげに見た。

「偶然とは言い難いわね。他にもないかしら」

次々と違うデータを検索した友恵は腕を組んで頭を捻(ひね)った。ヘッドホンを外してデスクの脇に置かれている内線電話機の受話器を取ると、社長室に電話をかけた。

「私です。すぐ来てもらえますか」

受話器を置いた友恵はキーボードを打って、六台のモニターのうち上三台に検索したデータを表示させた。

ドアがノックされた。

「どうぞ」

友恵が答えると、

「何か、問題でもあったのかい？」

池谷が長い顔を覗(のぞ)かせた。

「実は、藤堂さんからキャンプ・マーマルの米軍司令官であるヘンドリックスを徹底的に調べて欲しいと頼まれました」

浩志はヘンドリックスと会った直後、友恵に依頼していた。

「その司令官が、危険人物なんですか？」

池谷は顎を突き出した。ますます顔が長くなることを本人は知っているのかは分からないが、疑問を覚えた際のポーズである。

「危険かどうかは分かりませんが、藤堂さんの勘ということなのです。不可思議な存在ということは確かです。彼の履歴を見てください」

友恵は立ち上がると、六台あるうちの一番左上のモニターを指差した。

「ヘンドリックスは二〇〇二年に米空軍士官学校を卒業し、少尉として配属されてから順調に昇進を続け、二〇一六年に中佐になりました」

「現在は四十一歳で、大佐ですか。彼は、士官学校を出たエリートなんですね」

池谷はモニターに映し出されたヘンドリックスの経歴を見て、小さく首を振った。

「経歴だけ見れば、エリートコースに乗ったただの軍人ですが、彼の配属が疑問です。二〇〇九年に、急遽エドモンド・ヒックス大尉の代わりにアフガニスタンに二年間赴任しています」

「急遽？　ヒックス大尉はどうしたんですか？」

「ヒックス大尉は、転属命令を受けた翌日に交通事故で亡くなっています」

友恵は関係者の軍歴をペンタゴンのサーバーをハッキングして調べていたのだ。

「別に珍しいことではないと思いますが？」

池谷は突き出した顎を右手で摩った。

「それだけではありません。二〇一六年に中佐になりキャンプ・マーマルの副司令官として赴任、二年後の二〇一八年に司令官アンドリュー・エドマン大佐が爆弾テロで死亡し、ヘンドリックスは司令官に昇格、同時に大佐になっています」

友恵は隣りのモニターを指差した。

「二度あることは三度あるといいますが、紛争地ですので前任者が爆弾テロで亡くなり、司令官に昇格することは不思議でもなんでもないと思いますが」

池谷は首を傾げて友恵を見た。

「まあ、そうですけどね。それじゃ、バグラム空軍基地のティム・ベーカー空軍中佐の経歴も見てもらえますか？」

友恵は下段の三台のモニターに新たなデータを表示させた。

「二〇〇四年に米空軍士官学校を卒業。ヘンドリックスの二年後輩ですか。士官学校は、四年制だから面識があったかもしれませんね。まあ、士官学校はたくさんあるわけではありませんので、偶然でしょうが」

池谷は鼻を鳴らした。

「それから、ベーカーは二〇〇九年にアフガニスタンに中尉として赴任し、一年後の二〇一〇年に帰還。そして、二〇一八年にバグラム空軍基地の副司令官として急遽赴任しています」

友恵は下段中央のモニターを指先で叩いた。

「急遽？　まさか」

両眼を見開いた池谷は、声を上げた。

「そのまさかです。キャンプ・マーマルの司令官であるアンドリュー・エドマン大佐とバグラム空軍基地の副司令官であるハリソン・ファウラーは、カブール市内のホテルのレストランで会食中に爆弾テロに遭い、二人とも亡くなっているのです」

　友恵は勝ち誇ったようにモニターを指差した。

「偶然もここまで重なると、怪しいですね。彼らは、今の地位に就けるように仕組まれていたような気がしてきました」

　池谷は何度も頷いてみせた。

「しかも、『二〇〇九年』って気になりませんか？　ジム・クイゼンベリーのチームが、クロノス８４３７という命令書に従ってアフガニスタンで行方不明になったのも二〇〇九年ですよ」

　友恵は下段の右端のモニターにクイゼンベリーの書類を表示させた。

「十年前、アフガニスタンで何かがあったのですね！」

　池谷は唸(うな)るように声を上げた。

「もっと調べます。一人にしてもらえますか」

　友恵はヘッドホンを再び掛けると、キーボードを叩き始めた。

「そっ、それじゃ、失礼するよ」

　池谷は薄くなった頭を掻きながら部屋を後にした。

4

キャンプ・マーマル兵舎、午前十時五十五分。

浩志はベッドに座り、スマートフォンで傭兵代理店のクラウド上の資料を閲覧していた。ドアがノックされた。

「勝手に入れ」

浩志は、スマートフォンの画面を見つめながら答えた。友恵から新たなデータがアップされていたのだ。

「少し早いが、はじめようぜ」

ワットがチョコバーを片手に顔を見せると、辰也らリベンジャーズの仲間が続き、最後に柊真とマットが入ってきた。浩志の部屋で、午前十一時から打ち合わせをすることになっていたのだ。

「その前にたった今、友恵から新しいデータがアップされた。説明するより、全員で資料に目を通してからはじめようか」

浩志は立ち上がると、入口近くに立っている柊真に自分のスマートフォンを渡した。柊真の持っているスマートフォンはクラウドに接続するためのアプリが入っていないため、閲覧することができないのだ。アプリは友恵が作成したセキュリティが完備されたものなので、彼女の承認がなければ手に入れることはできない。

友恵は中国製の電子部品が使われているスマートフォンの使用を警戒しているために、柊真らにダウンロードの許可を出してないそうだ。

「ありがとうございます」

頭を下げた柊真はスマートフォンに表示されている英文のデータを読んだ。

「驚いた」

苦笑した柊真は、スマートフォンをマットに渡した。

「そういうことか」

マットも目を通すと、スマートフォンを浩志に返した。

「やはり、俺が睨(にら)んだ通り、ヘンドリックスには何かあるようだな。あの野郎、バグラムのベーカーもグルという可能性があるのか、態度が悪いだけじゃなかったようだな」

友恵からの情報を見たワットが、舌打ちをした。

「情報は共有できたな」

浩志は仲間の顔を一人一人見回した。浩志も含めてリベンジャーズは十人、負傷者と輸送機で先に基地入りしていたマリアノの顔もある。手術も終わったので、その後の医療活動は、基地のスタッフに任せて今は自由の身だ。

それに柊真とマットを合わせて十二人にもなっている。三十四平米ある将校用の部屋とはいえ、鮨詰め状態になっていた。

「バグラムの副司令官、それにキャンプ・マーマルの司令官が繋がっていたとして、何かあるのでしょうか？」

資料を見た瀬川が質問してきた。彼は自衛隊の空挺団から、今は亡き黒川とともに傭兵代理店のスタッフに転属し、その後独立して傭兵になっている。現在の傭兵代理店は完全に独目の組織になっているが、発足当時は防衛庁情報本部の特務機関であった。

防衛庁の腐敗を正すために発足した少数精鋭のチームだったため、空挺団の中でも知力体力ともに優秀な人材が選ばれたことは言うまでもない。そのため、瀬川は戦略を立てる際に重要な提案をすることが度々ある。

「司令官クラスの彼らがたとえクロノスの関係者だからと言って、たいした影響はないと思う。二人ならな」

浩志は淡々と答えた。瀬川の言う通りで、二人の将校がたとえクロノスの幹部だったとしても、二人ではどうしようもないだろう。基地の幹部だからといって勝手な行動をすれば、参謀本部から目をつけられて解任されるのがオチである。

「怪しいのは、二人だけじゃないというのか？」

ワットは両眼を見開いた。

「たまたま俺たちに関係した将校の経歴を友恵に調べさせた結果が、これだ。アフガンだけじゃなく、イラクの米軍やＮＡＴＯ軍の指揮官クラスも疑ってかかった方がいいだろう。友恵には調査を続行させている」

浩志は友恵に二人の経歴だけじゃなく、米軍とＮＡＴＯ軍の指揮官クラスも調べるように要請していた。

「ゴキブリを一匹見つけたら、三十匹はいると言いますからね」

宮坂がぽんと手を叩いた。

「三十匹じゃなく、百匹らしいぞ」

辰也が真面目な顔で訂正した。

「仮にアフガニスタンにおける欧米の基地の司令官クラスが、クロノスの一員だとしたら、何が起きるんですか？」

不安げな表情で聞いていた加藤が質問をした。

「タリバンやＩＳＩＬ（イスラム国）と闘う振りをして、共存しているかもしれない。実際、米軍内の裏組織がタリバンから麻薬を仕入れていたのを覚えているだろう」

ワットが険しい表情で答えた。

「それもある。だが、アフガニスタン、イラク、シリアの三つの紛争国の位置関係が、俺は気になっている」

浩志は浮かない顔で言った。

「分からない。説明してくれ」

ワットは天井を見上げて尋ねた。頭の中に中近東の地図を描いているのだろう。

「イランも戦争状態になれば、シリア、イラク、イラン、アフガニスタンの順に紛争国は繋がる。当然のことながらさらに周辺国を巻き込んで、紛争は中近東から世界に波及するだろう。世界中を不安定にする。それが狙いなのかもしれないな」

腕組みをした浩志は、呟くように言った。クロノスのヒットマンだったマニュエル・ギャラガーが死に際に発した「人類浄化計画」という言葉が脳裏をよぎったのだ。人類を選別し削減するのが、クロノスの最終目的ではないかと浩志は考えている。

「今後の動きはどうなりますか？」

柊真が尋ねてきた。彼のチームは、後発の二人がカブールに今日の午後に到着すると聞いている。それで気にしているのだろう。

「できれば、二つのことに対処したい。一つは当初の目的どおりに、クロノス８４３７という作戦をトレースし、行方不明になった兵士を捜索することだ。もう一つは、俺たちを抹殺しようとした砂漠のタリバン〝灰色狼〟を調べることだ」

浩志は指を二本立てて説明した。灰色狼の近代兵器を駆使した闘い方が腑に落ちない。傭兵というより、元刑事としての勘で組織の背後に闇を感じるのだ。

加藤は墜落したC－17を包囲していたタリバン兵のリーダーらしき男のものと思しき三台の車に、GPSトラッカーを取り付けた。だが、運悪くその中で灰色狼の車に迫撃砲が直撃したために、トラッカーによる追跡は不能になっていた。

「二つのチームに分かれるのか？」

ワットが頷きながら尋ねた。

「チーム分けは明日以降だ。今日は準備だけで充分だろう」

浩志は柊真のチームが揃ってからと考えている。

柊真は浩志と目が合うと黙礼をした。意図が分かっているのだ。

「それじゃ、これからすべきことを説明する」

浩志は口調を変えて話し始めた。

5

マザー・リシャリーフ、六月十七日、午前八時二十分。

パコール帽を被った柊真とマットは、綻びた服を着て人混みを縫って歩いていた。

街は巨大な公園の中にあるモスクを中心に広がっており、公園の周囲にはショッピングモールや市場などがある商業エリアになっている。

柊真らは公園の北側に面しているマーダック市場にいた。早朝に市場に行くという米兵のトラックに便乗したのだ。服はカブールの市場で購入した古着である。グロックを上着の下に隠し、予備のマガジンは肩に背負った薄汚れたスポーツバッグに入れてある。M4は浩志らに預けてきた。

昨夜、柊真とマットは浩志の部屋に呼ばれ、ワットが同席した打ち合わせを行っている。

六月十六日、午後七時。

柊真は部屋の中央に置かれた折り畳み椅子にマットと並んで座った。浩志は自分のベッドに腰をかけ、なぜか仏頂面(ぶっちょうづら)のワットは腕を組んでベッド横の丸椅子に座っている。

「友恵から新たな情報が入った」

浩志はクラウドにアップロードされた新しい情報を二人に聞かせた。

アフガニスタンのバグラム空軍基地の情報将校、イラク西部のアル・アサド空軍基地、バグダッド北方のタージ基地の副司令官の経歴が怪しいと報告を受けていたのだ。彼らはいずれも二世軍人で父親は、陸軍の第一特殊部隊、グリーンベレーに所蔵していた。

グリーンベレーはノースカロライナ州にあるフォートブラッグを基地とし、陸軍最強と言われる部隊である。また、ワットが所属していたデルタフォースは、第一特殊部隊の中でもエリートを揃えたデルタ分遣隊で、その任務の特殊性ゆえに政府から公式に発表されていない。

「フォートブラッグですか？」

柊真は思わずワットをちらりと見た。ワットは今もフォートブラッグに住んでいるからだろう。

「親と同じ軍人になる。米国では珍しいことじゃない。だが、フォートブラッグは米軍最強の第一特殊部隊の基地だ。しかも、士官学校を出て不可解な出世をして、紛争地の司令官クラスになっていることが解せない。それに俺の友人だったジム・クイゼンベリーもフォートブラッグで育った。認めたくないが、あの基地に何かあるのかもしれない」

ワットは不機嫌そうに話した。彼は軍人の家系ではない。軍での功績はすべて自分の手で切り拓いたという自負があるだけに腹が立つのだろう。

「アフガニスタンとイラクで、彼らが頻繁にメールで連絡を取り合っていることは、通信記録から分かっている。その内容も軍では使わない暗号コードが使われていた。彼らは軍とは別の組織に所属していると見ていいだろう」

浩志はワットの気持ちを汲んで頷いた。

「暗号コード！　友恵さんなら解けるんじゃないですか？」

柊真は首を傾げた。

「暗号は、乱数が組み合わされている。専用のアプリを使っているようだ。さすがの友恵でもそれがなければ、無理らしい」

浩志はふっと息を漏らすように笑った。

「アプリを手に入れればいいんですか？」

「それは、こっちでやる。仲間はカブールに入ったか？」

「はい、二時間ほど前に」

柊真は浩志が話題を変えたので首を捻った。フェルナンドとセルジオからは、カブールの安宿にチェックインしたと連絡を貰っている。

「おまえのチームにやってもらいたいことがある」

浩志は柊真とマットの顔を交互に見ると、四つのスマートフォンを渡した。日本の傭兵代理店がカスタマイズしたスマートフォンである。あらかじめ合流することが決まっていたので、浩志は日本から予備を持参してきたのだ。

「なんでもやりますよ」

柊真はスマートフォンを受け取り、右拳を上げた。

「助かる。それじゃ、任務その一を任せる」

浩志はにやりと笑った。


マーダック市場の人混みを抜けた柊真らは、公園通りに出た。

道幅は四十メートルあり、中央に十二メートルの分離帯がある。片道四車線分あるのだが、車線が描いてあるわけではなく、市場側は車がぎっしりと停められているので、実質二車線道路になっていた。

「カブール！　カブール！」

「ホルム！　ホルム！」

「クンドゥズ！　クンドゥズ！」

市場側の路肩に大型のバンが何台も停められており、バンの傍では男たちが大声で地方都市の名前を連呼していた。バンは乗合バスのようなもので時刻表などは当然なく、乗客が集まれば出発する。いずれも民間人が勝手に路線バスを名乗っているが、この国ではまだまだ必要な交通機関である。

「この車は、クンドゥズ行きか？」

柊真は、口髭を伸ばした若い男にアラビア語で尋ねた。

「そうだ。クンドゥズへ行くのなら乗ってくれ。あと二人乗客を見つけたら出発する」

若い男は追い払うように手を振る。車内はすでに十人以上乗っていた。十四人乗りの古いハイエースである。席は最前列の二人席と通路を挟んで一人席が空いているだけだ。

柊真とマットは、仕方なく二人席に座った。二人とも一八〇センチを超す巨体だけに通路側に座った柊真は、尻の半分近くがはみ出す。しかも他の乗客は通路に大きな荷物を置いているため、足を伸ばすこともできない。

荷物を抱えた老人と孫らしき子供が乗ってきた。老人は一人席に、子供は出入口の床に膝を抱えて黙って座る。それが普通のことらしい。

「車を出してくれ！」

呼び込みをしていた若い男が大声で叫ぶと、運転手がいきなり車をバックさせた。途端に、後ろから走ってきた車にぶつかりそうになり、クラクションを鳴らされる。

「出発！」

若い呼び込みの男が、クラクションを鳴らした車に中指を立てながら助手席に乗り込んできた。荒っぽい運転に慣れているようだ。

「どうやら、まいたな」

窓際のマットがアフガンストールで顔を隠して言った。

柊真らは基地から尾行されており、二人はマザー・リシャリーフで買い物をする振りをしながら歩き、雑踏に紛れて身を隠した。基地を出る際はわざと借りた戦闘服を着ていたが、建物の陰で私服に着替えたのだ。

「そのようだな」

市場の人混みの中で頭を掻いている米兵を見て、柊真は鼻先で笑った。

6

キャンプ・マーマル、午前八時三十五分。

浩志とワットは、食堂の奥にあるパーテーションで仕切られた場所に入った。

赤いテーブルクロスが掛けられた四人席のテーブルが、整然と並べられている士官用のエリアである。一般兵士のエリアとの間に十メートルほど空間が設けられているため、話し声はあまり聞こえない。

窓際の席に座っているヘンドリックスが、手を軽く振ってみせた。朝食を一緒に食べるようにワットを通じて約束させていたのだ。

「大佐、おはよう」

ワットは笑顔でヘンドリックスのテーブルの前で立ち止まった。

「君らが一緒に食事するというから、今日は特別にエッグベネディクトを作らせました。飲み物は、コーヒーとミルク、オレンジジュース、あるいはエナジードリンク、何がいいですか？」

ヘンドリックスは上機嫌で、二人に座るように両手を前に出して促(うなが)した。妙に気取った態度で生理的に拒絶感を覚える男である。

「ありがとう、大佐。俺はコーヒーとミルク」

　ワットは笑顔を絶やさず、ヘンドリックスの向かいの席に座った。テーブルの上にはナプキンが載せられている。まるでホテルのレストランのようだ。士官用のテーブルに赤いテーブルクロスが掛けられているのは見たことがあるが、ナプキンまで置かれているのは初めてである。ヘンドリックスが命じたのだろう。

「俺はブラックコーヒー」

　浩志は軽く頷くように挨拶をすると、ワットの隣りに腰を下ろす。笑顔はワットに任せ、サービスするつもりはない。

「了解です」

　ヘンドリックスは右手を上げ、炊事係の兵士を呼び寄せて飲み物の注文をした。

「昔は、アフガニスタンにせよイラクにせよ、駐屯地から家族に連絡するには、決められた時間に通信室を使用するだけだったが、今はみんなスマホを使っているらしい。この基地にもアンテナがある。便利な世の中だ。大佐は家族に連絡していますか？」

　ワットはくつろいだ表情で尋ねた。

「もちろんですよ。ただし、ここでスマートフォンが使えるのは、将校に限ります。一般兵にまで許せば回線が混雑しますし、規律が緩みますから」

　ヘンドリックスは、自慢げにポケットからスマートフォンを出した。

「なるほど、確かにそうだ」

　ワットは大きく頷いた。

「一緒に朝食をと言われましたが、世間話をするためじゃないんでしょう。今日の一四〇〇時にハンヴィーを積み込む輸送機がやってくる、その件ですか？」

　ヘンドリックスは、冷めた目で尋ねてきた。

「本部から、別の命令が出た。輸送機には乗らない」

　ワットは真顔で答えた。輸送機にははじめから乗るつもりはなかったが、基地に居座るための口実だったのだ。

「参謀本部から別の命令が出たんですか？　一体誰が命令を出しているんですかね？　言っておきますが、君たちから充分な話は聞き出せていないのです。私がいいと言うまでこの基地からは一歩も出すつもりはありません」

　ヘンドリックスは、浩志とワットをじろりと睨んだ。参謀本部にパイプがあると言いたいのだろう。あるいは、クロノスのメンバーが参謀本部にいるということだ。

「参謀本部もクロノスの支配下にあるとでも言いたいのか？」

　浩志は軽く笑った。

「むっ！」

　ヘンドリックスは両眉を吊り上げた。鎌をかけてみたが引っかかったらしい。

「図星ということか。おまえだけじゃない。バグラム空軍基地の副司令官ティム・ベーカー、情報将校のエリック・ゴードン少佐もそうだな」

浩志は畳み掛けるように迫る。

「なっ、何を根拠に！」

ヘンドリックスは眉間に皺を寄せ、歯を剝き出した。

「何をムキになっている。司令官クラスの将校が、クロノスの手先のわけがないだろう。浩志も茶化すのを止めろよ」

ワットは笑いながら言った。アドリブであるが、ワットもうまく対処している。浩志は食事中の会話でヘンドリックスの反応を見るつもりだ。

「冗談に決まっているだろう。真面目そうなあんたが、怒るのを見たかっただけだ」

浩志も話を合わせて笑った。

「悪い冗談だ。からかわないでくれ」

ヘンドリックスは額に浮いた汗をハンカチで拭った。

「お待たせしました」

二人の炊事係の兵士がプレートではなく、皿に盛られたエッグベネディクトとサラダを持ってきた。一般の兵士のメニューにサラダは付かないが、将校は違うようだ。

「美味そうだ」

　ワットが両手を擦り合わせた。

「調理をしている兵士は、ホテルのレストランでコックとして働いていた経験があるんですよ。彼が作るエッグベネディクトは、濃厚なチーズソースで絶品なんです」

　ヘンドリックスは小指を立ててナイフとフォークを握った。エッグベネディクトをナイフで切ると、チーズソースと卵を絡ませて上品に食べる。育ちがいいのか、わざとやっているのか、いずれにせよ紛争地では見かけないタイプだ。

「こいつは、美味い。一流ホテルと変わらない」

　ワットは頰張りながら、親指を立てた。

「ミスター・藤堂、どうぞ、ご遠慮なく」

　ヘンドリックスはナプキンで口元を拭きながら言った。

　フォークとナイフを手にした浩志はさりげなく聞いてみた。

「クロノスの目的は、人類浄化らしい。どう思う？」

「人類浄化！　馬鹿馬鹿しい。誰に聞いたんですか？」

　ヘンドリックスはナプキンを落とした。一瞬瞳孔が開いたので、知っているようだ。

「マニユエル・ギャラガーというクロノスのヒットマンだ。知っているか？」

　浩志はフォークに刺したエッグベネディクトを口に運んだ。卵と絡んだ濃厚なチーズソースがベーコンとマフィンを引き立てる。確かに一流レストラン並みに美味い。

「マニュエル・ギャラガー？　さて？」

ヘンドリックスは首を捻った。

目を覗きこんだが、嘘は吐いていないらしい。ギャラガーはヒットマンという性質上、組織内でも特異な存在だった可能性はある。

「極秘情報だが、クロノスは生物兵器を使うらしい」

浩志はヘンドリックスの真似をして、ナプキンで口元を拭った。

「生物兵器？」

ヘンドリックスは訝しげな目を向けてきた。

「ウィルスだ。ウィルスを世界中にばら撒けば、万単位で人を殺せる。病原体は医療設備のない国では致命的だ。また医療を受けられない生活水準の低い者は死を免れない。人類を選別して削減するには手っ取り早い手段だ」

浩志の言葉にヘンドリックスはピクリと頬を痙攣させた。この男はある程度クロノスの情報を知っているらしいが、幹部というほど大物ではないようだ。

「驚いた。そんな計画をしているのですか、クロノスは」

ヘンドリックスはわざとらしく驚いてみせた。

「驚いてもらって光栄だ」

浩志はポケットからスマートフォンを出し、机の下で画面を確認した。ペアリング成功と表示されている。ヘンドリックスと食事をしたのは、彼をさりげなく尋問するという目的もあったが、彼のスマートフォンをペアリングし、情報を盗み出すためである。

これは友恵が開発したシステムで、ペアリングすることでそのスマートフォンからの情報を盗み出し、その上スマートフォン自体も盗聴盗撮器にすることができる。また、ペアリング後は、傭兵代理店でコントロール可能という優れものだ。

「久しぶりに美味い飯を食った」

ワットは浩志をちらりと見ると、ナイフとフォークを揃えて皿に載せた。ペアリングが終了したことが分かったらしい。

「確かに美味かった」

浩志はナプキンをテーブルに置いた。

7

トルクメニスタン、午前八時四十分。

黒のガラベイヤ（イスラム教徒の装束）を着た男が、小さな洗面所で顔を洗っている。

傍にはベージュのガラベイヤを着た男が、タオルと黒のムスリム・キャップを持って立っていた。民兵なのか、彼は擦り切れたタクティカルブーツを履いている。額から右頬にかけて傷痕があるため、凶悪な人相をしていた。

三十平米ほどの広さで、天井は低く窓もないため閉塞感がある部屋だ。片隅に質素なベッドがあり、その隣りに木製の机と革張りの椅子があった。また、反対側には天井までの本棚があり、さまざまなジャンルの本が収めてある。

男は丁寧に顔を洗うと傍の男からタオルを受け取り、顔を拭った。髪も、顔を覆う髭も白髪が多いグレーである。身長は一八六センチほどで逞しい体をしていた。

「アブドラ、リベンジャーズは今どうしている？」

洗面所の鏡越しに、男は訛りのないパシュトー語で尋ねた。トルクメニスタンで主に話されるトルクメン語は、トルコ語やアゼルバイジャン語と同じ南西語群に属するので、パシュトー語とは明らかに違う。もっとも、アフガニスタンの西部でも使われるので、第三の公用語として認められている。

「導師、リベンジャーズはキャンプ・マーマルから動きません」

アブドラと呼ばれた男は、ムスリム・キャップを手にしたまま答えた。男のパシュトー語には北部訛りがある。

「基地なら手出しはできないな」

導師は嗄れた声で笑った。

「どうしましょうか？　このままでは輸送機でカブールに戻り、そのまま国外に行ってしまう恐れがあります。リベンジャーズに仲間を百人以上殺されました。灰色狼だけでも二十八人も死亡しています。生かしてはおけません」

　アブドラは背筋を伸ばして尋ねた。

「心配するな。連中の狙いは、この私だ。私を見つけるまでアフガンを離れないだろう」

　導師は笑ってみせた。

「それなら、私に兵を任せて下さい。リベンジャーズが基地から出てくるのを待って。皆殺しにしてやります」

　アブドラは右の拳を胸に当てた。

「昨夜の戦闘でリベンジャーズがただ者ではないことが分かっただろう。下手に動けば返り討ちに遭うだけだ。それよりも、協力者に藤堂の顔写真を送り、情報提供を呼び掛けるのだ。相手の出方を見て行動すればいい」

　導師はアブドラからムスリム・キャップを受け取って被った。

「藤堂だけじゃなく、米国人の写真も配った方がいいんじゃないでしょうか？」

　アブドラは上目遣いで尋ねた。

「いつも言っているだろう。私に意見をするな。私は考えがあって物事を進めているのだ。それとも、死の砂漠に追放されたいのか？」

　導師はアブドラを鏡越しにジロリと見た。死の砂漠とはカラクム砂漠の別名である。

「滅相もございません。導師」

アブドラは首を左右に激しく振った。

「手配写真を送れば、血気盛んな同志は藤堂とその仲間を殺すかもしれない。だが、米国人は殺してはならない。私の前に跪かせて、語り合いたいのだ。殺すのはそれからでも遅くはないだろう」

導師は笑みを浮かべて言った。

「確かにそうですね。米国人は世界中に紛争を撒き散らしました。ただ殺すだけではその罪を償わせることはできません」

アブドラは大きく頷いた。

「出かけるとするか。おまえは先に行って車の準備をしていろ。私はやることを済ませてから部屋を出る」

導師は右手で払う仕草をした。

「かしこまりました。お待ちしております」

アブドラは深々と頭を下げると、部屋を出て行った。

導師はアブドラを見送ると首をゆっくりと回し、右手で目頭を軽くマッサージした。

「やれやれ」

溜息を吐くと、導師は革張りの椅子に腕を組んで座った。

しばらく導師は反対側の壁を見つめていたが、机の引き出しからメモ帳を出した。ペンを握ると、〝H November India Sierra Sierra Alfa〟と書き殴る。そして、メモ書きを切り離すと、小型のタクティカルナイフで机に刺して固定した。メモ帳を引き出しに仕舞い、奥からグロック17Cを出すと、慣れた手つきでマガジンを出して弾丸の確認をする。

「これでいい」

再度メモ書きを見た導師は鼻先で笑い、部屋を後にした。

マザー・リシャリーフ

1

マザー・リシャリーフを午前八時半に出た乗合バスのハイエースは、北部の街クンドゥズに入った。

かつて街はタリバンの支配下に置かれていたが、二〇一五年の米軍の空爆支援を受けたアフガニスタン軍が総攻撃を行い、奪回している。だが、タリバン兵がたびたび街でテロ活動をするなど、治安は今もなお不安定だ。

ハイエースは街の中心部を通るガハルマン・メリー通りに面したショッピングモールの前で停まった。午後十二時四十分になっている。日が高く気温は三十度を超えているせいか、人通りはあるがマザー・リシャリーフほどの活気はない。

「ふう、きつかったな」

　ハイエースを降りた柊真は、首と右腕を回しながら深く息を吸い込んだ。砂塵が入るためにほとんどの窓は閉め切られていた。そのため、車内は蒸し暑く、しかも様々な異臭が立ち込めて、さすがの柊真も気分が悪くなったのだ。

「吐きそうだ」

　マットは首を激しく振ると、両手で頭を叩いた。

「おまえらしくない。どうした」

　振り返った柊真は笑った。マットは柊真と同じく紛争が激化していたアフガニスタンを経験している。死臭が漂う場所で平気でレーションを食べていた男が、車酔いしたというのなら物笑いの種になる。

「腹が減って死にそうだ」

　マットは青白い顔で答えた。

「そういえば、朝飯を食ってなかったな」

　柊真は苦笑を浮かべた。基地から便乗した米軍トラックは朝早く発ったため、食事をする暇がなかったのだ。柊真も気分が悪くなったのも当然であった。血糖値が下がっているらしい。

「飯を食いに行くか」

　マットは周囲をさりげなく見回して言った。尾行はないが、用心に越したことはない。

柊真も不甲斐（ふがい）ないマットを笑いながらも警戒している。

「そうだな。予定よりも遅れたらしい」

柊真は腕時計で時間を確認すると通りを横切り、二百メートルほど先にあるビラ・ベレビタというレストランに入った。時刻は午後十二時四十五分になっている。

四十平米ほどの広さがある店は白いタイルが敷かれ、大きめの四人席のテーブルが八つ並んでおり、清潔感があった。一番奥のテーブル席の二人の男が、柊真とマットを見て笑っている。セルジオとフェルナンドである。彼らとこの店で待ち合わせをしていたのだ。

「意外と早く着いたな」

セルジオはパロウと呼ばれる炊き込みご飯を食べながら言った。

「腹が減ったから先に食べていたぞ」

フェルナンドはアシュという麺（めん）料理を食べている。そのほかにも、羊肉の串焼きであるケバブや生野菜のサブジもある。

柊真もそうだが、フランスの外人部隊にいたころ、中東の赴任地で基地を抜け出して地元のレストランでよく食事をしたものだ。四人ともアラブ系の料理には馴染（なじ）んでいる。

「いらっしゃいませ。何にしますか？」

メニューを持った店員が、パシュトー語で注文を取りに来た。

「俺はナン、それとケバブとサブジの追加だ」

椅子(いす)に座った柊真はメニューも見ないで注文すると、自分の荷物の中から小さな袋を出してテーブルの下でフェルナンドに渡した。彼とセルジオの分のグロックである。彼らはカブールから直行したために銃を手に入れる暇はなかったのだ。ハンドガンだけでは心細いが、ないよりはましである。

「同じのでいい」

　マットは片言のパシュトー語で頼んだ。メニューを見るのが面倒だったのだろう。

「俺たちは一時間前に着いて街を軽く散策したが、平和な街になっている。だが、警備隊と警察が要所を固めていた。タリバンがいる限り、この国に平和が訪れることはなさそうだな」

　セルジオはアラビア語で言った。パシュトー語が堪能なのは柊真とセルジオだけで、後の二人は片言である。アラビア語なら四人とも日常会話程度はできるため、あえて使ったのだ。共通言語はフランス語だが、中近東以外の国の者と思われるようなことは避けた方が賢明である。地元民に聞かれても問題はないが、この街ではタリバンがどこに潜(ひそ)んでいるか分からない。外国人、とりわけ欧米の言語を使うのはトラブルの因(もと)だ。

　セルジオと昨日連絡を取り、クンドゥズに来るように指示をした。そのため、彼らはカブールから護衛付きの武装タクシーを雇って七時間かけてやってきたのだ。

「タリバンがテロを起こすということは、それほどこの街に価値があるということなのだろう」

　柊真は周囲をさりげなく見回しながら言った。

「俺たちの任務を話してくれ」

　セルジオが小声で尋ねてきた。

「二〇〇九年、この街で〝砂漠のバッタ〟は四人のタリバン幹部を殺害することになっていた。その際、地元の三人の住民の協力を得ていたそうだ。その住民を捜し出し、尋問することが俺たちの使命だ」

　柊真は店内をさりげなく見回しながら答えた。柊真たちの座っているテーブル席の周囲には客がいない。おそらく、セルジオとフェルナンドの人相が悪いせいで、客が寄り付かないのだろう。それに四人とも一八〇センチを超える巨漢である。近寄りがたいに違いない。

「四人のタリバンの幹部は、その後どうなったんだ？」

　セルジオは囁くように聞いてきた。周りを気にする必要はないはずだが、わざとやっているのだろう。

「二〇一五年の米軍の大規模空爆で、死んだそうだ」

　柊真は軽く右手を自分の首の前で振ってみせた。情報は出発前に浩志から詳しく聞いていた。

「それにしても、十年前の任務を調べるなんて、本当にできるのかな」

セルジオは首を捻った。彼は傭兵の仕事らしくないと思っているのだろう。

「米軍ができなかった任務だ。しかも、リベンジャーズの代わりにする。いい仕事だとは思わないか？」

柊真はにやりと笑った。

「そうだ。確かにそうだ。俺たちは米軍より優秀だからな」

セルジオが大きく頷いた。

「リベンジャーズに劣らず優秀という証明になる」

フェルナンドが相槌を打った。

「詳しい話は、ホテルにチェックインしてからだ」

柊真は皿に載っているケバブの串を摑み、こんがり焼けた羊肉に齧り付いた。

2

午後四時五十分、市谷傭兵代理店。

友恵はキーボードを叩いていた手を止め、モニターをじっと見つめた。

「これで、出来上がり」

リターンキーを右手の小指で力強くタッチした。

モニター上の英数字が目まぐるしく動き出す。

「うまく行ったわ」

にやりとした友恵は、自室を出てスタッフルームと呼んでいる大部屋に入った。

パソコンが置かれたデスクが整然と並び、奥の壁には百インチのモニターを中心に無数のモニターが設置され、常に世界中のニュースがリアルタイムに流されている。友恵は自室で作業をするため、常時この部屋を使っているのは麻衣と中條だけで、過剰な設備と言えよう。

作戦司令室とも呼ばれているが、防衛省市ヶ谷庁舎A棟の地下にある中央指揮所にも劣らない設備が施されており、中央指揮所が破壊された際の予備ではないかといわれるほどである。というのも、傭兵代理店がある地下の建設に自衛隊の施設整備隊が関わっているからだ。

「友恵さん、解析は進んでいますよ」

自分のデスクで作業をしていた麻衣が、振り返って左手を振ってみせた。

「僕の方も進んでいますよ」

中條も顔を上げて笑った。彼は瀬川と同じく陸自の空挺団に所属していたエリートであったが、今はすっかり傭兵代理店のスタッフとして馴染んでいる。高い戦闘能力を持つが、意外にも事務仕事が合っていたようだ。もっとも、代理店が襲撃された場合は、彼の持つ本来の能力が必要になる。

「どんな感じ？」

友恵は麻衣のパソコンのモニターを覗き込んだ。彼女はジェイク・ヘンドリックスのスマートフォンの暗号化されたメールを解析し、通常のテキストにしていた。中條はそのテキスト化されたメールを時系列と送受信別に整理している。

ヘンドリックスが使っていた乱数を組み合わせて暗号化するアプリを、浩志がペアリングした彼のスマートフォンから友恵がコピーした。それをさらにカスタマイズし、パソコン上で使えるようにしたのだ。ちなみに友恵はクロノスが開発した専用のアプリなので、〝クロノスアプリ〟と命名している。

小さく頷いた友恵は中條の背後に回り、彼のモニターを見た。

「中條さんは？」

「解析を終えたメールはいまのところ、バグラム空軍基地の副司令官ティム・ベーカー中佐との十二通、同じく情報将校のエリック・ゴードン少佐のメールが十五通、イラクのアイルズ・アサド空軍基地の副司令官ポール・ブレッピア大佐が七通、タージ基地の副司令官マイルズ・シルト大佐が五通、それに相手先が分からないメールが二十通。全部に目を通したわけではないけど、たわいもない内容のものもあれば、米軍の作戦行動が含まれているものもある。これが、外部に漏れた可能性も充分考えられるね」

中條は目頭を揉みながら答えた。今日は平常業務に戻っているが、この数日、リベンジャーズをサポートするために誰もが不眠不休だったために疲れているのだろう。

「お揃いですか」

スタッフルームのドアが開き、紙袋を手にした池谷が入ってきた。

「ちょうど、いいところに来ましたね」

友恵は意味ありげに笑った。

「何かいいことでもあるんですか？」

池谷は紙袋からコーヒー豆のパッケージを出しながら言った。

スタッフルームの出入口の脇に、豆から煎れるコーヒーメーカーがある。池谷は淹れたての美味いコーヒーがいつでも飲めるようにと、豆だけじゃなくマシンにもこだわっているのだ。

「もちろん、いい報告ができそうです」

友恵が笑顔で答えた。

「作業を続けながら聞きましょう」

池谷はコーヒーメーカーに豆を入れると、その下にある棚に残りのコーヒー豆の袋を並べた。

「それなら作業が終わったら、中央モニターを見てもらえますか？」

友恵は誰も使っていないデスクに置かれているパソコンのキーボードを叩いた。傭兵代理店のメインフレームにログインしたらしい。

スタッフルーム奥の百インチモニターに世界地図が映し出された。

「これは、なんですか？」

池谷は棚から離れると、モニターの前に立った。世界地図には無数の赤い点が表示されている。しかもその数が増えているのだ。

「クロノスアプリを使用しているユーザーを追跡するプログラムを作ったのです。クロノスアプリの暗号化された通信履歴を辿って行くコンピューターウィルスの一種ですね。遠隔操作で、ヘンドリックスのクロノスアプリに潜り込ませ、そこから別のクロノスアプリに感染します。その際、こちらに位置情報を送るように設定しました」

友恵は浩志がヘンドリックスのスマートフォンをペアリングしてから、数時間で作ったようだ。

「コンピューターウィルスと聞くと恐ろしいですが、そんな使い方もあるのですね。感染が広まるから、地図上の赤い点が時間と共に増えて行くんですね」

池谷は長い顎を上下に振って感心している。

「さすが友恵さん、凄い！」

麻衣は手を叩いて喜んでいる。

「えっ!」

友恵が眉を吊り上げた。

地図上の赤い点が世界中に広がったと思ったら、急に減り出したのだ。

「どうしたんだね?」

池谷が振り返って怪訝な表情を見せた。

「まずい!」

友恵はパソコンのキーボードを叩きながら舌打ちをした。

「大変! 攻撃型ワクチンです!」

麻衣は、友恵が使っているパソコンのモニターを見て叫んだ。

「どういうことだね。説明してくれ」

池谷も麻衣の背後に立ってモニターを見た。だが、友恵が猛烈なスピードでプログラム言語を打ち込んでいることしか分からない。

「敵は友恵さんのウィルスに気が付き、ブロックするだけでなく、発信元に攻撃を仕掛けてきたのです」

麻衣は説明できるものの、それ以上のことは分からないようだ。

「くそっ!」

友恵がキーボードを叩く手を止め、天井を見上げた。

中央スクリーンの赤い点がすべて消滅した。

「……すまないが、説明してくれないか」

池谷は遠慮がちに尋ねた。

「攻撃プログラムは、ウィルスに感染したスマートフォンを辿ってきたのです。発信元のＩＰアドレスの情報を得るだけじゃなく、このタイプはパソコンのＯＳに侵入した途端に凶暴になる傾向があります。侵入されたら最後、ＯＳだけじゃなくハードディスクのデータを破壊される可能性があるんです。そのため、仕方なくヘンドリックスのスマートフォンを物理的に破壊しました。ハードディスクのデータを消去しただけでは、後で解析されればお仕舞いですから」

友恵は大きな溜息を吐いた。

「物理的！　そんなこと可能なんですか？」

池谷は顎を引いて、目を丸くした。

「簡単です。電子回路がショートするプログラムを送り込んだのです。電子回路が焼き切れ、ハードディスクも物理的に破壊されます。機種によっては過剰な負荷が掛かるため電池が破裂するかもしれません。敵の攻撃は防御できましたが、貴重な情報源を失いました」

友恵は肩を竦（すく）めると、気怠（けだる）げに立ち上がった。

3

キャンプ・マーマル、午後十二時二十分。

「騒がしいな」

浩志は組み立て中のグロックをテーブルの上に置くと、窓のブラインドの隙間（すきま）から外を覗（のぞ）いた。兵士が兵舎の横を慌（あわ）てて走って行く。

ドアがノックされ、ワットが顔を見せた。

「どうした？」

浩志はちらりとワットを見ると椅子に座り、グロックのスライドをフレームに差し込んだ。銃の手入れをしていたのだ。

「司令部で何かあったらしい」

ワットはドアにもたれ掛かり、紙袋に入っているポップコーンを食べながら答えた。食堂から持ってきたのだろう。

「暇なら見てきてくれ」

浩志は組み立てたグロックに銃弾が入ったマガジンを差し込んだ。暇を持て余しているのは、実は浩志も同じである。

「マリアノを行かせた。それより、いつ出発する？」

ワットはポップコーンを頬張りながら呑気に言った。

「街に行かせた連中次第だ。その前にヘンドリックスを黙らせる必要はあるがな」

浩志は素っ気なく答えた。

辰也、宮坂、加藤、田中の四人は基地のトラックを運転手付きで借り、マザー・リシャリーフの街で買い出しをして出発の準備をしている。全員で行った方が早いのだが、ヘンドリックスが目を光らせているため目立った行動は避けたのだ。

「おっ、マリアノが戻ってきたぞ」

ワットが手招きをすると、マリアノが部屋に入ってきた。

「驚かないでくださいよ」

マリアノが苦笑いをしている。

「何事だ？」

ワットはドアを閉めて、腕組みをした。

「ヘンドリックスが死にました」

唐突にマリアノが答えた。

「殺されたのか？」

ワットは口をあんぐりと開けた。

「事故のようです。胸ポケットに入れておいたスマートフォンが爆発して、運悪く破片で頸動脈を切断したらしいんですよ。電池が破裂したんでしょう。衛生兵が嬉しそうに報告してくれました。司令部でのミーティング中に起きたらしく、他にも、二、三名負傷したらしいです」

マリアノが苦笑したのは、衛生兵の様子を思い出したからだろう。ヘンドリックスは基地の兵士からも嫌われていたに違いない。

「テロじゃないだろうな？」

ワットが首を傾げた。

「衛生兵の話では、火薬の臭いはしなかったので、単なる事故らしいですよ。中国製のスマートフォンを使っていたんじゃないんですか」

マリアノは笑いながら首を振った。

「まさかの紛争地での事故死か。言っちゃあ悪いが、無様だな」

ワットは鼻息を漏らして笑った。

「不謹慎だぞ、おまえたち。銃弾で死のうが、スマートフォンに殺されようが、他人の死を笑うべきじゃない」

浩志はにやりとすると、右手を上げてワットとマリアノとハイタッチをした。ヘンドリックスがクロノスの一員という可能性は濃厚であり、同情すべき点はない。

タイミングを計ったように、テーブルに載せてあるスマートフォンが振動した。メールを受信したらしい。

「ほお」

スマートフォンを手にした浩志は、メールを見て軽く笑った。

「どうした？」

今度はワットが尋ねてきた。

「ヘンドリックスは事故死じゃなく、友恵が殺害したらしい。もっとも本人には言えないがな」

浩志は友恵のメールの内容を教えた。「敵への侵入に失敗し、逆に攻撃を受けました。仕方なくＪ・Ｈのスマートフォンを破壊しました。Ｊ・Ｈが別のスマートフォンを持っていたら、再度ペアリングをお願いします」というものだ。もちろん自動消滅型のメールなので、読み終わると削除されてしまった。友恵はヘンドリックスのスマートフォンを土台にしてウィルスをクロノスに送り込み、逆襲されたのだろう。

浩志は「他にスマートフォンはない」と短い文章を送り返した。

「まさか、スマートフォンが爆発して破片がヘンドリックスの頸動脈を切断するなんて想像しなかったのだろう。彼女のことだから、事実を知ったら絶対落ち込む。教えない方がいいぞ。そもそも事故だ。気にする必要はない。おかげで俺たちは自由に行動できる。万歳としか言いようがないけどな」

ワットは肩を竦めて笑った。

「そういうことだ」

浩志はおもむろに衛星携帯電話機を取り出し、辰也に電話を掛けた。

——爆弾グマです。

「いつでも出発できるぞ。どうなっている？」

——注文の品を作るように言ったら、技術的に難しいと言われたんで俺たちが工房を借りて作業することになりました。あと二、三時間掛かると思います。だから、乗ってきた米軍のトラックは帰しました。

「そういうことか。それなら、俺たちがそっちに行った方がよさそうだな」

浩志は通話を終えると、グロックをベルトに差し込み、ワットとマリアノを連れて部屋を出た。

まっすぐ司令部に向かった浩志は、出入口に立っていた兵士に「レディック大尉を呼んでくれ」と頼んだ。奥の方に十人前後の兵士が立っている。ヘンドリックスが死んだために今後どうするか話しているのだろう。

「中佐、すみませんが、今は取り込んでおります」

青ざめた顔のレディックが奥の一群から抜けてきた。浩志はワットを前に出し、その後ろに下がった。この基地ではあくまでは傭兵としての身分をわきまえている。

「分かっている。副司令官に取り次いでくれ」

ワットは浩志に代わって大尉に命じた。

「それが、アルバート中佐も事故で負傷しました。命に別状ありませんが、顔面を負傷したためにしばらく面会は無理だと思います」

レディックは小さく首を横に振った。

「中佐もだめか。……待てよ」

肩を落としたワットは、ぽんと手を叩いた。

「現段階で、この基地の最高位は、誰だ？」

ワットは、自分の戦闘服の階級章を見せながらレディックに尋ねた。

「あっ！　あなたです」

レディックは甲高い声で答えた。

「分かればいいんだ。今すぐに押収した武器の倉庫に案内するんだ」

ワットは高圧的に命じた。

押収した武器とは、不時着したＣ－17を襲撃したタリバン兵の武器である。後で使われないように、現場に残された銃と弾薬を一箇所に集めた。その中でも状態の良いＡＫ47を二十丁とマガジン百五十個、それにRPG7二丁にロケット弾十二発を持ち帰ったのだ。AK47は、その他にも八十丁ほど回収していたが、C－17と一緒に爆破した。

「はっ、はい」

レディックは慌ててワットに敬礼した。

4

マザー・リシャリーフ、午後三時四十分。

米軍のM939　五トントラックが街の中心部に通じるA76号を走っていた。米兵が運転し、助手席にはワットが乗っている。

浩志、瀬川、マリアノ、村瀬、鮫沼の五人が、木箱に梱包(こんぽう)した武器と一緒に幌(ほろ)もない荷台に乗り込んでいた。五人ともサングラスを掛け、アフガンストールで顔を覆っている。

基地からの道路は舗装されているが、それでも路面を覆う砂が舞う。気温は三十一度、強い日差しはあるが、エアコンも効かない車内よりは、快適である。

やがてトラックは街に入って二つ目のラウンドアバウトで北に向かい、百メートル先のフェンスに囲まれた自動車修理工場に入った。

ハイエースなどの大型のバンやトラックが何台も停められている。よく見ると多くは型の古い日本製で、どれもスクラップ同然で塗装は剝がれているが、値札も付いているので販売もされているようだ。中東で日本車は絶大な信用があるため、見た目が悪くとも売れるに違いない。

カブールの傭兵代理店から車を安価で買えると紹介されたのだ。アフマドという男が経営する会社だが、盗難車も売買しているという噂があるらしい。実際、日本車のパーツの在庫は豊富だが、正規に仕入れたものかどうかは怪しいものだ。

トラックは敷地の奥にある煉瓦小屋の前で停められた。

「ご苦労様、待っていましたよ」

小屋から辰也が笑顔で出てくると、トラックの後アオリのロックを外した。

「さっさとすまそう」

浩志は仲間に指示をしてトラックから木箱や個人の荷物を下ろした。武器だけでなく、レーションなど様々な装備を持ち込んできたのだ。荷台から降りると運転席のドアを叩いて米兵に合図をした。

「お気を付けて」

米兵は作戦の詳細はもちろん知らないが、浩志らが特殊な任務を帯びていると感じているのだろう。ワットに敬礼すると、トラックをUターンさせて出て行った。

「改造は、あと三十分ほどで終わりますよ。こちらです」

辰也は浩志に手招きをして小屋を回り込む。

小屋の裏側で田中がトラックの荷台に乗り、溶接機で作業をしていた。近くに溶接に使うガスボンベが置いてあり、その傍に立っている腹が出ている中年男が社長のアフマドなのだろう。浩志の顔を見ると、そそくさと小屋に入って行った。

「トラックはいすゞの九五年型四輪エルフ、エンジンの調子は最高です。九八年型四輪ハイエースと八八年型のハイラックスの改造は終わっています。それから、宮坂と加藤は、ここの社員と一緒に食料の調達に行かせています。彼らもすぐに帰って来るでしょう」

辰也はすぐ近くに置いてあるハイエースとハイラックスを指さした。いずれの車も座席や荷台の床下に武器が隠せるように改造されているはずだ。

浩志は辰也らに街で三台の車と服と食料などを調達するように命じていた。また、車は、武器が隠せるように改造できればと希望を出していたのだ。

「ハイエースとハイラックスにＡＫ47以外の武器と荷物を積み込んでくれ」

浩志は仲間に命じると、トラックに近付いて仕上がりを確かめた。荷台は二重底になっており、田中は上部を溶接で固定する作業をしていた。また、片側にベンチまで作られている。ベンチの下にも武器が隠せる仕組みらしい。

「完了です！」

田中は溶接マスクを外し、ほとばしる汗を袖口で拭った。

浩志は荷台に上がり、床の隠し扉の具合を調べた。床下の収納スペースはかなり広い。これならアサルトライフルを十数丁は隠すことができる。

「トラックの床にＡＫ47を隠してくれ。残りは木箱のまま積むんだ」

頷いた浩志は荷台から下りた。軍による検問はたまに見かけるので、武器は隠して運ばなければならないのだ。アフガニスタンはかなり平穏な状態になっているが、いつタリバンに襲撃されるかは分からないため、銃はすぐに出せるようにしておきたい。その点、田中の作った隠し収納は、床の一部になっている扉をすぐに開けることができる。

浩志は振動するスマートフォンを出して、通話ボタンをタッチした。

「俺だ」

――トレーサーマンです。

電話でコードネームを使うということは、何か異変があったということだ。

「どうした？」

――幹線道路に軍の検問所を設ける準備がされています。同行しているアフガン人が作業をしている兵士に聞いたところ、夜間の交通を遮断するために要所に検問所が設置されるそうです。テロ対策らしいですが、我々も迂闊には通れませんね。

「すぐ戻れるか？」

――五分で戻れます。

「五分後に、出発するぞ」

通話を終えた浩志は仲間に指示すると、煉瓦小屋に入った。アフマドに車の代金を精算しなければならないのだ。

アフマドが、浩志の顔を見てスマートフォンを落としそうになった。

「何かあったのか？」

浩志はアフマドの首を鷲掴みにし、ゆっくりと絞める。

「なっ、何も……」

アフマドは顔を真っ赤にしながら答えた。

「いや、何かを隠している」

浩志はアフマドの首を、その顔が青白くなるまで絞めた。

「あなた……たちのことを……ある人に教えたのだ。これ以上は、何も言えない。……勘弁してくれ。仕方がないのだ」

アフマドは咳き込みながら答えた。

「そうか。なら、死ね」

浩志はアフマドの脛を蹴って跪かせると、腰から抜いたグロックの銃口をその頭に突き付けた。

「撃つな！　助けてくれ。ハッ、ハッ、ハッキーム……カシムだ」

アフマドは息も絶え絶えである。

「灰色狼のカシムか？」

浩志の両眉が吊り上がった。

「そっ、そうだ」

アフマドは震えながら返事をした。

浩志はアフマドの首を摑んだまま小屋を出ると、その顔面に膝蹴りを食らわして昏倒(こんとう)させた。

「こいつをトラックに積んでくれ」

浩志は近くにいた村瀬と鮫沼に頼んだ。

「加藤が、戻ってきました」

辰也が駆け寄り、浩志に告げた。

「出発！」

浩志は号令を掛け、ハイラックスに乗り込んだ。

5

テキサス州キリーン、午前八時半。

陸軍将校の制服を着た白人男性が運転する白のフォード・フォーカスが、小雨降るU.S.ハイウェイ190を走っている。

男はカーラジオから流れるカントリーミュージシャン、ブレイク・シェルトンの渋い歌声に合わせ「ゴッズ・カントリー」を軽く口ずさみながらハンドルを右に切った。特殊メイクをした夏樹である。

インターチェンジの出口から、T.J.ミルズ・ブールバードに入った。八百メートルほど走ると、目の前に七つもゲートがある検問所が現れる。

夏樹はグリーンの矢印が点灯している中央のゲートに進入し、ウィンドウを下げた。

「IDを提示してください」

ゲートに立つ警備員が事務的な口調で言った。彼の後ろにはM4を肩から提げた米軍兵士の姿もある。

この先には、約八百八十平方キロもの敷地がある世界最大級の米軍基地フォート・フッドがあった。一九四二年に開設され、イラク、アフガニスタンへの派兵の拠点になっている。陸軍第三軍団の司令部があり、五万人もの兵士や軍属、および陸軍関係者が勤務する巨大な基地であると同時に都市としても機能していた。

夏樹はポケットから出したIDを警備員に渡した。

警備員はIDのバーコードを専用のスキャナーで読み取り、端末機で確認する。IDの情報はすぐさま国防総省が管理するサーバーで照合されるのだ。

「ジョシュ・グロスマン少佐、確認しました。ありがとうございます」

警備員はＩＤの写真と夏樹の顔を見比べて返してきた。なかなか仕事熱心な男である。

夏樹は無言で頷き、車を走らせた。

一昨日（おとつい）の夜、夏樹はニューヨークで誠治と秘密裏に面会し、彼からフォート・フッド陸軍基地で一仕事して欲しいという新たな依頼を引き受けていた。ＩＤは誠治から提供されたもので、ＣＩＡが国防総省のサーバーに情報を入力した架空の人物らしい。

翌日、夏樹はジョシュ・グロスマンとして登録された白人男性の顔のパーツを作って特殊メイクをした。グロスマンは統合参謀本部に所属する情報将校ということになっており、ＣＩＡで作成したグロスマンの二十ページにも及ぶ資料を記憶するなどの準備を整えている。昨夜、基地から百キロ南に位置するテキサス州の州都であるオースティンのホテルに宿泊した。

ゲートを抜けると、街路樹が美しい街が出現する。銀行、レストラン、ガソリンスタンドなど、ここが陸軍基地だとは思えない光景だ。

一キロほど先の交差点で右折し、バタリオン・アベニューを東に向かう。先程の商業エリアと違い、政府機関の無機質な建物が多いエリアである。

３ブロック先の交差点にある黒い巨大な建物の駐車場に車を停めた。幅八十メートル、奥行き六十メートル、高さは十五メートル、窓は上部だけという特殊な建物である。また出入口は、表のバタリオン・アベニューに面してはおらず、駐車場がある南側に一つあるだけだ。

　周囲に車は見当たらない。あまり使われない施設ということを物語っているのだろう。アタッシェケースを提げた夏樹は、倉庫の出入口にある警備ボックスの前に立った。

「中に入れてくれ」

　暇そうな顔をしている警備員にＩＤカードと書類を渡した。一人ということはありえないので、奥に他の警備員がいるに違いない。

「今日は珍しく、考古学者が来る日ですね」

　書類を受け取った警備員は笑ってみせた。

「私が考古学者に見えるのか？」

　夏樹は首を捻った。

「デジタルの時代に、昔の書類を掘り起こすから、我々は来訪者を考古学者と呼ぶんです。別に茶化しているわけじゃなく、リスペクトしているんですよ。出る時は中のインターフォンで声を掛けてください。手動では開かないようになっていますので」

　警備員はＩＤカードと書類を返しながら説明した。

　目の前にある鋼鉄製のドアが、金属音を立てて開いた。電磁ロックを警備員が解除したのだ。

「ありがとう」

軽く笑った夏樹は、倉庫に足を踏み入れた。

内部は薄暗く、天井近くまでありそうな背の高い棚が規則正しく並んでいる。陸軍のデジタル化される前の作戦指令書や敵地調査書などの様々な書類が管理されている保管庫なのだ。

誠治は昨年死亡したクレイグ・アンブリットが参謀本部の副議長として出した極秘命令書が他にもあり、この倉庫に保管されていることを突き止めた。だが、ＣＩＡが嗅（か）ぎつけたことを敵側に悟られたくなかったため、夏樹に調べるように頼んだのだ。

出入口近くに二台の端末機が設置してある。この倉庫に収納してある書類を検索するためのものだ。闇雲に捜しても膨大な量の書類の中から目的の物を見つけ出すことは不可能である。

夏樹は椅子に座り、端末機に「ケビン・ブラントリー　統合参謀本部」とキーワードをタイプした。すると、四十八件がヒットしたが、どの書類も同じ場所に保管されているようだ。

夏樹は僅かに口角を上げた。ケビン・ブラントリーは統合参謀本部で働いていた大尉である。アンブリット周辺の人物を調べている中でブラントリーの存在も知られていたが、階級が低いこともあり、これまで問題視されていなかった。また、九年前に退役したのだが、その後行方が分からなくなっていたという事情もある。

二週間ほど前に誠治の元にブラントリーから連絡があった。彼はＣＩＡが極秘に雇ったスパイだったため、誠治がクロノス対策本部長になったことをかつての仲間から聞きつけたという。ＣＩＡは統合参謀本部に限らず、他の政府機関の職員にも金に物を言わせて情報源にしているので、あり得ないことではなかった。

ブラントリーはアンブリットの秘書官のような仕事もしていたらしい。しかも彼はアンブリットが出した命令書の写しを密かに作成し、自分のファイルの中に保存したというのだ。というのもアンブリットの出す極秘命令でしばしば不自然な事故が起きたからだという。そこで、命令書の写しを取って、自分に危害が及んだ際の証拠として保存したというのだが、彼は情報と引き換えに金を要求してきた。もともと、それが目的だったのだろう。

誠治はブラントリーの言動を怪しみ、所在を徹底的に調べた。その結果、二日前にアルゼンチンのブエノスアイレスの郊外にある別荘に九年前から暮らしていることを突き止めたのだ。現地にいるＣＩＡの職員に調べさせたところ、一年ほど前から貯金が底を尽き、生活に困窮していることが判明した。

ブラントリーを拘束して拷問することもできるが、誠治は手っ取り早く情報を得るために前金を彼の口座に振り込み、情報の価値によって残金を支払うことにしたのだ。

「Mの5の1048……」

検索結果を消去した夏樹は、右奥の棚に向かった。AからZまでゾーンが分けられた棚には段ボール箱が整然と置かれている。目的の書類は、Mゾーンの五番目の棚にある1048とナンバリングされた段ボール箱に入っているということだ。

「むっ！」

眉を吊り上げた夏樹はアタッシェケースを投げ出し、近くにあった消火器を抱えて走った。ガソリンの臭いがするのだ。

夏樹はMゾーンに入った。

破裂音とともに炎が上がる。

消火器の安全ピンを抜くと、炎に向かって消火液を噴射した。天井には火災報知器とスプリンクラーがあるが、作動しない。何者かが電源を切ったに違いない。

銃声！

「くっ！」

右肩を打たれた。

消火器を落とした夏樹は、棚の後ろに飛び退いた。一瞬だが、奥の棚から二人の男が現れ、そのうちの一人に銃撃されたのだ。

夏樹は右手で腰のホルダーからグロック17Cを抜き、左手に持ち替えた。左手でも射撃の腕は変わらない。元々器用ではあるが、こうした状況を想定した厳しい訓練の賜物(たまもの)である。

夏樹は棚の奥目掛けて二発撃つと、別のゾーンの通路を走った。

無数の銃弾が、棚の隙間や段ボール箱から突き抜けてくる。

左手で反撃しながら棚を回り込むと、スーツを着た二人の男が眼前に現れた。男たちは銃口を向けてきた。

夏樹は男たちに向かって走り、床にスライディングするように滑り込んだ。

男たちが発砲した銃弾が、頭上を抜けていく。

床を滑りながら反撃した。彼らと交差した夏樹は振り返ることもなく立ち上がると、再び駆け出す。銃弾が男たちの眉間を貫いたことは、確認しなくても分かっているからだ。

Mゾーンに戻ると、ガソリンの炎は資料を詰めた段ボール箱に燃え移っていった。別の消火器を持ち出し、消火活動をはじめる。だが、火の勢いは弱まらない。

「だめだ」

意を決した夏樹は消火器の液を頭の上からシャワーを浴びるように吹き掛けると、炎に飛び込んだ。

段ボール箱の数字を確認しながら、炎の中を突き進む。

「１０４８、これか！」

夏樹は燃え盛る段ボール箱を抱えて炎を抜け出して床に転がると、さきほど落とした消火器を使って段ボール箱の火を消した。

「まいったな」

書類は半分ほど燃えてしまったのだ。仕方なく夏樹は、燃え残った書類をアタッシェケースに収め、出入口の前に立った。

「グロスマンだ。ドアを開けろ！」

小さく息を吐くと、インターフォンで叫んだ。

電磁ロックが外れて、ドアが開く。

夏樹はわざと出入口で倒れた。

「どっ、どうしたんですか？」

夏樹の姿を見た警備員が、慌ててボックスから出てきた。

「泥棒が潜んでいた。対処したが、そいつらが放火したんだ。消防隊を呼んでくれ。火災報知器が壊れているらしい」

「なっ、なんですって！」

警備員は、倉庫の中を覗き込んで悲鳴を上げた。すでに煙が充満している。

「大変だ！」

別の警備員もボックスから出てきた。

「私は自分で医療室に行く。あとは頼んだぞ」

夏樹は立ち上がると、わざと足を引きずるように車に戻った。

車を走らせ、別の建物の駐車場に入れた。周囲を見回しながら、急いで軍服を脱いだ。銃弾は肩を貫通しているようだ。ハンカチを傷口に押し当てた。しばらくは放っておいても大丈夫だろう。汚れた制服をゴミ袋に入れると、用意してきたジャケットに着替える。

警報が鳴った。さきほどの警備員が手動で警報装置を作動させたに違いない。

顔に爪を立てて特殊メイクをはぎ取ると、皺が刻まれた顔になった。今回は二重にメイクをしてきたのだ。金髪のカツラを取って、白髪になる。これで、まったくの別人になった。

夏樹は車を降りて、前後のナンバープレートを剥がした。薄い樹脂で出来た偽造プレートが貼ってあったのだ。

車に乗り込んで呼吸を整えると、アクセルを踏んでバタリオン・アベニューに出た。

消防車とすれ違った。来た時とは別のゲートに入り、警備員に言われる前にＩＤを出した。ジョージ・パクという韓国系の軍属ということになっている。

「騒がしいけど何があったんだ」

夏樹はのんびりとした口調で首を捻った。

「多分、火事でしょう」

警備員は煙が出ている東側を見ながらＩＤをスキャナーに掛けずに、夏樹の顔と顔写真だけ確認して返してきた。

「物騒だな」

夏樹は笑みを浮かべ、ゲートを抜けた。

灰色狼（おおかみ）

1

クンドゥズ、午後五時四十分。

ニッサンのキャラバンが、砂煙を上げながらアジアハイウェイ7号線を南に向かって走っている。

ハンドルを柊真が握り、助手席にセルジオが座っていた。フェルナンドとマットは、後部座席で眠っている。紛争地では交代で活動することで、危険を回避する必要があった。

街の中心部から七キロ離れ、南部にあるクンドゥズ空港に通じる郊外のエアポート・ロードも過ぎていた。人家はなく荒地が続いている。途中、潰（つぶ）れた日干し煉瓦（れんが）の家が累々（るいるい）と続く廃村もあった。この国がまだ紛争国だという現実がそこにある。

「こんどのやつもハズレだったら、いったい砂漠のバッタはどうしたというんだ？　忽然（こつぜん）

と消えたとでもいうのか？」

　セルジオは首を振った。

　浩志からクロノス８４３７という作戦をトレースし、行方不明の兵士を捜せという任務を引き継いでいる。その鍵となるのが三人の地元の協力者である。街の有力者にも聞き込みをし、三人とも捜し出すことができた。

　そのうちの二人には市内で会って来たが、十年前にクイゼンベリーが率いていた、米軍の特殊部隊である砂漠のバッタのことは知らないというのだ。自分の名前がどうして書類に残っているのか不思議だと言う。柊真は直接聞き取りをしており、彼らが嘘を吐いているとは思えなかった。

　砂漠のバッタが協力者らに会う前に行方不明になったというより、作戦指令書に記されていた彼らには作戦そのものも知らされていなかったということだ。

「そもそもクロノス８４３７という作戦自体、本当にあったのか疑問だ。砂漠のバッタを地元の協力者が迎えに来たと記録があるが、協力者の名前を騙っていたのかもしれない。あるいは、チームは最初から別の人間が迎えに来ることを知っていた可能性もある」

　柊真はバックミラーをちらりと見て言った。十分ほど前から二台のピックアップトラックが付いてくる。襲ってくる様子はないので、放ってあるのだ。

「だとすると、砂漠のバッタというチームは、偽の作戦と知りながら辺境の地まで来たというのか?」

セルジオはパコール帽を取ってダッシュボードに載せると、頭を掻いた。日中は汗で頭が結構蒸れるのだ。

「最後の一人、フマール・ラッサンを訪ねれば分かるはずだ。そいつも無関係なら、捜査は行き詰まるけどな」

柊真は溜息を吐いた。

「ラッサンの村は、五百メートル先だ」

セルジオは自分のスマートフォンで位置を確認しながら言った。

「まだ、付いてくるな。村を通り過ぎて確認する」

柊真はバックミラーで後続の車を見て、首を左右に振った。

「そうだな。連れて行くわけにはいかないからな」

柊真は土塀で囲まれた村を通り過ぎ、その先にある農道を右折した。曲がりくねった舗装もしていない道だ。

「フェルナンド、マット、出番だぞ」

セルジオは後ろを振り返って二人を起こした。

「着いたのか?」

フェルナンドがびくりと目を覚ました。

「いつでもいいぞ」

マットは寝ぼけているのか、グロックを握っている。

「この先に広場があるようだ。そこで尾行者かどうか確認する」

柊真はスマートフォンに表示された衛星写真を見て言った。村の外れにあるが、中央に井戸がある広場だ。この辺りはクンドゥズ川に近いため、地下水も出るのだろう。

目の前が開けた。崩れた土塀に囲まれた広場に入ったのだ。

「作戦Ａでいいだろう？」

セルジオは柊真に尋ねると、グロックを抜いた。

「もちろん」

頷いた柊真はサイドブレーキを掛けて急ハンドルを切り、車を百八十度回転させて奥の土塀の近くに停めた。広場はタイヤが巻き上げた大量の砂塵で覆われる。

遅れて広場に入ってきた二台の型の古いダットサントラックが、急ブレーキを掛けて止まった。運転席と荷台からＡＫ47を構えた男たちが次々と降りてくる。

「撃て！」

「皆殺しだ！」

パシュトー語が飛び交う。

八人の男が、砂塵舞うキャラバンを銃撃した。

キャラバンに火花が散り、ウィンドウは砕け散ってボディに火花を散らしながら無数の穴が開く。

やがて男たちは数えきれないほどの薬莢を地面にばら撒き、銃弾を撃ち尽くした。

「やったか?」

「二百発以上喰らって生きているはずがないだろう」

男たちは笑いながらキャラバンに近付く。

「フリーズ!」

広場を囲む土塀の陰からグロックを構えた柊真らが現れる。視界を遮った砂塵を利用し、柊真らは一斉に車から抜け出していたのだ。

「なっ!」

男たちは空になったマガジンを交換しようと右手を伸ばした。

柊真らは一斉に銃撃し、四人の男の顔面を撃ち抜く。

「銃を捨てろ!」

柊真はグロックを構えたままパシュトー語で怒鳴った。

「撃つな!」

残った四人の中で一番年配の四十前後の男が、銃を投げ捨てて両手を上げる。すると他の三人も銃を地面に放り投げた。

柊真は仲間に目配せをすると、年配の男の前に立った。

セルジオらはそれぞれ別の男たちに付いて両手を後ろにすると、樹脂製の結束バンドで手首を縛り上げた。

「誰に頼まれた？」

柊真は男の顎の下にグロックの銃口を突きつけた。男の身長は一七三センチほど、柊真の方が十センチ高いため、男は仰け反るような格好になる。

「しっ、知らない」

男は小さく首を横に振った。

「思い出せないか？」

柊真は男の左耳にグロックのスライダーを押し当てて発砲した。

「ぎゃあ！」

男は叫び声を上げて尻餅をついた。

左耳の鼓膜は破れただろう。それに髪の焦げた臭いがする。

「もう一度聞く。誰に頼まれた」

柊真は男の右側に立って尋ね、グロックの銃口を男の眉間に当てた。

「フッ、フマール・ラッサン」

男は震えながら答えた。

「そういうことか」

右眉を吊り上げた柊真は、男の鳩尾に強烈な膝蹴りを入れて昏倒させた。

2

午後七時十五分。

西の地平線には赤みがかった雲が残り、大地は暗闇に飲み込まれようとしている。

二台のダットサントラックが、クンドゥズ郊外の村に進入した。

一台目の車はセルジオがハンドルを握り、柊真が助手席に座っている。二台目はフェルナンドとマットが乗っていた。クンドゥズで用意したキャラバンは、銃撃されて使い物にならなくなったために襲撃者の車を使っているのだ。また、襲ってきた男たちの死体は広場に残し、生存者は縛り上げて荷台に乗せてある。

日干し煉瓦で作った家々は、こぢんまりとしており、どの家の塀も崩れかかっている。おしなべて貧しい家が多いのだろう。

アフガニスタンでは、〝カライ〟と呼ばれる日干し煉瓦の伝統的な家に親族も含む家族が住んでいる。その中で男女の区画は厳格に分けられており、外部の人間が女性を見ることは通常は不可能である。見たとしてもけっして声を掛けてはならない。一族への侮辱と見なされ大変なことになるからだ。

村のメイン通りを走っているが、すれ違う人はいない。日が暮れれば、街灯もないので足元も見えなくなるからだろう。

「あの家に違いない」

柊真が五十メートル先の日干し煉瓦の高い塀を指差した。塀の隅々まで綺麗に整備され、敷地面積も明らかに周辺の家よりも大きい。村の長の家であることは一目で分かる。フマール・ラッサンは、この村の村長なのだ。

二台の車は門を塞ぐ形で停められた。

アフガンストールで顔を覆った柊真たちは車を降りるとＡＫ47を構え、木戸を開けて敷地内に足を踏み入れる。二台のハイラックスが停められた前庭の向こうに幅が二十メートルほどある日干し煉瓦の家が建っていた。ハイラックスは、二台とも二〇一七年以降の現行モデルである。中古車だろうが、裕福と言えよう。

柊真はフェルナンドとマットに建物の右側を指差し、セルジオにも付いてくるようにハンドシグナルで合図をすると、建物の左側にある出入口から入った。

六メートルほど先の突き当たりに、ドアと廊下がある。廊下の右手には布が垂れ下がった出入口が二つあった。カライは長屋形式なので、真ん中の壁は男女を分けるためのものなのだろう。

手前の布の隙間から中を覗くと、二十平米ほどの長細い部屋で三人の若い男が絨毯の上で胡座をかいて座り、雑誌を読んでくつろいでいる。部屋の片隅に荷物や毛布が置かれているので、三人はここで寝起きしているのだろう。壁際にはＡＫ47が三丁立てかけてあった。家族なのかは分からないが、武器を普段から扱っている連中らしい。

フェルナンドとマットが侵入した建物の右側は、女性のエリアなのだろう。女性エリアの場合は、一旦建物の外に出て見張りに立つことになる。

柊真はセルジオに銃を渡すと、垂れ布を潜って一人で部屋に入った。長細く狭い部屋なので、仲間がいるとかえって動きにくいからだ。それにセルジオが廊下で見張りをしていた方が安心できる。

三人の男が同時に顔を上げ、首を傾げる。

柊真は無言で右の掌を上下に振り、立ち上がるように促す。

「なんだ？　泥棒か？」

顔を見合わせた男たちは、拳を握りしめて立った。

瞬間、柊真のパンチと蹴りが襲い、男たちは声を上げる暇もなく昏倒した。相手になってもいいが、助けを呼ばれると困るのだ。

柊真は彼らのＡＫ47のマガジンを抜き取り、近くに置いてあった予備のマガジンも回収する。銃弾がなければ、銃は何の役にも立たないからだ。部屋の片隅に置かれていた布袋を見つけると、マガジンをその中に入れて部屋を出た。

隣りの部屋を覗くと、三人の男が寝そべっている。部屋の広さもＡＫ47が壁に立てかけてあるのも同じだが、彼らはテレビを見ていた。さきほどの三人よりは、格が上なのか待遇がよさそうだ。

柊真は出入口近くにマガジンを入れた袋を置くと、セルジオにドアがある部屋の出入口を見張るように指示をした。ラッサンがいるのはその部屋に違いない。

部屋に踏み込んだが男たちはテレビに夢中になっており、柊真が背後に立っていることに気付かない。中央にいる男の背中を軽く蹴った。

「なんだよ！　なっ！」

腹を立てた男が振り返って柊真に気付き、慌てて起き上がろうとしたが、柊真は男の顎を蹴り抜いた。男はもんどり打ってテレビの前まで転がった。

「えっ！」

他の二人も驚いて振り返ったものの、首と後頭部に柊真の強烈な回し蹴りを喰らって昏倒する。三人とも目覚めた時は、何も覚えていないだろう。

さきほどと同じ要領で彼らの銃からマガジンを抜き取り、他のマガジンも見つけると、入口に置いた袋に入れた。すでに十八本のマガジンを回収している。

部屋から出て、隣りの部屋の前で見張りをしていたセルジオから銃を受け取った。

二人はドアを開けると、同時に踏み込んだ。

五十平米ほどの部屋に天蓋付きの大きなベッドが置かれ、様々な贅沢(ぜいたく)な調度品が飾られている。さきほどまでの部屋とは大違いである。

ベッドに中年の男と若い女が裸で横になっていた。資料ではラッサンは五十七歳となっている。

「フマール・ラッサン！」

柊真はＡＫ47の銃口を男に向け、その名を呼んだ。

セルジオは銃を構えて、ラッサンの傍(そば)に近寄る。

「なっ、何者だ！」

ラッサンと思われる男が、飛び起きた。否定しないところを見ると、本人なのだろう。

「服を着ろ！」

柊真はパシュトー語で命じた。

「おまえたちは、アフガニスタン人じゃないな？」

ラッサンは険(けわ)しい表情で尋ねた。日常会話はできるが、パシュトー語の発音がおかしいようだ。

「どうでもいい。裸で外出したいのか？」

柊真はＡＫ47の銃口をラッサンの頭に突きつけた。

「私は、夜間外出しない主義だ。何が目的だ？　金か？」

「おまえに聞きたいことがある。だが、この村で騒ぎを起こしたくない。それとも、おまえが雇った民兵のように殺されたいのか？」

家の外に停めてあるトラックを見て、村民が異変に気付くと厄介なことになる。早く撤収するに限るのだ。

「……分かった」

ラッサンは足をベッドから下ろしながら枕の下に右手を伸ばした。

セルジオは無言でＡＫ47のストックを振り下ろし、ラッサンの右手の甲を叩いた。

「ぎゃあー」

叫び声を上げたラッサンは、ベッドの上でのたうち回っている。鈍い音がしたので、骨が折れたのかもしれない。

「グロック17か」

セルジオは枕の下から銃を抜き取り、ズボンに差し込んだ。旧式のグロックである。協力者だったために米軍から貰ったのだろう。

柊真はポケットから樹脂製の結束バンドを出してラッサンの両手首を縛り、タオルで猿轡をした。

「君はラッサンの妻か？」

柊真はベッドの上で毛布を被って震えている女に尋ねた。

「………」

女は声が出ないのか、何度も頷いて見せた。まだ十代と思われるあどけない顔をしている。妻と言っても金で買われたのだろう。

「驚かせてすまなかった。我々は女性や子供に決して乱暴はしない。その代わり、立ち去るまで騒がないでくれ。騒げば、この男の命はないと思ってくれ」

柊真は人差し指をアフガンストールで隠した唇の前に立てて優しく言った。戦場では鬼と化すが、武器も持たぬ女性を震え上がらせたことを心から詫びた。

女の震えは収まり、安堵の表情を見せた。だが、柊真の目をじっと見据え、右手の親指を立てて自分の首の前で横に引いたのだ。

「えっ！」

思わず柊真はセルジオと顔を見合わせてから女を見ると、女は冷徹な表情でラッサンをチラリと見た。彼を殺してくれと頼んでいるらしい。

「この男は、よほど嫌われているようだ」

苦笑したセルジオが、ラッサンの腕を摑んでベッドからひきずり下ろした。

「行くぞ」

柊真は女性に目礼し、部屋を後にした。

3

クンドゥズ郊外、午後八時五分。

柊真らを乗せた二台のハイラックスが、アジアハイウェイ7号線を北に向かっていた。ラッサンの村まで乗ってきた二台のダットサントラックと交換し、足としたのだ。トラックはラッサンの敷地内に入れ、タイヤはすべてナイフで貫いてパンクさせてある。また、荷台に乗せておいた民兵は、そのままの状態で放置してきた。

「その先の村でいいだろう」

先頭車の助手席に座る柊真は、スマートフォンの地図を見ながら言った。ラッサンの村から五キロほど北の地点である。追手の心配は今のところないが、ラッサンからはやく情報を引き出したかった。

「了解」

短く答えたセルジオは、ハンドルを左に切った。

舗装もされていない道を五百メートルほど進むと、丘の上に朽ち果てる寸前の日干し煉瓦の建物が連なっている。日暮れ前にまるで墓場のような村があることを確認していた。

車を停めると、後続の車からフェルナンドとマットが降りてＡＫ47を構えながら近くの建物の中に消えた。荒れ果てた家があるから廃村とは限らない。二人は村人がいないか調べているのだ。

柊真とセルジオは後部座席にラッサンを残し、AK47を手に車を降りた。二人はAK47を軽く構えて油断なく周囲を見渡した。外灯は一切なく、闇にどっぷりと浸っている。

「やはり、この村は廃村のようだ」

十分ほどしてフェルナンドとマットが戻ってきた。

「いい場所を見つけた」

マットがにやりとし、フェルナンドと車に乗り込んだ。

柊真とセルジオも車に戻り、動き出したマットらの車に付いて行く。

二百メートルほど村道を進むと住居跡はなくなり、岩壁の前で道が途絶えた。だが、ヘッドライトに、岩壁に開いた大きな穴が照らし出された。自然の洞窟らしい。

柊真はエンジンを切り、LEDライトで照らしながら洞窟に近付いた。入口に壊れた板塀があるので住居として使われていたのかもしれない。

「中は結構広い。ここなら、ライトを点けても幹線道路からは見えない」

マットはLEDライトで四方を照らした。広いと言っても幅は三メートル、奥行きは五メートル、天井は二メートル程度で、頭を打ちそうな圧迫感がある。

「はじめようぜ」

セルジオが早くもラッサンを車から下ろしてきた。

「そこに座らせてくれ」

柊真は自分のライトを岩壁のくぼみに載せ、辺りを照らした。反対側の壁際に薄汚れた衣類が落ちている。やはり、住居として使われていたらしい。

「座れ」

セルジオはラッサンを押し倒し、猿轡を乱暴に外した。

「たっ、助けてくれ。私が何をしたというのだ！」

ラッサンは柊真とセルジオを交互に見て叫んだ。

「悪党の月並みなセリフだ。馬鹿が」

セルジオが拳を振り上げた。

「やめておけ。俺が質問する」

柊真は右手を軽く上げてセルジオを制した。

「ラッサン、おまえは米軍の協力者だったな」

柊真は英語で話し始めた。米軍の記録では現在も米軍の協力者となっている。

「なっ、何！　おまえたちは……」

ラッサンは目を白黒させている。まったく事態が呑み込めないのだろう。

「質問に答えろ。手荒な真似はしたくない」

柊真は自分の言葉に苦笑した。こういう場合、思い通りにならないものだ。

「私を殺したら何も情報は得られないぞ。なんでも答えるから、早く家に帰してくれ」

ラッサンは必死の形相だ。

「十年前の二〇〇九年五月二十一日二十時、この場所から四キロ北北東の荒地に米軍の特殊部隊が派遣された。おまえは彼らの任務を支援したことになっている。思い出せ」

柊真は落ち着いた声で言った。あえて作戦名は隠し、日付に反応するか試した。

「十年前の五月？　随分昔のことだな。誰に聞いたか知らないが、私は協力した覚えはない。覚えている方がおかしい」

ラッサンは首を傾げた。演技かもしれないが、本当に覚えていない様子だ。

「クロノス８４３７という作戦だ。知っているはずだ」

柊真はグロックを抜き、銃口を下に向けた状態で握った。ラッサンは撃たれないと想定しているのだろうが、そろそろ脅しを掛けてもいいはずだ。

「クロノス？　聞いたことがないな」

ラッサンは肩を竦めてみせた。セルジオと違って柊真は手緩いとなめているのだろう。

「仕方がない」

柊真はラッサンの股間にグロックの銃身を当てて発砲した。この調子では、先は長そうだ。手を出すのはまだ早い。

「うっ！」

　ラッサンのズボンが焦げ、地面が濡れた。小便を漏らしたようだ。

「それじゃ聞くが、なんで俺たちを殺そうとした？」

　柊真はラッサンの髪を摑んで上を向かせた。

「……何も連絡せずに私に近付く者は、すべて敵だと思っている。あんたたちは、マフードの店でバンを借りたはずだ。彼から聞いたんだ。怪しい外国人が私を狙っていると」

　一瞬戸惑ったもののラッサンは一気に話し出した。

「おまえを狙っている？　馬鹿な」

　柊真は軽く笑った。市内にあるレンタカーショップで車を借りている。社長の名前がマフードという名前だった。迂闊にもラッサンのネットワークに引っ掛かったらしい。

「すまない。ラッサンの村のことをマフードに聞いたのは、俺だ」

　フェルナンドが頭を搔きながら笑った。

「馬鹿野郎。お陰で余計な銃撃戦に巻き込まれたぞ」

　セルジオが鋭い舌打ちをした。

「自分に無断で近付く者を抹殺するなんて、普通じゃない。何か、やましいことをしているんだろう？」

　柊真は今度はグロックの銃口を股間に向けた。

「えっ！」

ラッサンが眼を剝いた。

「今度は外さない」

柊真はにやりとした。

「言う！　言うよ。私は運び屋なんだ。頼まれれば、何でも運ぶ、運び屋なんだ」

ラッサンが叫び声を上げた。

4

ニューヨーク、ウェスト59番ストリート、午前十一時五十分。

ザ・リッツ・カールトンニューヨーク－セントラルパークの前に停まったイエローキャブから、スーツ姿の夏樹がアタッシェケースを左手に提げて降りた。銃で撃たれた右肩の傷は、十針縫う程度で済んだ。だが、右手を使うと痛みが走るため、当分は左手で作業することになるだろう。

夏樹は銀髪をオールバックにし、黒縁の眼鏡を掛けたビジネスマンに扮している。年齢は六十代のアジア系に見える特殊メイクをしていた。

「いらっしゃいませ。お荷物をお持ちします」

「いや、いいんだ」

夏樹は笑顔で断ると、良き時代の米国を彷彿とさせるエントランスを抜け、木製のフロントの前で立ち止まった。

黒人男性と白人男性のフロント係が、揃って笑顔で会釈をした。歴史のあるホテルはサービスに格調と品がある。

「予約を入れたブライアン・松井です」

「いらっしゃいませ。ミスター・松井、ご予約は伺っております。宿泊カードにサインを頂けますか？」

白人のフロント係が、カードを差し出した。

夏樹はペンで記入すると、カードを返した。

「ミスター・松井。メッセージを預かっています」

フロント係が引き出しから出した封筒とルームキーを渡してきた。

「ありがとう」

夏樹は受け取るとエレベーターで十一階に上がり、カードキーで自室に入る。

八十平米、1ベッドルーム、キングスイート。

青空が見える窓のカーテンを閉めた。眼下にセントラルパークを眺望できるが、興味はない。手にした封筒の中から別のルームキーを取り出し、腕時計で時間を確かめる。午前十一時五十六分になっていた。

「もうこんな時間か」

夏樹はアタッシェケースを手に部屋を出ると、エレベーターで十四階に上がる。

さりげなく廊下を見回して人気（ひとけ）がないことを確認すると、手に入れたカードキーで数メートル先の部屋に入った。

百二平米、プレミア１ベッドルーム、キングスイート。ベッドルームの他にセントラルパークが見える二つのリビングと現代絵画が飾られた贅沢な部屋がある。だが、眺望が楽しめる窓はすべてカーテンが閉じられていた。

夏樹はベッドルームと反対側にあるリビングに向かった。

「時間通りだな」

誠治がコーヒーカップを手にソファーに座っている。米軍基地フォート・フッドで手に入れた資料を渡すことになっていた。資料をＰＤＦで送ればいいのだが、誠治はそうした通信手段をハッキングの恐れがあるために極度に嫌っている。そのため、直接渡すことになっていたのだ。

「打ち合わせに五つ星ホテルとは、ＣＩＡは贅沢三昧（ざんまい）か？」

夏樹は口角を僅（わず）かに上げて笑った。

「セキュリティの問題だよ。安全は金で買うものだ」

誠治はコーヒーを啜りながら答えた。当然のことだが、この部屋はクリーンアップしてあるのだろう。それにホテルの高層階なら、外部からの盗聴は気にする必要はない。

「フォート・フッドを狙った犯人は、私が来ることを知らなかったようだ。そっちの情報が漏れているのじゃないか？」

夏樹は誠治の正面のソファーに座った。

「可能性は否定できない。この一年、私はありとあらゆる通信手段に疑いを持ち、なるべく使わないようにしてきた。だが、今回、襲撃された事実を考えれば、漏れていたとしか考えられない。つくづく君に仕事を頼んで正解だったと思うよ」

誠治はコーヒーカップをテーブルに置くと、腕組みをした。

「モグラを早く見つけるべきだな」

夏樹はアタッシェケースをテーブルに載せ、ロックを外した。中には焼け焦げた書類の束が入れられている。フォート・フッドの書類倉庫から持ち出したものだ。

焦げた書類とビニール袋に密閉してある、消火液で破れやすくなった書類も揃えて誠治に渡した。

「どれだけ残ったのだ？」

誠治は縁が燃えた書類の束を見て溜息を漏らし、ポケットから眼鏡を出した。老眼鏡のようだ。

「記録上は四十八ページの書類があった。完全に灰になった書類は、九ページ。消火液で濡れた書類は七ページ。その中にクロノス８４３７についての記述があるようだ。日付は二〇〇四年から二〇〇七年までの書類がある」

「何か、気付いた点はなかったかね？」

誠治は書類を捲りながら尋ねた。

「この書類を解析するには、情報が足りない。それに私は軍人ではない。私からのコメントは期待しないでくれ」

夏樹は首を横に振った。誠治から書類に目を通し精査するように頼まれていたが、それは専門外だと断っている。それに時間もなかった。

「それを承知の上で聞いている」

誠治は老眼鏡をずらし、上目遣いで尋ねてきた。

「あえて言うのなら、現地の協力者でフマール・ラッサンが気になる。クロノス８４３７の指令書にも名前が記されていた。現地の協力者は沢山いるようだが、その中でもラッサンはダントツに多く関わっている。しかも、クンドゥズだけでなく、ホルムやバグラーンなど他の都市の作戦でも使われていた。よほど優秀なのか、タリバンと通じているかのどちらかだろう。そいつが絡む作戦を洗えば、何か出てくるかもしれない」

軽く目を通しただけだが、夏樹は気になっていた。指令書を見る限り、怪しむ点はない。勘と言われればそれまでだが、何か匂うのだ。

「その他には？」

誠治は再び書類に目を落として尋ねた。

「特にない。私は二時間だけ滞在する。何かあったら声を掛けてくれ」

夏樹は表情もなく立ち上がり、部屋を後にした。

5

午後九時十分、八八年型のハイラックスを先頭にいすゞの九五年型四輪エルフ、九八年型四輪ハイエースが砂塵を上げて夜の砂漠を疾走していた。

ハイラックスのハンドルを加藤が握り、助手席に浩志が乗っている。道無き道を一時間以上走っていた。周囲は闇に支配された砂漠があるだけだ。障害物は砂漠の起伏以外は一切ない。マザー・リシャリーフを出てから五時間以上走り続けている。

「ありました」

加藤が小さく息を吐き出した。絶対的な自信はあるはずだが、それでも目的地に無事に着けて安心したのだろう。

二百メートルほど先に飛行機の残骸がヘッドライトの光で浮かび上がったのだ。墜落したC－17である。

墜落機の座標は、スマートフォンにも入れてあるので浩志でもここまで来られただろう。だが、加藤は勘が損なわれるらしく、スマートフォンの地図を一切見ずにここまで辿(たど)り着いたのだ。彼の超人的な感覚は、年齢と共に衰えることはなく、経験を積むことでさらに上がるらしい。

「車を機体の北側に停めてくれ」

浩志は右手を上げて指示をした。南西にあるアンドフボイまでは三十キロ以上離れているが、二十キロほど南南西に小さな村が地図上で確認されている。それだけ離れれば、光は見えないはずだが用心に越したことはないのだ。

砂漠のタリバン〝灰色狼〟が活動拠点としているトルクメニスタンの国境に近いアフガニスタンの街は、タリバンの影響下にある。そのため、幹線道路での移動を避けて砂漠を西に移動してきたのだ。また、野営地をC－17の残骸と決めたのも、それなりに理由があった。

浩志は車から降りて、満天の星を見上げた。かなり冷え込んでおり、空気が張り詰めているせいで星がよく見える。

「ここを野営地にするとは、だれも考えないだろう。クレイジーだ」

三台目のハイエースから降りてきたワットが、アフガンストールで口元を覆った。C－

17の周囲には夥（おびただ）しい死体が転がっている。そのため、死臭が漂っているのだ。

「クレイジーだからいいんだ」

浩志は軽く笑った。

「藤堂さん、例のトラックがまだあるか確認したいのですが、いいですか？」

加藤は疲れを知らない。タリバンから奪ったトラックが、残されているか気になるらしい。ここまできた理由は、野営地にするためだけでない。灰色狼が逃げ帰った跡がまだ残っている公算があるためだ。それを追って彼らの隠れ家まで行くつもりである。加藤なら砂漠の僅かなタイヤ痕や足跡で追跡することができる。彼はそれを早く確認したいらしい。

「構わない」

浩志は頷いた。

「俺たちも行ってきます。物騒ですから護衛に付いて行きますよ」

辰也が宮坂を連れてやってきた。二人とも暗視スコープが付いたM４を肩に担（かつ）いでいる。

「おまえたちの魂胆は分かっている」

浩志は鼻先で笑った。

「だめですか？」

辰也が肩を竦めた。

「明日でいいと思っていただけだ。ついでに取ってこい」

浩志は右手を軽く上げ、追い払う仕草をした。

「よっしゃ！」

辰也は宮坂の肩を叩いてハイラックスの助手席に乗り込み、宮坂は後部座席に乗り込んだ。最後に苦笑を浮かべた加藤が運転席に収まった。

「一体、なんの話だ？」

後塵を上げて走り去っていくハイラックスを見て、ワットが首を傾げている。

「トラックの近くに2B11を置いてきた。荷台には、榴弾がまだ三十五発ある。敗走したタリバンが見つけてなければ、まだあるはずだ」

浩志も遠ざかるハイラックスのテールランプを見ながら答えた。迫撃砲を設置した場所は、タリバンの拠点がある方角と直線で結ばれないような場所を選んだ。おそらくまだあるだろう。

「何！　迫撃砲を手に入れるつもりか。そいつはいい。灰色狼の拠点を木っ端微塵にするんだな」

ワットが大きな声で笑った。

「使うかどうかは、分からない。だが、手に入れておいて損はないだろう」

「ところで、あの男はどうする？」

　ワットがいすゞのエルフを指差した。

　荷台には自動車修理工場の社長であるアフマドが、縛られて乗せられている。この男の口からリベンジャーズが使っている三台の車種が、灰色狼に知られてはまずい。民間人ゆえ口封じに殺害することは、浩志の主義に反するので連れてきたのだ。どこかの村で降ろそうと思っていたが、適当な場所がなかった。

「しばらく同行させる。手先が器用そうだから、何かの役に立つだろう。とりあえず、飯にするぞ」

　マザー・リシャリーフを慌てて出発したので、食事を摂ることもできなかった。

「すっかり、忘れていた」

　ワットはわざとらしく手を叩いてみせた。アフマドではなく、レーションが積んであるエルフが気になっていたことは知っている。

「飯にするぞ！」

　ワットは大声を上げた。よほど腹を空かせていたのだろう。

　二十分ほどすると、加藤から衛星携帯電話機で連絡が入った。

――トレーサーマンです。見つけました。トラックに積み込んで帰ります。

「了解。気を付けて帰れ」

通話を終えた浩志は近くを通りかかった田中を呼んだ。

「なんでしょう?」

AK47を担いでいる田中は、寛いだ表情で答えた。レーションを食べたので、見張りをしている浩志と交代するためにやってきたのだろう。浩志は腹が空いていないと言って、先に見張りに立っていた。他にも瀬川と鮫沼と村瀬が見張りをしている。

「辰也が2B11と榴弾を取りに行った。俺は迫撃砲以外で、榴弾の使い道を考えている。C−17で使えそうな材料はないか?」

「派手に爆破しましたからね。配線コード以外に何かあるかな。とりあえず、探してみます」

田中は浩志の意図を理解したようだ。

榴弾は少し改造するだけで、手製の爆弾に作り替えることができる。複数の榴弾を配線コードで繋ぎ、起爆装置を付ければ、強力な爆弾を作ることも可能なのだ。爆弾作りは辰也が一番得意であるが、田中も時限装置を一から作ることができる。

「見張りを交代しよう」

楊枝をくわえたワットが、M4を手に声を掛けてきた。

「寝るなよ」

浩志はワットの肩を叩き、見張りを代わった。ここまでは順調だったが、国境が近いため気を抜くことはできないのだ。

「心配するな、眠くないから」

ワットはその場で腰を振り、ダンスのステップを踏んでみせた。

6

ザ・リッツ・カールトンニューヨーク－セントラルパーク、午後二時。

夏樹は一階のラウンジのソファーに座ると、膝を組んで新聞を広げた。

ニューヨークには他にも五つ星ホテルはあるが、コンチネンタル様式で統一された格式という点でこのホテルは群を抜いている。また、大都会の喧騒(けんそう)を忘れさせるセントラルパーク・サウスというエリアは何ものにも変えがたい立地条件であろう。

背中合わせのソファーに誠治が座ったため、夏樹は合図である咳払いをした。

「君にはいつも驚かされる。事前に変身したことを教えられなければ、疑うところだ」

誠治は雑誌を広げ、前を向いたまま話した。夏樹は金髪にブルーの瞳の白人男性の特殊メイクをしていたのだ。フロントの監視カメラに映った顔で、ホテルを出るつもりはなかった。

誠治に「二時間滞在する」と言ったのは、変装に要する時間とシャワーを浴びて仮眠するための時間である。長居をするつもりはなかったのだ。

「世間話はいい」

夏樹は口も動かさずに冷たく答えた。新聞を見る振りをして周囲を警戒している。ラウンジには数人客がいるだけだが、油断はできない。

「私はこのホテルに当局の幹部を招集した。これまで、局内のモグラを見つけては排除してきた。だが、いずれも小物だった。そこで、思い切って大物を呼び出したのだ」

誠治は囁くような声で言った。二人の会話に具体的な名前は出てこない。それでも、彼は声を潜めている。

「モグラが分かっているのなら、闇で抹殺すればいいだろう。おたくの常套手段で」

夏樹は口角を僅かに上げて笑った。

「それが、現段階では特定できていないのだ。今分かっているのは、怪しいというだけで、候補者は十数人いる。そこで、彼ら全員に、例の書類を手に入れたので直接渡したいと特殊な暗号でメールを送ったのだ。普通のメーラーで開くと、文字化けして解読できないようになっている」

例の書類とは、夏樹が手に入れた軍の機密書類のことだろう。

「特殊な暗号？」

夏樹はぴくりと眉を動かした。ラウンジの端にいる男が、誠治を気にしているようだ。

しかも、左耳に小型のイヤホンをしている。無線機を使っているらしい。

「敵の開発した暗号化アプリを使ったのだ」

「巨大な組織だけに手に入れるのは簡単だったか？」

夏樹は鼻先で笑った。ＣＩＡの職員は二万人いると言われている。中にはクロノスの極秘情報を手に入れる優秀な諜報員もいるのだろう。

「それが、日本の代理店から貰ったんだよ」

誠治は低い声で笑った。代理店とは傭兵代理店のことだろう。

「優秀なハッカーがいるからな。それよりも、どうして呼び出した？　敵はすでにこのホテルにいるようだ。私は退散するぞ」

誠治が呼び出した大物は、部下を寄越したに違いない。

「そのようだな。本人は来ないようだが、目星は付いた。頼みがある。書類を処分してくれないか。全部目を通したので、不要なのだ」

不要になったのは、すべての書類をコピーしたからに違いない。

「これは新たな依頼か？」

夏樹は新聞越しに別の怪しげな男を見て尋ねた。最初の男が呼び寄せたに違いない。

「そう取ってもらって構わない。追加料金はすでに振り込んでおいた」

誠治は軽く咳払いをした。抜かりのない男である。

「あんたは、どうする?」

「念のため、様子を見て護衛とホテルを離れるつもりだ。だが、書類がここにあると、銃撃戦になる恐れがある。不要と言っても敵に渡すつもりはない。すまないが、書類を持ってすぐにこのホテルを離れてくれないか。格調あるホテルの壁や天井に穴を開けたくないんだ」

誠治は夏樹の返事も待たずに立ち上がると、ラウンジを出て行った。

「まったく」

誠治が座っていた席を見た。わざわざ目立つように、背もたれに封筒が立てかけてある。中身はむろん、例の書類だろう。誠治は夏樹を囮(おとり)に使ってホテルを脱出する気なのだ。舌打ちをした夏樹は、封筒を手に取った。

さきほど誠治を見張っていた男が、スーツの袖口(そでぐち)を口元に持っていった。無線で連絡しているようだ。

夏樹は封筒を手にラウンジを後にすると、小走りにエントランスを抜けてホテルの外に出た。

数人のスーツを着た男たちが追ってくる。夏樹が立ち止まると、一斉にスーツの下に手を突っ込んだ。彼らは銃を携帯しているのだろう。

指笛を吹いた夏樹は、目の前に停まったイエローキャブに飛び乗った。

「イーストビレッジ。急げ！」

後方を見ながら、夏樹は行き先を告げた。

「了解。ただし、面倒は御免だよ」

運転手はバックミラーを見て鋭い舌打ちをした。スーツの男たちを見たのだろう。

「心配するな。事故らないように気を付けてくれ」

夏樹は息を吐いた。真昼のニューヨークで発砲するほどＣＩＡも馬鹿ではないはずだ。

タクシーはグランド・アーミー・プラザ通りから五番アベニューに入る。

破裂音。

車の後部ウィンドウが割れた。銃撃されたのだ。

振り返ると、黒のＳＵＶの助手席に機関銃を構えた男が乗っている。敵はただのＣＩＡの職員ではなく、クロノスの息が掛かっていることを忘れていた。

「助けてくれ！」

タクシーの運転手が悲鳴を上げた。

「頭を低くしろ。止まるな！」

夏樹は頭を下げて叫んだ。

銃弾の嵐が、襲ってきた。

「うっ！」

運転手の頭部に銃弾が命中した。

夏樹は、銃弾で亀裂が入った防犯スクリーンを足で蹴った。車は蛇行し始める。

「くそっ！」

防犯スクリーンを壊すと運転席に身を乗り出し、ハンドルを右に切ってウエスト55番ストリートに曲がった。三車線ある一方通行の道だが、道の両端に車がびっしりと停まっている。しかも、正面に荷物を積み下ろしているトラックが停車していた。

クラクションを鳴らすと、運転席のシートの後ろに頭を抱えて座り込む。瞬間、タクシーはトラックに激突した。

頭を振り、窓ガラスの破片を振り払った夏樹は、すぐさま後部ドアを開けて車外に飛び出す。

黒のSUVはしつこく追ってくる。数メートル後方に急停車すると、男たちが銃を手に降りてきた。通行人が悲鳴を上げて逃げ惑う。

夏樹は近くのフレンチレストランに駆け込んだ。

「ご予約は？」

入口にいたウェイターが声を掛けてきた。

「キッチンに用事がある」

夏樹はウェイターを押し退(の)けて店の奥に進み、厨房(ちゅうぼう)に入った。三人のシェフが仕込みをしている。ランチタイムが終わっているので、ディナーの準備をしているのだろう。

夏樹は厨房にあった寸胴鍋に書類を入れると、その中に食用油を入れ、コンロに点火した。食用油も熱すれば、燃えやすくなる。

「何をしている？」

シェフたちが夏樹に気付いた。

「気にしなくていい」

そう言うと、レンジの近くに置いてある料理用のガスバーナーで、鍋の書類に点火した。鍋の内部は熱せられているため、勢いよく燃え上がる。

「馬鹿野郎！　何をしている！」

呆気（あっけ）にとられていたシェフの一人が、包丁を振りかざした。

「頭を下げていろ」

夏樹はおもむろにジャケットの下からグロックを抜いた。

「撃つな！」

シェフたちは、悲鳴を上げてしゃがんだ。

厨房のドアが勢いよく開き、二人の男が銃撃しながら飛び込んできた。

夏樹は慌てることなく男たちの眉間を撃ち抜くと、右腕をぐるりと回した。

「やっぱり、痛いな」

傷の具合を確かめるとグロックを左手に持ち替え、寸胴鍋の中を覗いた。書類は燃え尽きようとしている。

「裏口はこっちか？」

シェフに尋ねるため、身を低くして調理台の後ろを覗いた。

調理台の後ろで、四つん這いになっているシェフは、首を厨房の奥に向けて激しく振ってみせた。声も出せないらしい。

「ありがとう」

にやりとした夏樹は調理台に近付いてきた男の下腹部を至近距離から銃撃し、厨房の裏口に消えた。

トルクメニスタンの砂漠

1

午後九時四十分、浩志はC－17の残骸にもたれ掛かり、マグカップのコーヒーを飲んでいた。

三台の車を、破壊された機体の陰に隠すなど監視ドローンに備えて野営の準備をし、ようやく得たコーヒーブレイクである。

また、さきほど友恵から軍事衛星を赤外線モードにし、リベンジャーズの所在地から半径三キロ以内に熱反応があった場合にアラートが発せられるようプログラミングをしたと連絡を貰(もら)っている。

夜の砂漠の気温は十数度まで下がっており、遮(さえぎ)るものもない。人や車などの熱源があれば簡単に検知できる。そのため、見張りを立てる必要もなく、ゆっくりと休めそうだ。

「ここは静かでいいなあ。落ち着ける」

マグカップを手に現れたワットが隣りに立ち、浩志のマグカップに勝手にジャックダニエルを注いだ。

「ここが落ち着けるというのなら、そうとう重症だな」

浩志はアイリッシュコーヒーではなく、ケンタッキーコーヒーを飲みながら言った。

「重症?」

わざとらしく声を上げたワットが、ラップのリズムで、

「紛争地だからって、落ち着けると言っているわけじゃないんだよ。俺が、まるでPTSDのような言い方をするのは止めてくれ。星空が綺麗で、騒音もない。それに半径三キロ、今のところ安全が確保されている。落ち着けると言って、何が悪い。それに都会が嫌いと言うのは、生まれた環境の問題だ。田舎者で何が悪い、ヘイヘイ」

と両手を振りながら陽気に捲し立てた。

この男は他人を笑わせるのに、いつでも情熱を注ぐ。

「俺たちは、何のために闘っているのか疑問に思うことはないか?」

浩志はワットのラップに苦笑しつつ、自問するように言った。長年自分の正義を信じて闘ってきたことを間違っているとは思っていない。だが、敵を倒しても新たな敵が現れる、このいたちごっこは、いつ終わりを告げるのだろうかとふと思うことがあるのだ。

「俺はいつだって疑問に思っている。いつになったら、世の中の人間は、善と悪を見分けられるようになるんだ？　それができれば、誰も闘わなくて済む。俺たちが忙しいのは、人間が、善悪の区別もできない馬鹿者だからだ」

ワットは吐き捨てるように言った。

「人間の価値観は様々だ。だから、善悪の解釈も違ってくる。クロノスに所属する連中は、人類を選別し、人口を減らすことが善だと思っているようだ。俺たちと正義の尺度がまるで違うんだろう」

星空を見ていた浩志は、眉間に皺を寄せて目を細めた。クロノスのヒットマンだったマニュエル・ギャラガーの死に際の姿が脳裏を過ったのだ。彼からクロノスの目的は、「人類浄化計画」だと聞いている。ギャラガーは仲間である寺脇京介を暗殺するなど、人を躊躇いもなく殺害する冷酷な男であった。だが、そんな男でさえクロノスの計画を止めなければいけないと最後は思ったらしい。

「その通りだ。タリバンやＩＳＩＬにとって非イスラム教徒は、抹殺すべき対象でしかない。クロノスの選別方法は分からないが、大量虐殺を目的としていることは同じだ。いずれにせよ、連中とは価値観が違いすぎる。やつらとはこの世界じゃ、相容れないんだ」

ワットは眉間に皺を寄せて鼻息を漏らした。

「相容れない人間がいるのなら、相手を抹殺するほかないのか。だとすれば、俺たちもやつらと変わらないな」

　浩志は苦笑いをした。

「だが、それが、現実ということじゃないのか。ＩＳＩＬの兵士を一人でも残せば、テロで罪なき人々を殺害するだろう。やつらが悔い改めるのなら別だがな。俺たちは自ら信じる正義に従って行動するしかないんだ」

　ワットが珍しく冗談も言わずに答えた。

「それは間違っていない。だが、気を付けなければいけないことは、正義に振り回されてはいけないということだ」

　浩志はワットをチラリと見て言った。〝正義〟は尊い言葉ではあるが、それを振りかざせば価値観の違う者を排除するシンボルになってしまう。それは個人の問題でも同じである。隣人同士のトラブルが、些細な価値観の違いで生じるのと同じだ。

「……確かにそうだな。俺としたことが、危うく暴君になるところだった。正義の判断はおまえに任せる。俺は従うよ」

　ワットは笑ってみせた。

「うん？」

　ポケットのスマートフォンが、メッセージの着信を告げた。友恵からの連絡で、傭兵代理店のクラウドに新しい情報が加わったらしい。

浩志は早速、クラウドストレージ上で新しいデータを開いた。

「謎が解けてきたらしい」

浩志はデータを開けて頷いた。二つの新たな情報がアップされており、一つはＣＩＡから得られた情報で、もう一つは柊真のチームからの報告らしい。ＣＩＡというのは誠治から提供されたのだろう。彼は友恵の能力を高く評価し、最近では日本の傭兵代理店と直接情報のやり取りをしているらしい。裏を返せば、それだけ、身内を信じていないということだ。

「クロノス８４３７だけじゃなく、他にも偽装作戦が沢山あったということか。作戦は失敗したと報告されているが、作戦そのものが偽装だった可能性もある……なるほど。フマール・ラッサンという男が怪しいんだな」

ワットも自分のスマートフォンで情報を見ながら呟いた。

誠治は、クロノス８４３７の他にも新たにクレイグ・アンブリットが発した作戦指令書を手に入れたらしい。内容を調べたところ、タリバンの拠点の破壊や要人の暗殺らしいが、ほとんどの作戦は失敗し、任務についた兵士は戦地で行方不明になっているという。しかも、フマール・ラッサンというアフガニスタン人が、米軍の協力者として関わっているようだ。

「それは、柊真のチームも確認している。もっとも、彼らは直接本人を尋問したようだが」

　別の情報を読んだ浩志は、にやりとした。柊真なら必ずやり遂げると信じていた。

「尋問？　拷問したんだろう」

　ワットは息を漏らすように笑った。テキストの情報では確認したとしか書いていない。クロノスの手先になるような男が、簡単に口を割るとは思えない。ワットが言うように拷問したのだろう。

　ラッサンは、偽の作戦で集められた兵士を運ぶ役目をしていた。彼自身はただの運び屋だったらしく、普段は麻薬や密輸品などの物資の輸送をしていたようだ。だが、米兵をアフガニスタン北西部の街、アンドフボイの郊外まで連れて行き、そこで待ち構えていたタリバン兵と思しき男たちに引き渡していたらしい。

「行方不明になった兵士らは、自主的にタリバン兵に従ったようだな」

　浩志は首を捻った。

「おそらくタリバンに参加したのだろう。だが、組織的にタリバンに協力していたとしたのなら、大問題だな」

　ワットは口を尖らせた。情報は繋がったかに見えるが、謎はより深まったようだ。

「個々の作戦に従事した兵士は、五人から十人という少人数のユニットだが、米兵がアフガニスタンの地方都市に現れれば、必ず噂になる。彼らがいずれも忽然と消えているということは、街に入っていないということなのだろう」

浩志は顎(あご)の無精髭(ぶしょうひげ)を触りながらスマートフォンの地図を見た。アンドフボイの郊外からトルクメニスタンとの国境までは三十キロと近い。

「C－17への防空ミサイル攻撃、墜落後の襲撃、それにマザー・リシャリーフでも危うく襲われるところだったが、すべて灰色狼(おおかみ)に繋がっているに違いない」

ワットは荒々しく鼻息を漏らした。

「とりあえず、灰色狼を調べるという方向性は間違っていないようだな」

浩志は頷くとスマートフォンをポケットに仕舞った。

2

午後十時四十分、マザー・リシャリーフ。

二台のハイラックスが、街の北側を通るA76号線を猛スピードで走り抜ける。

「これで六つ目か？　まったく。こんな夜中に車を運転するなって」

ハンドルを握るセルジオはラウンドアバウトのためスピードを落とし、フランス語でぼやいた。

夜中だが通行する車がまったくないわけではなく、トラックや乗用車がそこそこ走っている。前方に塗装が剝げたバンが割り込んできた。

「パリもラウンドアバウトが多いぞ」

助手席の柊真が笑った。

「俺はアフガンだからと言ったわけじゃない。ラウンドアバウトがただ嫌いなだけだ。正直者だから、いつでもまっすぐ走りたいんだよ。信号機がある交差点の方がましだ」

セルジオは、前を走るバンにクラクションを鳴らしながら言った。カブールなどの大都市では自動車学校もあり、それなりに運転技術を学んだ者が免許証を取得している。だが、地方では安全運転を気にしないドライバーも多い。というか、運転技術が未熟なのだろう。

「リベンジャーズは、夜明け前には動き出すはずだが、まだ六時間以上ある。焦る必要はないんだ」

柊真は現在位置をスマートフォンの地図アプリで確認しながら言った。

柊真らのチームは、クンドゥズでの任務が完了したために浩志らと合流することになっている。二百キロは走った。残りも二百キロほどだが、途中から砂漠を走ることになるので一般道では時間を稼ぐべくセルジオは飛ばすのだ。

「早く着いた方がいいに決まっている。彼らと合流した途端、出発なんてのは勘弁だからな。飯も食いたいし、仮眠も取りたい。一台で行動していたら、少なくとも交代で仮眠ができたけどな」

セルジオは恨めしそうにバックミラーを見た。後部座席に縛り上げたラッサンが座っている。ハイラックスでも五人は窮屈なため、二台で移動することになったとぼやいているのだ。後方の車はフェルナンドが運転し、マットが助手席に座っている。

「ムッシュ・藤堂にも言われているんだ。それに砂漠を走破するには、二台以上で行動するのは常識だろう。予備の車なしで、故障したらどうするんだ」

柊真は後部座席を見て苦笑した。ラッサンは疲れたらしく、眠り込んでいる。セルジオも二台で行動すべきだと分かっているはずだが、ラッサンが眠っているので腹を立てているのだろう。

「ラッサンからは充分な情報を得た。他にも何か隠していると思うか？　それとも、ムッシュ・藤堂には口を割らせる拷問手段でもあるのかな」

セルジオは首を捻った。

「彼は、俺たちよりも経験豊かで優秀な兵士なんだ。何かあるのだろう」

柊真は肩を竦めた。浩志からの指示については深く考えていない。それだけ信じているからだ。もっともラッサンを口封じのために殺せば、正義の名の下に住民を殺害する大国と変わらなくなる。柊真らが外人部隊を辞めた理由もそこにあった。浩志から連れてくるように言われた時は、正直言ってほっとした。

ポケットのスマートフォンが呼び出し音を上げた。浩志を介して傭兵代理店から支給されたスマートフォンである。所持することにより、傭兵代理店の様々なサービスを受けることができる優れものだ。柊真と違って他の三人は傭兵代理店に未登録だが、今回、浩志の計らいで彼らも使えるようになった。

「どうした?」

柊真は通話ボタンを押して尋ねた。

——無灯火の車が付いてくる。尾行されているようだ。

後方のハイラックスに乗っているマットからの連絡である。

「いつから?」

バックミラーを見ながら柊真は尋ねた。マットらが乗っているハイラックスのヘッドライトのせいで、後方はよく見えない。

——街に入ってからだろう。いつの間にか後ろにいた。無灯火だから気付かなかった。すまない。

「了解。もうすぐ街を抜ける。襲撃してくるとしたら、その時だろう。全員無線機をオンにしてくれ」

柊真は通話を終えると無線機のスイッチを入れ、グロックを抜いた。

「くそっ!　尾行されているのか?　どうして、俺たちのことが分かったんだ?」

セルジオはハンドルを叩いた。

「ラッサン！　起きろ！」

柊真は振り返ると、大声で怒鳴った。

「……なっ、なんだ？」

ラッサンはゆっくりと首を振って答えた。

「マザー・リシャリーフで、尾行が付いた。どうしてだ？」

柊真はグロックをラッサンに向けた。

「知らない」

ラッサンは顔を背ける。だが、銃口ではなく、柊真の視線を恐れているように感じられる。嘘をついているに違いない。

柊真はラッサンに向けて発砲した。

「ぎゃー」

ラッサンが身をよじらせた。肩をかすめる程度に撃った。緊急事態なので少々手荒な尋問も止むを得ない。

「今度は、頭を吹き飛ばしてやる！」

腕を伸ばし、銃口をラッサンの眉間に押し付けた。

「こっ、この車に、……GPS発信機を取り付けてある」

ラッサンは苦しげに答えた。

「GPS発信機だと！」

セルジオが声を上げた。

「とっ、盗難防止用だ」

ラッサンは柊真にグロックで額を小突かれて答えた。

「どこにある？」

「グローブボックスだ！」

ラッサンは叫ぶように答えた。

「誰が追っている！」

柊真は口調を荒らげた。手下がここまで追ってきたとは思えないのだ。

「マザー・リシャリーフにも仲間がいる。手下が知らせたのだろう」

「分かった」

柊真はグロックの銃底でラッサンのこめかみを殴った。

「ムッシュ・藤堂が睨んだ通り、この男はまだ隠していることがありそうだな。俺たちはまだ甘ちゃんらしい」

セルジオはバックミラーで、気絶したラッサンを見て笑った。

——こちらへリオス。バルムンク、応答せよ。

マットからの無線連絡が入った。彼はヘリコプターの免許を持っているため、ギリシャ神話に出てくる太陽神の名前をコードネームに使っている。ヘリオスは燃える馬車に乗り、天空を駆けるという話からインスピレーションを受けたようだ。

「こちらバルムンク。どうぞ」

――後方の車は一台だと思っていたが、二台のようだ。民家の照明で分かった。

マットは落ち着いた声で答えた。

「もうすぐ、街並みが消えるぞ」

セルジオが周囲の景色を見て言った。

「ヘリオス、合図したら、俺たちを抜け。例の作戦だ」

――了解！

「了解」

マットに呼応し、セルジオもニヤリと返事をした。

柊真はウィンドウを下げて後方に身を乗り出すと、「今だ」と合図をした。

マットらのハイラックスがエンジンを唸（うな）らせ、柊真らの車を追い抜く。

セルジオがライトを消すと同時に、柊真が尾行している先頭車の右前輪を撃ち抜いた。

後方の車がバランスを崩し、蛇行運転をして道から外れていった。

新手の車がヘッドライトを点け、アッパーにして迫ってくる。

「襲撃慣れしているな」

舌打ちをした柊真は、車内に体を収めた。

「作戦続行！」

セルジオはライトを点灯させてアクセルを踏み、マットらの車と並んだ。途端に追手に銃撃された。入れ替わってライトを消したマットの車が、急ブレーキを踏んで後方の車と並ぶ。ライトを点灯させることで、交互に囮になるのだ。

「馬鹿野郎！　こっちだ」

追手の車から怒声が聞こえる。マットらの車は、追手の車の左側に付いている。助手席の銃を持っている男が騒いでいるのだ。後部座席に座っている男たちが、慌ててＡＫ47を構えた。

マットのＡＫ47が火を噴いた。

無数の銃弾を撃ち込まれた追手の車が、道を外れて荒地に突っ込んだ。

「どうだ！　俺たちの連携プレーは」

セルジオは拳を振り上げ雄叫びを上げた。追跡された場合の対処法は、柊真がフランス外人部隊最強の特殊部隊であるＧＣＰで厳しい訓練を受けている。柊真は仲間にも同じ訓練を行っていたのだ。

「興奮し過ぎだ。ちゃんと運転してくれ」

柊真は軽く鼻息を漏らすと、グロックを仕舞った。

3

東の地平線に、仄かな明るみが出てきた。

午前五時十五分、八八年型のハイラックスを先頭にいすゞの九五年型四輪エルフ、九八年型四輪ハイエース、ロシア製軍用トラックであるＫｒＡＺ２５５Ｂ、それに、柊真らが乗ってきた二台の二〇一七年型ハイラックスがＣ－17の残骸の傍に並んでいる。

Ｃ－17は辰也が作った爆弾で三つに分解し、制御装置など重要な装置があった機首部分は跡形もなく爆破された。だが、重要な装置がほとんどない貨物室は傷みが少ない。そのため、宿舎としても使えたのだ。

「残念ながら、軍事衛星では灰色狼の拠点は見つけられなかった。地下壕でもあるのか、建物や車を巧妙にカモフラージュネットで隠しているのだろう」

浩志は友恵からの報告を仲間に説明した。友恵と麻衣でトルクメニスタンの砂漠地帯の捜索を続けているが、今のところ成果はない。

貨物室にはリベンジャーズの他に、三時間前に到着した柊真のチームの姿がある。二時間ほど仮眠を取り、朝食も済ませていつでも出発ができるという。タフな連中である。

「それじゃ、地道に足跡やタイヤ痕を辿るのですか？」

辰也が質問をした。

「そういうことだ。五分後に出発だ。柊真のチームは一台のハイラックスに乗ってくれ。軍用トラックと一台のハイエースを、逃走用の車として残骸の中に隠しておく。解散」

浩志が命じると、柊真らが乗ってきた二〇一七年型のハイラックスと軍用トラックが、開きっぱなしになっている後部ハッチから貨物室の中に入れられた。わざわざやってくる者はいないだろうが、念のために車を盗まれないように鍵は持ち出す。

作業を見守っていた浩志は、先頭に停めてある八八年型のハイラックスの助手席に乗った。運転席には加藤、後部座席には瀬川が座っている。

二台目のエルフには辰也、宮坂、田中の三人、三台目のハイエースには、ワットとマリアノ、それに村瀬と鮫沼である。最後尾の二〇一七年型のハイラックスには、柊真と彼の仲間の四人が乗り込んだ。また、先頭車から順番に1から4までの番号を振ってある。

浩志はウィンドウから右手を上げて前に振った。

「出発します」

加藤がアクセルを踏んだ。

四台の車は、砂塵を巻き上げながら西でなく南に向かった。

「この辺でいいだろう」

十数キロ走ったところで、浩志は車を停めた。

後方のエルフから辰也と宮坂が降りて、荷台からアフマドとラッサンを引き摺り下ろした。浩志は二人を改めて尋問している。案の定二人は顔見知りで、ともに灰色狼の協力者であった。灰色狼は北部アフガニスタン全域に影響力を持ち、他のタリバン勢力のように住民から税金の名目で上納金をせしめているらしい。

また、アフガニスタン南部や隣国パキスタンの農村部で作ったアヘンをラッサンのような運び屋を使って国外で流通させるという、大規模な麻薬の密売をしているそうだ。タリバンは厳格なイスラム原理主義者だが、その資金源はどこまでも汚い。

「こっ、殺さないでくれ」

アフマドが両手を合わせて命乞いをしている。ラッサンは柊真に肩口を銃撃されたためにぐったりとしている。かすり傷程度で手当てはしてあり、命に別状はない。

「おまえたちは自由だ。ここからまっすぐ南に行けば、シェベルガーンに到着する。大人の足なら一日で到着するはずだ」

車から降りた浩志は、二人にペットボトルの水と軽食が入った袋を投げ渡した。

「あっ、ありがとう」

アフマドが頭を下げて自分の袋を拾った。ラッサンもふらつきながらも自分の袋を掴むと、振り返ることもなく南に向かって歩き出した。

「逃がしていいんですか？　シェベルガーンにもタリバンはいますよ」

傍の宮坂が尋ねてきた。

「知っている」

浩志は軽く答えた。

「シェベルガーンまで、五十キロ以上ありますが、二日もあれば行けますよ」

辰也も首を捻った。

「俺たちなら、一日も掛からないがな」

宮坂は口を挟んだ。

「ひょっとして、辿り着けないと思っているのですか？」

辰也が執拗に尋ねてきた。殺さなかったことを咎めているのだろう。民間人とはいえ、灰色狼の協力者なら戦闘員と同じ扱いをしてもいいと彼らは思っているのだ。

「インシャアッラー」

鼻息を漏らした浩志は、アラビア語で答えた。イスラム教徒がよく使う決まり文句である。日本語に訳せば、「神が望むのなら」あるいは「神のみぞ知る」という意味だ。

「なるほど」

辰也は妙に納得した表情で頷いた。彼らは途中で死ぬかもしれないし、二日後にシェベルガーンに到着する可能性もあるだろう。だが、タリバンに密告されても構わないと思っている。なぜなら二日以内に任務は完了させるつもりだからだ。

四台の車列は、西北西に向かった。寄り道したために軌道修正したのだ。

三十分後、加藤は車を停めた。迫撃砲を積んだ軍用トラックであるＫｒＡＺ２５５Ｂを検問と称して停めた場所である。トラックは西の方角から走ってきた。

浩志はスマートフォンで座標を確かめたが、加藤は何も見ないでここまで来たのだ。

「ここで間違いないようだな」

「車を降りて調べます」

加藤は運転席から離れ、砂漠を歩き始める。

浩志も車を降りて彼に従った。まだ、太陽は地平線から顔を出していないが、足元はすでに明るい。だが、トラックのタイヤ痕は目視できる範囲でなくなっている。風に運ばれてきた砂が覆いかぶさったのだろう。

加藤は低い姿勢になり、地面を見回している。首を振って立ち上がると、数メートルゆっくりと移動した。二百メートルほど北で再び腰を落とし、今度は地面に顔がつくほどに頭を下げて遠くを見つめた。

「見てください。軍用トラックのタイヤ痕はほぼなくなっていますが、別の車のタイヤ痕がありますよ。この辺りは砂嵐の影響をあまり受けなかったのでしょう。助かりました」

立ち上がった加藤は西南西の方角を指差した。

浩志は加藤のすぐ傍に跪き、右手を地面に突いて彼が示す方角を見つめてみる。砂漠の表面には風紋と思しき跡があるが、浩志にはタイヤ痕とは判別できない。加藤とは長く仕事を共にしているが、傍で見ていて学べるものではないということだ。

「襲撃してきた灰色狼の残党が逃走した跡かもしれないな。おまえの判断に任せる。車を運転しながら追跡できるか？」

立ち上がった浩志は、手に付いた砂を払いながら尋ねた。

「明るくなってきたので、低速で走れば問題ないでしょう」

加藤は表情も変えずに答えた。当然と言いたいのだろう。

「案内を頼む」

頷いた浩志は助手席に戻った。

4

午前七時二十分、四台の車列は朝日を背に砂漠を走っていた。

先頭車のハンドルを握る加藤は、タイヤ痕を追って四十キロのスピードを保ちながら運転している。

浩志は助手席で眼前に続く変化のない砂漠の風景を眺めていた。

トルクメニスタンはカラクム砂漠が国土の七十パーセントを占め、国民の多くは乾燥地帯でない南部の山間の都市に居住する。産業に乏しいものの石油や天然ガスなどの地下資源が豊富なため、ＧＤＰは世界平均の六十一パーセントの水準にあり、貧困国家ではない。

「今、国境を越えたようです」

加藤は車の距離計を見て確認したらしい。

「意外と早かったな」

浩志はポケットからスマートフォンを出して地図アプリを開いた。友恵が一般の地図アプリに手を加えたもので、作戦に必要な情報が表示されるようになっている。プルダウンメニューからデータ1という項目をタップした。赤いラインが地図上に表示される。撃墜されたＣ－17の飛行コースである。

「停めてくれ」

浩志は地図アプリを見ながら言った。

「どうしたんですか？」

加藤はゆっくりとブレーキを踏んだ。急ブレーキを掛けると、後続車が砂塵に塗れてしまうからだろう。

「タイヤ痕は、まっすぐ続いているのか？」

浩志は前方を指さした。

「今のところ、タイヤ痕は西南西に向かっています。これから先は荒地ですのでタイヤ痕もはっきりと残っているでしょう」

加藤が訝しげな表情で聞き返した。

カラクム砂漠はトルクメニスタンの北部に位置し、現在走っている場所は砂地も多く草木も生えていないが、砂漠ではなく荒野と言った方が正しい。カラクム砂漠が国土の七十パーセント、あるいは八十五パーセントとする資料があるのは、砂漠と大差がない荒地が広がっているせいだろう。

「目視できる限り、この先十数キロは何もなさそうだな。C－17に対空ミサイルが命中したのは、この上空らしい」

サングラスを掛けた浩志は、車を降りて周囲を見渡した。

制御システムがハッキングされたC－17は一旦南に向かっていたが、田中の活躍により制御を回復している。彼はC－17を旋回させ、進路を北東に変えて山脈に激突するのを回避した。その直後にミサイルが命中したことは分かっている。それが地図アプリ上に記されているのだ。

「C－17がやられたのは、ここらしい」

ハイエースから降りてきたワットが、空を見上げながら声を掛けてきた。彼も地図アプリで確認したらしい。

「射程が五千メートル前後のイグラのような対空ミサイルが使われたのだろう。車両に搭載されるようなミサイルならもっと破壊力があったはずだ」

浩志はすぐ後ろのエルフに乗っている田中に降りてくるように手を振って合図をした。

イグラとは旧ソ連が開発した９Ｋ38のコードを持つ携帯式防空ミサイルシステムである。ソ連が崩壊するとともにＡＫ47と同じく、世界中に密輸された。

「なんでしょうか？」

田中がいそいそと車から出てきた。

「二発喰らった時の高度は？」

浩志は西の方角を見ながら尋ねた。

「一発目は、三千二百、二発目は三千五百です」

田中は即答した。エンジンを一基失いながらも、高度を上げたのはさすがである。

「とすると、イグラと想定して、ここから半径二キロ以内の場所から発射された可能性が高いな」

浩志は地図アプリを見ながら頷いた。テロリストの所持する防空ミサイルシステムの性能を考えたら、さほど離れた場所からの攻撃ではなかっただろう。

「この上空で命中したのは間違いないらしい」

ワットは数メートル離れた場所から何かを拾い、田中に投げ渡した。

「これは、エンジンの部品ですよ」

田中は首を横に振り、浩志に渡してきた。

「現場検証をして何が分かる？」

目を細めたワットは、首を傾げた。

「ミサイルを発射した連中は、ハッキングされたＣ－17が墜落しないことを予め予測して待機していたのか、あるいは墜落を免れたことに気付いて攻撃してきたのか、どちらかだろう」

前者なら用心深い敵だが、後者なら、敵の拠点はすぐ近くにあるということになる。

「後者なら、敵は俺たちの存在にすでに気付いている可能性があるな」

ワットは気難しい表情になった。

「そういうことだ」

浩志はエンジンの部品を足元に捨てた。

「どうする？　ゆっくりと進むか？」

ワットが腕組みをして言った。

「ここで、休憩する。コーヒーでも飲むか」

浩志は両手を上げて背筋を伸ばしながら答えた。

「そんな呑気なことでいいのか？」

　ワットは納得できないらしい。

「敵の基地はまだ先だろう。なぜなら、Ｃ－17を襲撃する際、敵はハンヴィーのＭ２４９を恐れて迫撃砲を調達した。だから、彼らは包囲するだけで襲ってこなかったのだろう。あの待ち時間が、アジトからの距離とイコールのはずだ」

　浩志は一昨夜の状況を思い浮かべながら言った。

「なるほど、確かにそうだ。だったら、なおさら休憩する必要はないだろう。はやく出発しようぜ」

　両眼を大きく開いたワットは、手を叩いて笑った。

「これまでの経緯から、敵は高度な防衛システムを持っていることが予想される。離れていてもすでに俺たちの接近に気付いているかもしれない」

「俺たちが砂漠を横断するキャラバン隊と思われるように、コーヒーブレイクするんだな？」

　ワットは手を叩いた。

「小芝居が通じるかどうかは分からないがな」

　浩志は苦笑を浮かべながら答えた。

「芝居だろうが、戦闘前のリラックスは必要だ。俺はコーヒーブレイクじゃなく、もう一回朝飯を食うぞ」

ワットは笑うと、自分の車に戻って行った。

「三十分、休憩する。だが、車外に武器は持ち出すな。俺たちはキャラバン隊だ」

浩志は無線機で仲間に連絡をした。

5

午前十時五分、四台の車列は荒野を疾走していた。

コーヒーブレイクをした場所から二時間、およそ八十キロを走っている。タイヤ痕は加藤が言ったように荒地のためはっきりとしてきた。何台も通ったのか、あるいは灰色狼がいつも使っているルートなのかもしれない。結果的には、西南西に向かっているのだが、途中で何回も方向が変わっていた。

加藤が速度をゆっくりと落とし、車を停めた。

「どうした？」

助手席の浩志は加藤を見た。タイヤ痕は西南西に続いており、方角的には地方都市マリに向かっている。

「調べていいですか？」

加藤は車を降りた。

「頼む」

浩志も車から降りて荒地に立った。

気温は三十八度ほどだろう。湿度が低いためにさほど暑いとは思えない。ただ、日差しはやけに強く、肌を刺すような感じすらある。浩志はアフガンストールで顔を覆った。

「タイヤ痕は、二手に分かれています」

地面を調べていた加藤が、右手を北西の方角に向けた。

「トラックは、どっちだ？」

浩志は腰を落とし、北西の方角を見た。数メートル先に大きな岩があり、そこから二股（ふたまた）に分かれている。大きな岩の幅は三メートル、高さは二メートル近くあり、まるで道標（みちしるべ）のようだ。実際、そうなのかもしれない。

「まっすぐ、西南西の方角です。北西のタイヤ痕はＳＵＶのものでしょう。ＫｒＡＺ２５５Ｂは、重量がある六輪トラックです。特徴があるのですぐ分かります」

加藤が目を丸くした。分からないのが不思議だと思っているのだろう。

「言われてみれば、こっちの方がはっきりしているな」

苦笑した浩志はまっすぐ延びるタイヤ痕を指さした。

「灰色狼と無関係な車が、偶然同じルートを使うとは思えません。どちらを追いますか？」

　加藤が尋ねてきた。

「ちょっと待てよ」

　浩志は左右に広がる荒地を見渡した。

「どうした？」

　ハイエースから降りてきたワットが、肩を竦めた。

「正面の大岩でタイヤ痕が二手に分かれている」

　浩志は大岩を見つめたまま答えた。

「まっすぐ行けば、マリに着く。敵の拠点は街中にあるか、西南西に向かうタイヤ痕通りならその手前の荒地にあるかのどちらかだろう。右手に行けばカラクム砂漠だ。とりあえず、左に進むべきだろう」

　ワットは腰に手を当てて言った。

「それは分かっている。さっき気がついたんだが、ここに来るまで似たような岩の側を通ってきた。今思えば、道標じゃないかと思う。大岩の脇を通るたびに方向が微妙に変わった」

　浩志は腕組みをして記憶を辿った。

「こんな荒地に道標が必要なのか？　コンパスがあればいい。というか、太陽の方角をみれば、迷うことはない。気のせいだろう」

ワットは大袈裟に肩を竦めながら、一回転した。どこを見ても荒地だと言いたいのだろう。

「仕方がない。この辺りを調べてみるか？」

浩志が右手を上げて軽く振ると、仲間が車から降りてきた。招集を掛けたのだ。

「どうしたんですか？」

辰也が尋ねてきた。

「周辺の地面を調べてくれ。俺と辰也のチームは、右側。ワットと柊真のチームは左側だ」

浩志はベルトのシースに刺してあるタクティカルナイフを出した。

「ひょっとして、地雷でも埋まっているのですか？」

辰也の顔が締まった。

「おそらく、対戦車地雷だろう」

浩志は淡々と答え、膝を突いてしゃがむと地表を注意深く見た。

「対戦車地雷？　馬鹿な。ここは戦略的な場所じゃない。もし、見つけたら、俺が百ドル払うよ」

ワットは首を左右に振った。

「瀬川、一時の方角、五メートル先を掘ってみろ。地雷の型が分かる程度でいい」

浩志は片目を閉じ、右手をまっすぐ伸ばした。小さな起伏があるのだ。

「はっ、はい」

瀬川はタクティカルナイフを右手に持ち、一時の方向にゆっくりと歩く。地雷と聞いて妙に慎重になっているようだ。

「瀬川、びびってんのか！」

辰也が囃（はや）し立てた。

瀬川は振り返ることもなく右手の中指を立てて見せると、腰を落としてタクティカルナイフで地面を掘り始めた。

「ありました！　ＴＭ46です」

声を上げた瀬川は、スマートフォンで撮影して戻ってきた。

ＴＭ46は、ロシア製の対戦車地雷である。

「こっちもあったぞ。Ｍ19だ」

反対側からワットも声を張り上げた。

「何？」

浩志は右眉（まゆ）をぴくりと吊り上げた。Ｍ19は米国製の対戦車地雷だ。

「俺じゃなきゃ、見つけられなかったかもな」

ワットが自分のスマートフォンで撮影した写真を見せてきた。

M19は地雷除去対策用に第二の信管も付けられる。また、金属部分が少ないため、金属探知機での発見も難しい。ワットが自慢するのも分かるというものだ。

「ロシア製は分かるが、米国製も使われているのか？」

辰也はワットと瀬川が撮影したスマートフォンの写真を見ながら質問した。

「この写真じゃ、米国製なのかイランのデッドコピーなのか見分けがつかない。それにトルコや韓国でもM19はライセンス生産されている」

ワットは眉間に皺を寄せた。米国製が使われているとなれば、軍の横流しということになるからだろう。

「それにしても、灰色狼の追跡者を攻撃するためのものか？」

ワットは首を捻った。

「なんとも言えないが、タイヤ痕から外れていたらやられていたことは間違いないだろう。だが、地雷原というほど敷設はしていないはずだ。むしろトラップと言ったほうがふさわしい」

浩志は改めて周囲を見渡した。

「タイヤ痕から外れず、車間距離を取って走るしかないのか」

ワットは渋い表情で言った。

「そういうことだ。俺の勝ちだぞ。忘れるな」

浩志はワットの目の前で右手の指先を動かした。

「えっ、本当に払うのか！」

ワットが仰け反り、大袈裟に驚いている。

「当然だろう」

これでも、冗談に付き合うことにしたのだ。

「大人げないぞ」

舌打ちをしたワットは、ポケットから皺だらけの百ドル札を出した。

「この分だと、任務が終わる前に金持ちになりそうだ」

にやりとした浩志は、百ドル札をポケットに捻じ込んだ。

6

午後二時五十五分、市谷傭兵代理店。

友恵はスタッフルームにある自分のデスクで作業をしている。

リベンジャーズがマザー・リシャリーフを出発し、灰色狼の拠点を目指してトルクメニスタンに入ったため、友恵と麻衣と中條の三人でサポートしていた。共同作業になる場合もあるので、友恵は自室ではなく仲間と一緒に仕事をしているのだ。

スタッフルームに池谷が現れた。大きな紙袋を抱えている。

「いい匂いがすると思ったら、モスバーガー！」

友恵が振り返って両手の拳を握りしめている。

「昼食を摂る暇がなかったと、聞きましたから」

池谷はスタッフルームの出入口近くにある長テーブルに紙袋を置いた。スタッフがリベンジャーズのサポートをしている間、彼の仕事は友恵らのお世話係になる。マネージャーのようなものだ。

「全員で索敵していますので、外出する暇はありませんね」

席を立った友恵は紙袋の中からテリヤキチキンバーガーとオニオンフライを出し、自分のデスクに戻った。池谷はスタッフの好みを把握しているのだ。

「現状を教えてもらえますか？」

池谷は奥の壁の中央にあるモニターを見て尋ねた。百インチのモニターを中心に四十インチのモニターが無数に並んでいる。

「さきほどマリの百四十キロ東南東の位置で、リベンジャーズは停止しました。辰也さんからの報告では、近くに対戦車地雷が埋設されていたようです」

友恵はキーボードを叩いて、中央モニターの下にあるモニターに二つの写真を表示させた。瀬川とワットが見つけた対戦車地雷の画像である。

「驚いた！　こんな辺鄙な場所に対戦車地雷があるとは」

池谷は目を丸くした。

「藤堂さんは、灰色狼は決まったルートでトルクメニスタンとアフガニスタンを行き来しているとお考えのようです。そのルートを外れて灰色狼の拠点に近付く者を攻撃するためでしょう。いわば、防御システムです。藤堂さんは、地雷は一定間隔でルート近くに埋め込んであるのではないかと考えられています。それにコースが途中で何度か変わったようです。まっすぐ進めば、地雷の餌食になったはずだと、辰也さんからのメールに記載されていました」

傭兵代理店への報告は辰也が担当になっており、任務中は友恵に直接送るのでなく、クラウドにテキストをアップする形で行われる。

「灰色狼は油断なりませんね。米軍が未だにその拠点を見つけられないのも納得できますよ」

池谷は長い顎を上下に振った。

「私が米軍、中條さんがロシア、麻衣ちゃんがフランスの軍事衛星を使ってトルクメニスタン東部を手分けして調べていますが、現段階では何も見つけられないでいます」

友恵は大きな溜息を吐いた。以前と違い、友恵は各国の軍事サーバーにバックドアを設定し、プログラムで軍事衛星をハッキングできるようにしたので、中條でも軍事衛星を使えるようになってきた。

「マリ市内に敵の拠点があるかもしれませんね。しかし、市内にあるとしたら、面倒ですよ。市街戦になれば、トルクメニスタンの警察や軍隊も巻き込むことになりますから」

池田は険しい表情で首を横に振った。

「そうでもないですよ。市内なら通信やインターネットが使えますので、我々が有利になります。ただ、藤堂さんのお考えでは、市内ではないそうです。というのも、墜落したC－17を敵が包囲攻撃するために迫撃砲の調達に要した時間は、三時間から四時間だそうです。マリからC－17までとなると、足元が悪い荒地でもありますし、四時間ではとても走破できる距離ではありませんから」

友恵はパソコンの画面にアフガニスタン周辺の地図を映し出し、そこに赤い線を入れながら説明した。

「了解です。それで、我々はどんなサポートができるのですか？」

池谷は中央モニターを見つめたまま質問した。

「これも藤堂さんからの意見が元になっていますが、敵は巧妙な地下壕か、荒地に偽装した建物にいる可能性があります。そこで、私はマリ東部のエリアで、時速三十キロ以上で動く物体を検知するプログラムを作成しました。建物はいくら偽装しても乗り物がそこから出てくれば、すぐに検知し、出現した場所の座標を特定します」

「車より小さな、例えばバイクとかも検知できるのかね？」

池谷は気難しい表情で聞き返した。

「レーダーとは違いますが、軍事衛星で得られた映像を解析し、速度が出る物を割り出して位置を算出します。解像度を落とすと解析できません。そのためにマリ東部を三等分し、監視範囲を限定しているのです」

友恵は淡々と答えた。彼女にとっては簡単な作業だったのだろう。

中央モニターの右隣りにあるモニターの片隅に赤いライトが点滅し、警告音が響く。

「なにごとかね？」

池谷は振り返って尋ねた。

「突然、高速の物体が現れました！」

自分のモニターを見ていた麻衣が右手を上げた。フランスの軍事衛星が未確認物体を捉(とら)えたようだ。

「麻衣ちゃん、中央モニターに映して」

指示した友恵は、麻衣の席の後ろに立った。

「時速百キロで移動！」

麻衣の声が裏返った。

「いきなり百キロ！　レーシングカーが出現したのかね」

池谷が額に手を当てて驚いていている。

「これは、ドローンです！」

友恵は机の片隅に置いてある衛星携帯電話機を摑んだ。

呼び出し音。

三回のコールで繫がった。

「もしもし、リベンジャーですか！」

友恵は必死に呼び掛けた。

荒野の前哨(ぜんしょう)基地

1

午前十時半、トルクメニスタン。

八八年型のハイラックスを先頭に四台の車が、荒野を走っている。

先頭車両の助手席に座る浩志は、呼び出し音を鳴らす衛星携帯電話機をポケットからおもむろに出し、通話ボタンを押した。

——もしもし、リベンジャーですか！

「どう……」

——小型のドローンがそちらに向かっています！

浩志の返事を遮(さえぎ)り、友恵の甲高(かんだか)い声が響いてきた。軍事衛星で発見したのだろう。小型のドローンは発見し辛(づら)いと言っていたが、何か解決策でも見つけたようだ。

「機種は、分かるか？」

浩志は落ち着いた声音で聞き返した。ドローンと言っても監視だけでなく、武器搭載が可能なタイプなら攻撃機となりうる。リベンジャーズの接近に気が付き、ドローンを飛ばしたのだろう。センサーで検知されたのか、あるいは、監視衛星を使っているのかもしれない。いずれにせよ、敵の拠点は近いということだ。

――機種まで特定できません。分かるのは、スピードと方向だけです。現在の飛行速度は百二十キロです。まもなく、そちらに到着します。気を付けて下さい。

「分かった。ありがとう」

浩志は通話を終えると、車を停めさせた。後続車も二十メートルの車間距離を空けて停まる。対戦車地雷に触れて爆発しても、前後の車に被害が及ばないようにしているのだ。

「未確認のドローンがやってくる。攻撃準備！」

無線で命令すると浩志は車から降りて、後続のエルフに向かった。

エルフの荷台に辰也と宮坂が上がっており、隠してあったM４を仲間に渡している。武器を受けとった者は、それぞれの車の陰に隠れた。ハイエースにも多数隠してあり、柊真らも武器を受け取っている。

「1号車と2号車は西、3号車は西北西、4号車は西南西を警戒。発見したら撃ち落とせ」

浩志は仲間に指示をすると先頭のハイラックスの陰に隠れ、西の方角にＭ４を構えた。

「ドローン発見！　十一時の方角です！」

加藤が声を張り上げた。青空の黒い点がそうらしい。距離は千メートル以上離れているだろう。

「任せろ！」

エルフの陰にいる宮坂が声を出すと、

「私も加わる」

マリアノも銃を構えた。どちらも狙撃の名手である。

黒い点が瞬時に機影に変わった。

宮坂とマリアノは、ほぼ同時に狙撃する。

「やったな」

二人が立ち上がり、拳(こぶし)を振り上げた。

エンジンに命中したらしい。後部から煙を吐きながらドローンは急降下しはじめた。

「まずい！　逃げろ！」

浩志は大声を上げ、道路の外へ飛んだ。

次の瞬間、ドローンは先頭車両であるハイラックスに激突した。

「退避！　怪我(けが)はないか？」

立ち上がった浩志は、炎を上げるハイラックスを見ながら言った。

「これは、アバビール2です！」

田中が、目敏く機種を確認した。

ドローンは先日撃ち落としたアバビール2と同じ尾翼をしている。ハイラックスの運転席に突っ込んで炎上しているので、ガソリンに引火して爆発するかもしれない。

「辰也が負傷しました」

宮坂の声が、エルフの向こう側から聞こえる。

「大丈夫か？」

浩志はエルフを回り込み、倒れている辰也まで駆け寄った。

「ドローンの破片が左肩に刺さったんです」

傷の具合を見ている宮坂が答えた。

「かすり傷ですよ」

辰也は笑っている。だが、肩に二十センチ近い金属片が刺さっていた。

「私に見せてくれ」

マリアノが、医療キットが入っているバッグを提げて駆けつけた。

「処置に時間が掛かるか？　敵はドローンを破壊され、次の手に出てくるだろう。敵に先を越されたくない」

浩志は辰也の傷を見ながら尋ねた。

「動脈を傷つけていないようだが、すぐに手術はした方がいいでしょう」

マリアノは辰也の肩口の衣服をハサミで切断して答えた。

「助手はいるか？」

「私一人で充分です」

「マリアノは辰也をここで手術する。他の者は、武器を装備し、2号車と3号車に分乗してすぐに出発！」

「おう！」

浩志の命令に男たちは、野太い声で呼応した。

「マリアノ、4号車は残しておく。俺たちが戻らなかったら、引き返せ」

浩志はマリアノと辰也を交互に見て言った。

「ついてねえなあ」

辰也が鋭い舌打ちをした。

「おまえの不運は、今にはじまったことじゃないだろう」

苦笑いをした浩志は、エルフに向かった。

「待ってください。藤堂さん、残すのなら2号車にしてください。4号車のハイラックスの方が足回りはいいですから。戦闘を優先してください」

辰也に気を遣ったわけではなく、単純に収容人員が多いため、荷台が大きいエルフを選んだのだ。

「分かった」

浩志は、ハイラックスの助手席に乗り込んだ。

2

午前十一時十分。

浩志らが乗ったハイラックスは、時速四十キロで西南西を目指している。

先頭車はハンドルを加藤が握り、助手席に浩志が座っている。荷台には宮坂と田中、それに柊真とセルジオが乗っていた。後続のハイエースには、ワットと村瀬、鮫沼の他にフェルナンドとマットも乗り込んでいる。

「停めてくれ」

スマートフォンで地図を見ていた浩志は右手を軽く上げた。友恵からさきほど破壊したドローンの出現場所の座標を貰っている。その二キロ手前に車を停めたのだ。敵は襲撃を予測して待ち構えている可能性があった。これ以上近付けば、狙撃される危険性があるのだ。

「偵察に行ってきましょうか？」

加藤が遠慮がちに尋ねてきた。いつもなら、すでに飛び出しているはずだが、今回は慎重である。

「ブリーフィングをする」

首を振った浩志は無線で呼びかけて車を降りると、ハイラックスの後部に立った。

「俺も打ち合わせをした方がいいと思っていた」

ハイエースから降りてきたワットが神妙な顔をしている。

「ここまで来て、二つの作戦のどちらにするか迷っている。一つは、斥候を出して偵察し、夜まで待機することだ。もう一つは、迫撃砲で徹底的に叩いてから攻撃する、そのどちらかだろう」

浩志は正直に言った。直前まで作戦を迷うのははじめてのことである。だが、迷っているようでは作戦は失敗するだろうし、仲間の士気も落ちる。迫撃砲は使わないつもりで積載してあるエルフを残してきた。辰也にハイラックスを勧められた時点では、必要はないと判断したのだ。だが、ここに来て迷いが生じた。

「俺は二つ目の作戦を提案しようと思っていた。何が出てくるか分からない。銃撃戦になる前に敵を叩いた方がいい」

ワットは自信ありげに言った。彼の場合、空爆支援を受けて作戦行動を取る米軍の行動規範に基づいているのだろう。味方の人的被害は少なくできるが、今回の任務に妥当かといえば、疑問である。

「それでは、灰色狼とクロノスの関係を解く鍵も失う可能性も出てくるだろう。灰色狼を殲滅できるが、任務が完了したとは言えない」

浩志は小さく首を振った。仲間の安全を図るのなら迫撃砲を使うのがベターだ。だが、敵を逃す可能性もある。

「それは正論だ。しかし敵の基地を偵察するのは構わないが、どこで待機するんだ。荒野に身を隠す場所はないぞ。しかも、これまで進んできたルートを外れたら、対戦車地雷の餌食になる可能性がある。すぐに逃げ帰るのか、このまま進むかのどちらかだぞ」

ワットは腕組みをして言った。

「進むって、正面攻撃でもするのか？」

宮坂が肩を竦めた。

「だから迫撃砲なのだ」

ワットは不満げに答えた。

「提案していいですか？」

仲間の後ろに立っていた柊真が手を上げた。

「聞こう」

浩志は頷(うなず)いた。

「私のチームに行かせてください」

柊真は答えた。

「いきなり、潜入するつもりか？」

宮坂は首を捻(ひね)った。

「ＧＣＰでは少人数のチームが敵地に潜入し、本隊が侵入できるように情報を収集します。必要と判断したら、攻撃も行います。少人数で行動した方が、敵の警戒網をすり抜けられます」

柊真は淡々と言った。

「どこの特殊部隊でも同じだ。だが、敵の情報をある程度、事前に得て綿密に計画したうえでのことだ。現段階で分かっていることは座標だけだぞ。いきなり潜入するのは、自殺行為だろう」

ワットが右手を大きく横に振った。米国の特殊部隊は、現地のＣＩＡなどから得た情報で作戦を計画し、実行する。それが正攻法であり、正規軍の闘い方だ。だが、リベンジャーズのような傭兵特殊部隊は、基本的に孤立無援である。

「斥候はＡチーム、俺と加藤と柊真。そのバックアップにＢチーム、宮坂とセルジオ。他の者は、Ｃチーム、ここで待機。ワット、いつでも出撃できるようにしてくれ」

迷いは吹っ切れた。迫撃砲を手にしている分、邪念が入ったのだ。

「了解！」

「了解です！」

柊真と加藤が同時に返事をした。柊真は仲間に頷いて合図をする。彼は自分のチームのリーダーとして自然に振る舞えるようになったようだ。ワットは反対するかと思ったが、無言で頷いた。浩志の決断を尊重しているのか、あるいは決断を迷っていた浩志に対して不満だったのかもしれない。

「行くぞ」

浩志は予備のマガジンと爆薬を入れたタクティカルバッグを背負うと、Ｍ４を手に歩き出した。

３

午後三時五十五分、市谷傭兵代理店。

スタッフルームの中央モニターに三次元の地形データが表示されている。友恵のパソコンのモニターがミラーリングされているのだ。

「何か分かりましたか？」

池谷が、友恵から少し離れた場所から遠慮がちに尋ねた。仕事に没頭している彼女が背後に立たれたり、近くからものを尋ねられたりするのを極度に嫌うことを知っているからだ。

「ドローンの発射位置の座標を中心に半径百メートルの地形を衛星から計測し、三次元化しました」

友恵は説明すると溜息を吐いた。何か不満に思っているようだ。

「軍事衛星からそんなことができるのですか？」

池谷が中央モニターを見て聞き返した。

「別に軍事衛星じゃなくても、マルチメーター（マイクロ波レーター）搭載の衛星ならできますよ。マルチメーターは複雑な地形の計測には適していませんが、対象エリアは起伏の少ない地形なのでなんとか使えます」

「それで、何か建物らしい物は発見できました？」

池谷は再度尋ねた。

「小さな建物は見つけましたが、敵の本拠地というより寒村のような感じで腑に落ちないのです。……ちょっと、待ってください」

友恵はマウスを使って三次元モデルを九十度回転させた。

「こっ、これは、人工物かね？　それとも砂丘の起伏なのかね？」

池谷は老眼鏡を上にずらして画面を見た。

高さのないドーム状の起伏が二つ並んでいるのだ。

「これは人工の構造物のようです。大きなドームは直径十四メートル、小さい方も八メートルあります。高さがないので、影が出来ないのでしょう。発見され難(にく)いよう設計されているようですね。藤堂さんに連絡します」

友恵はさっそく衛星携帯電話機を手に取った。


午前十一時五十五分。

浩志を先頭に柊真と加藤の三人は、荒地を走っていた。

背中に背負っているタクティカルバッグの中身がカタカタと音を立てる。予備のマガジンの他に迫撃砲の砲弾で作った手製の時限爆弾を各自二発ずつ持っていた。C－17の廃材を使って、辰也と田中が作ったのだ。爆発時間の設定はできないが、安全装置を解除してから五秒後に爆発するので、手榴弾(しゅりゅうだん)のように使うこともできる。

キャンプ・マーマルで米軍の手榴弾M67も調達していた。爆発力は砲弾が上だが、炸裂(さくれつ)時に金属片が均等に飛ぶM67は狭い空間での殺傷力が高い。自ずと使用法は異なるだろう。

三人はドローンが発射されたとされる座標の八百メートル手前まで来ていた。

宮坂とセルジオは浩志らより先に、小高い岩山に向かっている。彼らは砂漠仕様のギリースーツを被(かぶ)っていた。低い姿勢で構えていれば、岩のように見える。ただし、途中で対戦車地雷が埋設されている可能性があるので、慎重に進まなければならないだろう。

――こちらピッカリ、応答願います。

ワットから無線連絡が入った。

「リベンジャーだ。どうした?」

浩志は右拳を上げて柊真らに停止を合図して立ち止まった。柊真と加藤は浩志の前後に立ち、周囲を警戒している。

――モッキンバードから連絡が入った。例の座標に大小二つのドームがあるそうだ。直径十四メートルある大きいドームは高さが三メートル、小さい方は直径八メートルで高さが二メートルあるらしい。

友恵からワットに衛星携帯電話機で連絡が入ったのだろう。浩志は潜入に備えて衛星携帯電話機の電源を切っていた。友恵は偽装基地を見つけたようだ。

「サンキュー」

浩志は無線通話を終えると、再び走り出した。柊真と加藤も無線のモニターをしているので説明はしなかった。

「むっ!」

浩志は六百メートルほど進んだところで、再び立ち止まる。タイヤ痕を追っていたのだが、突然なくなったのだ。加藤の肩を叩き、調べるようにハンドシグナルで前方を示した。

加藤は無言で数メートル進むとタクティカルバッグから小さなペットボトルを出し、中から粉を出して線を引いた。道標（みちしるべ）などに使う石灰（せっかい）の粉を彼は常備している。横に線を引いたということは、立ち入り禁止を意味する。次に左向きの小さな矢印を書き込んで、左に進んだ。これは、浩志らではなく、待機しているワットらのためである。三メートルほど進み、振り返って手を振った。

浩志と柊真は加藤が進んだ通りに歩く。

「あのまま前進していたら地雷を踏んでいたようです」

加藤は右手で近くの地面を指して言った。加藤が石灰でラインを描いた地点から座標の地点まで、不自然な凹凸のある地面が百五十メートルほど続いている。地雷原になっているらしい。敵の拠点が近いだけに対戦車地雷だけでなく対人地雷も埋設してある可能性もある。地雷は分からないように埋設するものだが、砂混じりの風に晒（さら）されて地面に凹凸が生まれるのだろう。

「車で乗り付けていたら、危なかったですね。それに夜間襲撃していたら、たとえ徒歩だとしても危険でした」

柊真は厳しい表情で首を振った。対戦車地雷は人間が踏んでも爆発する。威力がある分、周囲の仲間を巻き添えにする可能性は高い。

「先を急ぐぞ」

浩志はワットに地雷原のことを報告すると、加藤を先頭に浩志、柊真の順で銃を構えながら進んだ。

三人は座標地点に到達した。周囲を小さな岩山に囲まれた三百メートル四方の盆地になっている。しかも、地面ではなく、砂漠のような砂地になっていた。

その中心に緩やかなスロープがあり、二十メートルほど離れたところにも別のスロープがある。友恵の話では、大小二つのドームが南北に並んでいると言っていたが、岩山が邪魔で俯瞰で見ることができないため、ドームと認識できない。うまく偽装したものだ。敵の本拠地は、ドームの下、地下にあるのだろう。

目的の座標は南側にある小さいドームの方で、ドローンはここから発射されたようだ。二つのスロープの間に、日干し煉瓦の二階建ての建物が二つあり、近くに井戸があった。また、二つのスロープの東側に干からびた溜池の跡がある。二メートル近い深さがあるが、池の底はひび割れていた。人気はなく、どこから見ても寒村のようである。

「あの建物がドームへの入り口でしょうか？」

加藤は振り返って尋ねてきた。

「可能性はあるが、近付くのは、簡単じゃないだろうな」

浩志は目を細めて建物を見た。日干し煉瓦の家に見えるが、四方に窓があるので僻地にある家の造りではない。見張りや狙撃に適した造りだ。それに、足元の砂地が気になる。対人地雷が埋め込まれている可能性もある。だがたとえ地雷原でなくても、慎重に進めば狙撃の的になるだけだ。

「こちら、リベンジャー。針の穴、応答せよ」

浩志は無線で宮坂を呼び出した。

——針の穴です。

「配置に就いたか？」

——後一分ほど時間をください。私は北側に、ブレットは反対側に着きますので、ある程度カバーできます。

二人とも狙撃でバックアップできる位置に就けるようだ。ちなみにブレットはセルジオのコードネームである。

——ここから見ると分かるんですが、反対側にも道があるようです。

浩志らは盆地の東側にいるので見えないが、西側に道があるということだ。岩山の谷があるのだろう。

「ピッカリ、応答せよ」

――ピッカリだ。出番か？

ワットの張り切った声が聞こえる。

「これより、侵入する。Ｃチームを座標の二百メートル手前まで進めてくれ」

二百メートルというのは、タイヤ痕のラインが変わる場所である。それにＭ４にせよＡＫ47にせよ、充分な射程距離になる。

――了解。

ワットの返事を聞いた浩志は加藤と柊真に待機させ、一人でスロープを上った。友恵の言う通り、一番高い場所に立つとドーム状になっていることが分かる。試しに拳で表面を叩いてみると、軽い音がした。ドームは金属製ではないが、軽量で強度がある強化プラスチックの類だろう。

銃声。

足元に銃弾が跳ねた。

日干し煉瓦の家から狙撃されたのだ。

浩志は反撃しながらドームを駆け下りた。敵は間断なく銃撃してくる。当たることはないが、かなり低姿勢でも頭上を銃弾が音を立てながら抜けていく。

――こちら針の穴、敵は私の反対側にいます。対処できません。

宮坂からの無線連絡だ。

銃声が止んだ。

——こちら、ブレット。敵は二名、対処しました。

セルジオが狙撃したらしい。

「サンキュー」

浩志は礼を言ったものの、油断なく辺りを見回した。灰色狼の本拠地なら、この程度の抵抗で済むはずがない。

——こちら針の穴、別の建物の二階の窓が開きました。人は確認できません。鳥？　いやドローンです。無数の小さなドローンが窓から飛び出してきました。

「ドローン？　まさか！　ハンドガンを構えろ！」

一瞬首を捻った浩志は眉を吊り上げると、柊真と加藤にハンドガンに持ち替えるように叫んだ。

虫の羽音のような騒音とともに、無数の小型ドローンが飛来してきた。本体は二十センチ四方で厚さは五センチ、六枚のブレードで可動している。回転するブレードも入れれば、全長は六十センチほどあるだろう。

「動き回りながら撃ち落とせ！」

浩志は叫ぶように命じると、ドローンを銃撃した。

「はっ、はい」

　加藤と柊真は戸惑いながらも発砲する。

　ドローンが、先端から煙を吐き出した。

「むっ！」

　右頬に鋭い痛みを覚える。ドローンに銃撃されたのだ。搭載カメラで照準を合わせ、銃弾をミサイルのように発射するのだろう。だが、銃身が短いため、命中精度は低いはずだ。編隊を組んで襲ってきたのは、それをカバーするために違いない。数撃てば当たるというわけだ。

　だが、ドローンは標的として手ごろな大きさで、しかも銃撃する際にホバリングするため狙いやすい。

「うっ！」

　加藤が左肩を押さえて動きを止めた。同時に別のドローンが銃撃し、加藤の右足に命中する。加藤はつんのめるように転がった。

「柊真！　加藤を頼む」

　浩志は頭上のドローンを銃撃しながらタクティカルバッグの中に手を突っ込んだ。

「加藤さん！　しっかり！」

　柊真は加藤の脇に左腕を通して立たせると、抱きかかえるようにして逃走する。

　浩志はタクティカルバッグから砲弾の時限爆弾を取り出し、スロープに置くと走って逃げた。次の瞬間、砲弾が爆発する。

爆発した場所に戻ると、直径九十センチほどの穴が開いていた。予想通り、ドームはボートに使われる素材ＦＲＰ（繊維強化プラスチック）で出来ていたのだ。

「柊真！　こっちだ！　この穴に入れ！」

浩志は大声を張り上げ、柊真らを追っているドローンを狙い撃つ。すでに十機以上撃ち落としたが、まだ二十機以上飛んでいる。

「先に入れ！」

浩志は怒鳴った。執拗に飛び回るドローンに腹を立てているのだ。

「はい！」

柊真は加藤を先に穴に入れ、飛び降りた。その間も、ドローンは浩志らの頭上を飛び回り、銃撃してくる。

浩志は穴の縁に足を掛けた。

目の前にドローンが飛び込んでくる。

浩志は咄嗟に銃を向けて銃撃した。

だが、寸前にドローンは数十センチ降下し、白い煙を吐き出して銃撃してきた。

「くっ！」

脇腹を撃たれた浩志は、足を踏み外した。

4

柊真は気絶している浩志を背負って、暗闇を進んだ。足と肩を撃たれた加藤は、足を引き摺りながら付いてくる。

砲弾爆弾で開いた穴から下の鉄製の床までの高さは、幸運なことに二メートルもなかった。だが、浩志は腹を撃たれて落下し、床で頭を打ったらしく気絶したのだ。

ドームのすぐ下は鉄製の床だったが、その先は坂道になっていた。目が慣れてくるとコンクリートの床ではなく、四メートルほどの幅がある通路になっており、地下に続いていることが分かる。上部の偽装ドームは車両の出入口になっているのだろう。また、ドームは鉄骨で組まれており、中心から左右に割れる仕組みになっているようだ。

再びドローンが六機も追ってきたが、狭い穴から一機ずつ降りてきたのですべて柊真が狙い撃ちした。

「柊真、下ろしてくれ」

浩志が、気が付いたようだ。

「大丈夫ですか？」

柊真は腰を落とすと、浩志は自分の足で立った。

「応援は呼んだか？」

浩志は柊真と加藤の顔を交互に見た。

「私が三分ほど前に要請しました」

加藤が答えた。

「柊真、見張りを頼む。加藤の応急処置をする」

浩志は自分のタクティカルバッグを床に下ろした。予備のマガジンや弾薬だけでなく、救急セットが入っている。

「待ってください。藤堂さんが先です」

苦笑した加藤が自分のタクティカルバッグを床に置いた。

「俺？　……地下にいるのか」

浩志ははっとして周囲を見回し、地上でないことに初めて気が付いた。頭を打ったらしく、記憶が飛んでいるようだ。

「どれだけ気絶していた？」

浩志は二人に問いかけた。

「四分ほどでしょう。それより、ご自分の傷の処置をしてください」

柊真がＭ４を構えながら言った。

「……分かった」

浩志は左脇腹を触り、掌にべっとりと付いた血を見て首を振った。仕方なく立ったまま服をたくし上げる。

「うん？」

気絶する前はグロックを握っていたはずだが、ホルスターにもない。

「預かっていました」

柊真がズボンに差し込んでいたグロックを、浩志のホルスターに差し込んだ。

「サンキュー」

浩志は柊真に軽く頷いた。

「それにしても、ドローンと聞いただけでよく攻撃型と分かりましたね」

柊真は警戒しながら聞いてきた。

「ただの勘だが、監視用ドローンなら二、三台も飛ばせば充分だからだ。以前、近未来のドローンは、ＡＩを搭載して敵を認知して攻撃するという話を聞いたことがある。実際、中国ではアサルトライフルを搭載したドローンが実用化されているそうだ。さっきのドローンは、実用化前の実験機かもしれないな」

「なるほどそう言われれば、藤堂さんたちが撃たれて言うのもなんですが、命中率は悪かったですね。しかし、ＡＩが搭載されているとすれば、人間の動きを学習して精度は上がるでしょうね。恐ろしい兵器ですよ」

柊真は眉間に皺を寄せて頷いた。

「藤堂さん、これは至近距離から撃たれたみたいですね。銃弾は貫通していますよ」

浩志の傷を調べた加藤は自分の救急セットから止血パッドを出し、腹と背中の二箇所に張った。

「内臓は傷ついていないようだな。きつめに縛っておいてくれ」

浩志は息を吐いて確かめた。銃で撃たれたことは、何度もある。経験で分かるのだ。

「そのようですね。ラッキーですよ。私もそうですが、生きていますから」

加藤は幅広の包帯で腹を縛るようにきつく巻くと笑った。

「それもそうだ。交代だ」

浩志も軽い調子で笑うと、加藤を座らせた。

跪いて肩の傷を見ると、銃弾は貫通しているので心配することはない。止血パッドを貼ってテーピングで固定した。次にズボンをハサミでカットし、傷口を見た。太腿の中央に命中しており、弾丸は中に留まっている。だが、出血はたいしたことはない。念のために止血剤を傷口に振りかけて脱脂綿を重ねて包帯を巻き付けた。圧迫した方が、歩けるようになるのだ。

立ち上がった浩志は、加藤の腕を引っ張って立ち上がらせた。

「ありがとうございます」

加藤は足を引きずりながらも状態を確かめ、M4を担いだ。

「さて、行こうか」

息を吐くと、下っ腹に激痛が走る。早くもアドレナリンが切れてきたようだ。

「二人とも、ここでCチームを待っていてください。私がこの先を確かめてきます」

柊真は厳しい表情で言った。

「俺がおまえの立場なら同じことを言うだろう。だが、俺と加藤は普通の兵士じゃない。ましてや、ここにいるのは、危険だ」

浩志はグロックを抜くと、天井に向けて発砲した。

「なっ！」

仰け反った柊真は、天井を見上げた。監視カメラを浩志は撃ったのだ。

「行くぞ」

浩志は呆気に取られている柊真の肩を叩いて歩き始めた。


「まだ、十機は残っているぞ」

ワットが双眼鏡で、小さい方のドームを見つめながらぼやいた。

――分かっています。動くから難しいんですよ。

セルジオが不満げな声を上げた。彼はドームの周辺を飛び回っているドローンを狙撃しているのだ。

Cチームは加藤を介して浩志から応援要請を受けていたが、攻撃型ドローンが多数飛行しているため、ドームの二百メートル手前から動けないでいたのだ。

「面倒だ。突入するぞ！」

ワットが銃を構えると、いきなり走り始めた。

「おお！」

仲間も雄叫(おたけ)びを上げて走り出す。だが、列を乱すことはない。車が通れるラインを外れれば、地雷を踏む可能性があるからだ。

二百メートルを一気に走った男たちにドローンが襲いかかる。

先頭のワットに並んで田中が膝(ひざ)立ちになって銃撃すると、そのすぐ後ろの瀬川、フェルナンド、マットの三人が立ったままドローンを銃撃した。残った村瀬と鮫沼は彼らの背後で銃を構えたまま待機している。幅三メートルほどの空間から全員が銃を撃つことは不可能だからだ。ワットは一人で勝手に飛び出したわけでなく、あらかじめ攻略法を仲間に指示していた。

ドローンはワットらに数発の銃弾を発射したものの、瞬(またた)く間(ま)に撃ち落とされた。

「怪我はないか！」

ワットは振り返って仲間の顔を見ると、すぐに走り出した。倒れているかどうか確認するだけで充分だからだ。

小さい方のドームに辿り着いたワットは、ハンドライトで穴の中を覗き込んだ。

「藤堂さんたちは、いませんね。先に行ってもいいですか?」

瀬川も覗き込むと、振り返った。

「オーケー!」

ワットは瀬川の背中を叩いた。

瀬川が穴に飛び込むと、村瀬らが続く。

「ムーブ! ムーブ! 行け!」

ワットは右手を振り回し、仲間を鼓舞した。

5

午後十二時三十分。M4を構える柊真の後ろを、足を引き摺る加藤が進み、グロックを手にした浩志がしんがりで用心深く歩く。

スロープはカーブしながら地下に続いており、その先に車が二十台ほど停められそうな地下駐車場があった。型の古いハイラックスとダットサントラック、それに一台の軍用トラックが、駐車場の奥に停められている。

「先に進むには勇気がいりますね。とりあえず、左手にあるコンテナの背後から進みますか」

柊真は駐車場に足を踏み入れるのに躊躇した。手前の左側には金属製のコンテナが四つ積まれているが、奥まで続いているわけではない。駐車場の中央は何も置かれていないので、そこを通る際に狙撃される危険性があるのだ。

「何も考えないで、駐車場に入るやつはただの馬鹿だ」

浩志は柊真を下がらせて駐車場に僅かに顔を出し、どうするか考えた。奥に停めてある車の配置からその後ろに七、八人隠れていてもおかしくはない。また、目視できる範囲ではドアは見当たらないので、車の背後に別の出入口がある可能性が高いのだ。

「柊真、車の下に転がしてくれ」

浩志はタクティカルバッグからM67を出すと、柊真に渡した。

「任せてください」

M67を手に取った柊真はプルリングを抜いてセイフティクリップを外すと、トラック目掛けて床に転がした。

M67は勢いよく転がり、三台停めてある真ん中のダットサントラックの真下に入り込んだ。

轟音とともに、トラックが爆発し、同時に二人の男が吹き飛んでコンクリートの床に転がった。彼らはＡＫ47を手にしている。待ち伏せをしていたのだ。

柊真を先頭に浩志と加藤は、コンテナの後ろに回った。途端に車の背後から銃撃された。爆発で生き残ったのではなく、新手の敵が現れたようだ。

「やはり、車の後ろに出入口があるようだな」

舌打ちをした浩志は、グロックで反撃した。

「身動きとれませんね」

柊真も銃撃しながら言った。敵も攻めてこられないが、こちらもコンテナの陰からは抜けられない。

――こちらピッカリ、Ｃチームは、ドームに侵入した。すぐ近くにいるようだが、Ａチームはどうなっている？

ワットからの無線連絡である。爆発音を聞きつけたのだろう。

「スロープの先に駐車場がある。車の陰にいる敵に行手を阻まれて身動きが取れない。外部の建物から潜入してみてくれ。挟み撃ちにできるかもしれない」

浩志は銃撃音で聞きづらいため、耳を押さえながら答えた。

「了解！」

浩志と無線連絡をしたワットは、仲間と来た道を引き返し、ドーム下の鉄製の床まで戻った。

突然足元の鉄板が動き出した。

「どうなっている？」

ワットは慌てて仲間にコンクリート製の通路まで戻るように指示を出した。

鉄製の床が斜めに持ち上がると同時に、天井のドームが開き始める。

――メーデー、メーデー。こちら、針の穴。六台の車列がこちらにやって来ます。

宮坂から緊急連絡が入った。ドームの出入口は遠隔操作で開閉する仕組みになっているようだ。

「まずいぞ。仲間が帰って来たんだ。ここに近付けるな」

ワットは舌打ちをすると、田中と村瀬と鮫沼、それにフェルナンドとマットの四人で車列を待ち伏せするように命じた。

「下の連中を倒すぞ。瀬川、俺と一緒に来い！」

ワットは開いたドームから真横に走り、五メートルほど離れた日干し煉瓦の建物の壁にへばりつくように立った。

「どうして、地雷がないと分かったんだ？」

瀬川が尋ねてきた。ワットが走ったので、瀬川は彼の足跡を踏んで後を追ったのだ。

「地雷？　忘れていた」

ワットは肩を竦めた。

「何！　地雷があったらどうするんだ！」

瀬川が声を裏返らせた。

「冗談だ。表面にうっすらと凹凸（おうとつ）があった。足跡だろう。ドームと日干し煉瓦の側面にはどちらにも突起があり、それを結んだ線上に足跡があったんだ。おそらく歩行可能なラインを示しているのだろう。勘だが、当たってよかったよ」

ワットは瀬川の肩を叩いて笑った。

「笑えないぞ。先に説明してくれ」

瀬川は額（ひたい）に浮いた汗をアフガンストールで拭った。

「仕事は楽しくやらないとな」

ワットは、建物の裏側に回った。鉄製のドアがあったが、施錠されている。

「ここからは、入れそうにないな。瀬川、建物をよじ登って二階から侵入してくれ」

ワットは右手で二階を指した。セルジオが二人の兵士を狙撃したので、二階の窓は開いているはずだ。

「了解」

瀬川はＡＫ47を背中に掛けると、日干し煉瓦の出っ張りに足を掛けて壁をよじ登って二階の窓から侵入した。

「地下に通じる階段がありましたよ」

裏口の鉄製のドアが開き、瀬川が顔を覗かせた。

背後で激しい銃撃音が鳴り響く。

「はじまったか」

舌打ちをしたワットが、建物の陰から覗くと、六台のピックアップトラックからＡＫ47を構えた男たちが続々と降りてくる。五十人以上はいそうだ。

「瀬川、おまえはこの建物の二階から敵を撃て、地下は俺一人で充分だ」

ワットは建物に入るなり、瀬川に命じた。

「了解！」

瀬川は答えると、石造りの階段を駆け上る。

ワットは、Ｍ４の銃口を下に向け、地下に通じる螺旋(らせん)階段を降りて行った。

6

螺旋階段を降りるにつれて銃声は聞こえなくなり、ワットのタクティカルブーツの音だけが響く。

手すりは所々錆(さび)が浮いており、何度も修理した跡が見える。ドームはＦＲＰ製で比較的新しい造りだったが、螺旋階段は数十年の時が経ったかのように経年劣化していた。

ワットはすぐ下の階まで下りた。だが、螺旋階段はさらに下へと続く。とてもイスラム過激派のアジトとは思えない。大国の秘密基地のような構造である。

下の階が気になるが、地下一階の廊下を進んだ。数メートル先に鉄製のドアがある。M4のスリングを肩に掛けて背中に回し、グロックを構えながらドアを開けて中を覗いた。近接戦ならハンドガンの方が有利だからである。

二十平米ほどの小部屋でAK47のマガジンを交換している男と目が合った。二十代後半のアラブ系のアクの強い顔をしている。

「なんだ?」

男はワットがアフガンストールで顔を隠しているので、仲間だと思っているらしい。

「やあ」

ワットは左手を上げて部屋に入り、背中に回していた右手のグロックで男の眉間を撃ち抜いた。

小部屋は武器庫になっていて、壁面の棚にAK47が立てかけてあり、弾薬や予備マガジンもたくさん置かれている。ここで装備を整えるのだろう。反対側にドアがあるので、駐車場はその向こうに違いない。銃撃音が聞こえるので、ドアの近くに車が置いてあるようだ。男は予備のマガジンがなくなったので、取りに来たらしい。

ワットは奥のドアを開けて確認した。三人の男が、車の陰に隠れて駐車場の反対側を銃撃している。

「三人か」

ワットは舌打ちをした。三という数字を軍人は嫌う。一人目の背中を撃ち、驚いて振り返った二人目の男も銃撃できる。だが、すでに振り返っている三人目の男に反撃されるのだ。

ポケットからM67を取り出したワットは、プルリングを抜いてセイフティクリップを親指で弾くと、男たちの足元に転がしてドアを閉めた。これなら問題ない。

轟音。

グロックを構えたワットは、ドアを開けて駐車場を確認する。

「こちら、ピッカリ。リベンジャー、どうぞ」

ワットは無線連絡をした。

――リベンジャーだ。

「敵を片付けた。そっちに行くから、撃つなよ」

――了解。

ワットは浩志の返事を聞くと、死体を跨（また）いで車の陰から出た。

浩志と柊真が金属製のコンテナの陰から出てきた。

遅れて加藤も顔を出したが、腰を下ろしてコンテナにぐったりともたれ掛かった。タフな男でも限界なのだろう。

「大丈夫なのか？」

ワットは加藤の怪我の状況を確かめると、浩志を見て眉を顰(ひそ)めた。浩志の服が真っ赤に染まっているのだ。

「これか？　大丈夫だ。貫通したから風通しがよくなっただけだ」

浩志は笑みを浮かべた。

「無理しやがって」

ワットは舌打ちをし、首を振った。

「二人とも、仲間の応援に行ってくれ」

浩志はワットと柊真に指で天井を指すと、床に座った。力が抜けてきたのだ。

「おまえと加藤は、ここで昼寝でもしていろ。怪我人の出る幕はない。晩飯時に起こしてやる」

ワットはそう言うと、柊真に手招きをした。

「了解」

柊真は頷くと、ワットに従う。

二人は、駐車場の奥にある出入口から螺旋階段を上った。地上にある建物の二階から敵を狙撃するのが有利だからである。

螺旋階段を上り切ったワットと柊真は石の階段を駆け上がり、日干し煉瓦の建物の二階に辿り着く。

「調子はどうだ？」

ワットは、ＡＫ47で銃撃している瀬川に尋ねると彼の横に並び、窓から敵を見た。柊真は離れた窓から既に銃撃を開始している。

六台のピックアップは、溜池を囲むように停められていた。攻撃されたので、防備を固めたようだ。

「何せ敵が多すぎます。十人ほど倒しましたが、まだ四十人以上います。しかも、敵は溜池跡に隠れているので、狙撃が難しいのです」

瀬川は振り返りもせずに答えた。

「味方の人数が少ないが、岩山の上に二人、それに建物二階に三人と狙撃ポイントは圧倒的にこっちの方が有利だ。それに銃と弾薬は腐るほどある。このまま持久戦に持ち込んだら勝てるだろう。やばい！　ＲＰＧ！」

ワットは瀬川を押し倒して、床に伏せた。

後方の壁が爆発した。

ＲＰＧ７のロケット弾が窓から撃ち込まれ、天井近くの壁に直撃したのだ。

「大丈夫ですか！」

　柊真がワットの体を揺さぶる。

「何があった？」

　粉塵に塗れたワットは、頭を振って尋ねた。記憶が飛んでいる。しかも、なぜか青空が見えるのだ。

「RPG7が後方の壁に命中したんです。ただ日干し煉瓦だったために爆発力が外に逃げたのでしょう。命拾いしましたよ。ここは危険です。一旦退避しましょう」

　よく見ると柊真は頭から血を流している。

「おまえこそ大丈夫なのか？」

　後頭部に手をやり、ワットは尋ねた。でかいタンコブができている。日干し煉瓦が当ったのだろう。

「私は大丈夫です。それよりも手を貸してください。瀬川さんが負傷しました」

「何！」

　ワットは起き上がって隣りを見た。

　気絶した瀬川が肩から血を流し、下半身が日干し煉瓦で埋もれている。壁と天井が崩落したようだ。

「しっかりしろ！」

ワットと柊真は、瀬川に声を掛けながら日干し煉瓦を取り除いた。

「ワット、柊真……」

瀬川は目覚めると、二人を見て顔をしかめてみせた。

「右足を骨折しているようですね」

柊真が瀬川の傷の具合を確かめて言った。

「傷の手当ては、ここを離れてからだ」

ワットは瀬川の背中に腕を回し、体を起こそうとした。

轟音！

建物の右半分が吹き飛んだ。またロケット弾が撃ち込まれたのだ。

「おお！」

足元の床が崩れ、ワットは慌てて瀬川の奥襟を掴んで引っ張った。

「瀬川さんは私に任せてください！」

柊真が瀬川を両腕で抱きかかえて声を上げると、階段を下りて行く。

「オーケー！」

ワットは柊真に続いて階段に向かった。

轟音！

一階が爆発し、三人は爆風でなぎ倒された。執拗にロケット弾が撃ち込まれたのだ。

「くそっ！」

立ち上がったワットは、鋭い舌打ちをした。螺旋階段が瓦礫に埋もれているのだ。

「反対側に逃げましょう」

柊真は瀬川を抱きかかえ、足をふらつかせながらも壁が崩れて出来た穴を潜った。

——こちら爆弾グマ。……誰か応答してくれ！

辰也からの無線連絡が入った。だが、感度が悪い。爆発で無線機の調子が悪いのかもしれない。

「こちらピッカリ、敵の猛攻に遭っている」

ワットは瓦礫に隠れて答えた。

——よく聞き取れない。……の指示をしてくれ。

「こっちだって聞こえないんだよ！」

ワットは怒鳴るように言った。

空気を切り裂く音の後に、建物の二百メートルほど東が爆発した。

——誤差を教えてくれ。

「えっ！　迫撃砲か！」

ワットは叫ぶように聞き返した。

——さっきからそう言っているだろ！　……との誤差を教えてくれ！

「わっ、分かった。百二十メートル、ショート。北に四十メートル」

——了解！

再び空気を切り裂く音がして、別の場所に砲弾が炸裂した。

「三十メートル、オーバー、南に二十メートル修正」

ワットは、誤差を言った。

二十秒後、砲弾が再び着弾した。

「惜(お)しい！　距離はオッケー。北に十メートル」

——了解！

再び、切り裂き音、砲弾は見事に溜池跡に命中した。

「命中！　命中！　やったぞ！」

ワットは拳を握り締めて雄叫びを上げた。

7

浩志は螺旋階段を一歩一歩降りていた。

右足を先に下ろし、左足で踏ん張ると激痛が走る。そうかと言って、逆にしてもやはり腹部の銃創(じゅうそう)は痛むのだ。

ワットは「駐車場で寝ていろ」と言っていたが、全員が地上で敵と対峙している際に地下に潜んでいる敵に挟み撃ちにされる可能性がある。そのため、浩志は地下の確認を一人でしているのだ。

負傷した加藤は、気丈に振る舞っていたが、彼は限界を超えていた。駐車場で座った途端、気絶するように眠ってしまった。実際、気絶したのかもしれない。そのため、一人で行動しているのだ。

地下二階は、宿泊施設になっていた。二十あった部屋は、すべて四人部屋で荷物は置かれていたが、無人であった。

地下三階は、倉庫と機械室、それに食堂と共有スペースになっていた。機械室を調べて分かったことだが、ポンプや電力装置などほとんどの機械類は型の古い旧ソ連製であった。

最後の十段を下りると、浩志は大きな息を吐いて螺旋階段の上を見上げた。今いる場所は地下四階だが、各階の天井は高く、最後の階段は他の階の二倍の高さがあったので実質的には、地下七階から八階相当ではないか思う。

目の前に円窓がある鋼鉄製のドアがあった。

浩志はグロックを抜いてドアを開ける。

鼻先も見えない暗闇が広がっていた。

しばらく人の気配を探ったが、聞こえるのは自分の息遣いだけである。浩志はポケットからハンドライトを出し、出入口近くの壁を照らした。ロシア語で照明を意味するスヴェートというボタンを押してみる。

天井のライトが点灯した。浩志は銃を四方に向けた。

「なっ！」

両眼を見開き、声を失った。

目の前に巨大なミサイルがあるのだ。その緑色にペイントされた胴体にはR－36という数字が記されている。

R－36は旧ソ連の大陸間弾道ミサイルで、全長三十六・三メートル、発射重量二百十一トンあり、弾頭には核出力七百五十キロトンの核弾頭を十基装備できる。この一発で米国の主要都市を破壊することが可能だ。

浩志はミサイルに近寄り、周囲を見回した。今いる場所はミサイルサイロで、二段式になっているミサイルの二段目にいるらしく、一段目はさらに下にある。見上げると鋼鉄製のシャッターが上がっており、発射前に閉じるのだろう。メンテナンス用の出入口に立っているようだ。

「よく来たな。藤堂」

いきなり背後から声を掛けられた。

浩志は振り返って銃を構える。

「ここだ。こっちに来て椅子に掛けたまえ」

声のする方向に歩いて行くと、出入口の左手にある制御パネルの上にノートパソコンが置かれており、モニターにはサングラスを掛けた髭面の男が映っていた。

「おまえは、ハッキーム・カシムか？」

浩志は制御パネルの前に置かれている椅子に腰を下ろした。

「いかにも、私がハッキーム・カシムだ。君たちの闘いぶりを見させてもらったよ。直接会いたかったが、所用で出かけていてね。すまなかった」

カシムは恭しく頭を下げてみせた。モニターに顔を出すということは、この基地にはいないのは嘘ではないのだろう。

「この基地は、クロノスが運営しているのか？」

浩志は尋ねた。

「その通りだ。かつてはトルクメニスタンもソ連の構成国だった。そのため、極秘にミサイルサイロが造られ、一九八〇年にR－36が配備されたのだ。だが、トルクメニスタンはソ連が崩壊する直前に独立したため、R－36から核弾頭を抜き取られて基地は封鎖された。だが、当時新政権を樹立したニヤゾフ大統領はもちろん、現政権も基地の存在は知らない。ソ連が崩壊する際に、ロシアは核兵器を渡すのを嫌ったため、関係者を暗殺したからだ」

カシムは流暢な英語で話した。

「それをクロノスが、ちゃっかりと使っているというわけか」

浩志は鼻先で笑った。

「まるで横取りしたかのような言い方だが、君は勘違いしている。クロノスを作ったのは、共通の政治思想を持ったロシアと米国の軍人と彼らを支持する財閥だからだ。それから、きみらは勝手にクロノスと呼んでいるが、我々は〝ニュー・ガバメント・ソサエティ〟略して〝NGS〟と名乗っている。クロノスはその基地のコードネームだよ。もっとも、西側の情報機関にクロノスと呼ばれているので、我々も臨機応変にクロノスと名乗ることもある」

カシムは嗄れた声で笑った。

「馬鹿な。ロシアと米国の軍人が協力するものか」

浩志は首を振って笑った。

「言葉を変えようか、ロシアと米国の理想主義者が、国を超えて手を組んだのだ」

「おまえたちは核ミサイルで人類を滅ぼすつもりか？　人類浄化計画じゃなかったのか？」

浩志は眉間に皺を寄せて尋ねた。

「私がこの基地を任された時は、そういう考えもあった。だが、核を使えば人類どころか地球も使い物にならなくなる。だから、核弾頭は抜かれたままになっている」

カシムは肩を竦めた。

「まさか、生物兵器弾頭を使う気か！」

浩志は口調を荒らげた。

「その予定だった。だが、必要はなくなった。まだ、ニュースにもなっていないが、中国が重大なミスを犯し、新型コロナウィルスを自ら国内にばら撒いたそうだ。すぐに世界中に広がるだろう。予測では数億人は死ぬ可能性がある。我々の目標には届かないが、ある程度、選別的に人口は減らせるだろう」

「ふざけるな！　何が選別的だ！　医療を受けられない多数の貧困層と高齢者がウィルスで死亡するだろう。おまえたちは何様のつもりだ！」

浩志は立ち上がって制御パネルを叩いた。

「怒るのは筋違いだ。命の選択をするのはウィルスで、我々ではない。しかも、ウィルスをばら撒いたのは中国だ。この件に関して、我々は関与していない。それにNGSは、核に反対している。そういう意味では平和的な団体なのだ」

カシムはゆっくりと首を振った。口調が落ちついているだけに腹立たしい。

「おまえだけは、生かしておけない！」

浩志はモニターのカシムに拳を見せた。

「私は五十人の部下を差し向けた。死ぬのはおまえたちだ」

カシムは大きな声で笑った。

「それは難しいんじゃないのか?」

ワットの声である。

振り返ると、ワットが柊真とともに出入口ドアから入ってきた。

「片付いたか?」

浩志はさりげなく尋ねた。

「もちろんだ。捕虜が十八人、そのうち負傷者は十四人。後は全員死亡だ」

ワットはドア口で立ち止まると低声で答えた。

「最悪の事態も想定していたが、現実になるとはな。仕方がない。最後の手段をとらせてもらおう。君らの生存確率は極めてゼロに近い。だが、もし、生き延びるようなことがあれば、酒でも酌み交わそう」

画面が暗転して消えると同時に、制御パネルのモニターにカウントダウンが表示される。百二十秒から始まった。

「どういうことだ。何のカウントダウンだ?」

ワットは首を捻った。すると、女性の機械音声が場内に流れた。

「ロシア語でよく分かりませんが、エマージェンシーの意味ですよ」

成り行きを見守っていた柊真が言った。

「大変だ。自爆装置が働いていると警告している」

ワットが右手で頭を押さえながら制御パネルを見た。

「なんとかなりそうか？」

浩志も他の制御パネルのモニターを見たが、分かるのは、ロシア語の警告文がモニターに点滅していることだけだ。

「ロシア語なら、任せろ」

ワットは制御パネルのキーボードを叩いた。

「だめだ！　プログラムを無効にできない。解除キーの有無を聞いてくる。おそらく英数字を組み合わせたコードだろう」

ワットは両手で頭を抱えた。残り五十秒になっている。

「待ってください。四十年近くも前のシステムですよね。解除キーは言葉通りなんじゃないですか。鍵を差し込むんですよ。モニターの横にある鍵穴のことじゃないですか？　だが、鍵はどこだ？」

柊真は制御パネルの下を探し始めた。彼の言うようにモニターのすぐ右隣りに鍵穴がある。その上に赤いランプと緑のランプがあり、赤いランプが点灯していた。

「とりあえず、『解除キーはありますか？』にイエスだ」

ワットは「ダー」と「ニェット」という選択画面で「ダーなら赤いボタン」と記されていたので、モニターの下にある赤いボタンを押した。現代と違ってタッチパネルではないのだ。

「何！　十秒以内に解除キーを入れないと最終段階に入るって！　ちくしょう！」

ワットは制御パネルを蹴った。

「待てよ」

鍵穴を見ていた浩志は、首に掛けてある鎖を引っ張って鍵を出した。誠治の話では旧ソ連の暗号解読機を破壊する鍵に似ていると言われていた物だ。

「残り六秒だ！」

ワットが叫んだ。

浩志は鎖を引き千切ると、鍵を差し込んで回した。鍵穴の赤いランプが消え、緑のランプが点灯する。

「驚かせるな。解除キーを持っているのなら、最初から言ってくれよ」

ワットは残り二秒でカウントが止まったモニターを叩くと、その場に尻餅（しりもち）をつくように腰を落とした。

「寿命が縮まりましたよ」

柊真は額の汗を手の甲で拭った。

「一番驚いたのは、俺だ」

浩志は大きな安堵の溜息を吐き出し、近くの椅子に座り込んだ。

8

トルクメニスタン首都アシガバート、午後十時。

一八一八年、ロシア人がアシハバードという小さな町を作ったのが、はじまりである。そのため、西洋建築も多く、中央アジアというよりもロシアの地方都市といった風情があった。

ハイエースが、街の中心部を走るガルキニシュ通りを西に向かっている。

ハンドルをマットが握り、助手席に柊真が座っている。後部座席にワットとセルジオ、それにフェルナンドの姿もあった。彼らは戦闘で汚れた服を着替えて、こざっぱりとしている。

浩志や瀬川などの負傷者はマリアノが手術をし、灰色狼の基地で休んでいる。他の仲間は基地の警戒に当たっていた。

ワットは柊真のチームを率いて基地から六時間掛けてやって来たのだ。

「次の交差点の手前にある駐車場だ」

柊真はスマートフォンの地図を見ながら指示をした。

「了解」

マットはガルキニシュ・スクエアの手前にあるホテル・NISSAの駐車場に車を入れた。

ワットと柊真は、車から降りるとホテルのエントランスに向かう。セルジオとフェルナンドは、なぜかホテルの裏口に回った。

気温は十八度ほどで、湿度も低くて過ごしやすい。

「さすがに大統領府が近くにあるだけに綺麗な街並みだな」

エントランスに入る前に、ワットは周囲を見渡して言った。

ラウンドアバウトになっているガルキュニシュ・スクエアを中心に州立大学や大統領官邸をはじめとした政府機関がある官庁街である。住宅街ではないため、この時間は静まり返っていた。

大理石のエントランスは吹き抜けになっており、昔ながらの大きな丸いソファーが中央に置かれている。フロントはその奥にあった。

「予約をしておいたオースティン・ウィリアムズだ」

ワットは傭兵代理店で発行してもらった偽造パスポートをフロント係に見せた。

「伺っております。お連れの方は、どうされますか？」

フロント係は柊真をちらりと見て尋ねた。

「彼は他のホテルに泊まるから気にしないでくれ」

ワットは宿泊カードにサインをしながら答えた。

「お荷物は？」

フロント係は手ぶらのワットを怪しんでいるようだ。

「空港で荷物を紛失したんだ。発見されたらこのホテルに届けるように頼んである。とりあえず一泊するよ」

ワットは苦笑すると、クレジットカードを渡した。

「それは、それは。発見されるといいですね。四階の四〇一二号室です」

フロント係はワットのクレジットカードをリーダーに掛けて一泊分の料金を精算すると、部屋の鍵と一緒に返してきた。

「それでは、ごゆっくり」

「ありがとう」

ワットは笑顔で鍵とカードを受け取り、エレベーターに乗った。

「今日は、祝杯を上げなきゃな」

ワットは陽気に言った。

「さあ、どうでしょうか」

柊真は適当に返事をした。

「おまえの悪いところは、浩志と似て面白くないところだ」

ワットはふんと鼻息を漏らし、エレベーターを六階で下りた。

セルジオとフェルナンドが廊下に立っている。彼らは裏口から侵入していたのだ。

「ご苦労さん」

ワットが声を掛けると、セルジオが部屋の鍵を渡してきた。

「見張りを始末し、そいつから鍵を奪いました」

セルジオがさりげなく答えた。

「部屋には俺一人で入る。念のためにホテルの出入口を固めておいてくれ」

ワットは隠し持っていたグロック17Cを右手に握った。

「いいんですか？」

柊真は数メートル先にある六〇二四号室のドアを見て言った。

「頼む」

ワットは柊真の肩に右手を乗せて言った。

「分かりました。ただし、私は廊下で見張ります」

小さく頷いた柊真は、仲間に一階の出入口を監視するように命じた。

「すまんな」

ワットは真剣な表情になり、六〇二四号室の前に立った。左手で鍵を持ったが、首を振るとドアをノックした。

ドアが開けられ、髭面の男が顔を覗かせた。ハッキーム・カシムである。

「意外と早かったな。入れ」

カシムはドアを開けたまま部屋の奥に歩いて行く。

部屋は寝室の他にリビングルームもある豪華な造りになっている。

ワットは無言で部屋に入ると、グロックを構えて洗面所や寝室を調べた。

「私一人だ。グロックは仕舞え。私の部下は殺したのか？」

カシムはカウンターの上にグラスを二つ用意し、スコッチウイスキーのボウモア十八年ものを注ぐ。

「眠らせただけだ」

ワットはベッドの下も見ながら答えた。

「こっちに来て、座ってくれ」

カシムはリビングのソファーをワットに勧め、テーブルにウイスキーで満たされたグラスを載せた。

ワットはソファーに座ると、グロックをグラスの横に置いた。

「自爆装置を解除したのは、おまえか？」

カシムはソファーに足を組んで座り、ウィスキーを飲みながら親しげに尋ねた。

「俺じゃない」

ワットはむっつりとした表情で答えた。

「やはり、藤堂か。噂(うわさ)通りの凄腕(すごうで)だな。リベンジャー、コードネームもいい」

カシムは笑った。

「どうして、居場所を教えたのだ？」

ワットはグラスを手に取ると、ウィスキーを流し込むように飲んだ。

自爆装置を解除した後、ワットは仲間と基地をくまなく捜索し、制御室の隣りにある小部屋を見つけた。立派な机に本棚があり、明らかに兵士の部屋とは違う雰囲気の部屋であった。そこでワットは、ナイフが突き刺さった机の上のメモ書きを発見した。

〝H November India Sierra Sierra Alfa〟と記載されたメモを見たワットは、ＮＡＴＯのフォネティックコードが使われているとすぐ分かった。頭文字を取れば、ＮＩＳＳＡになる。しかもフォネティックコードのＨは、ホテルと表記するため、ホテル・ＮＩＳＳＡとなるのだ。

「あれで、私だと分かってくれたか」

カシムは感慨深げに言った。

「顔はずいぶんと変わったが、声で分かった。それに、俺たちはナイフのグリップに数字を入れて識別していたからな」

　ワットは小型のタクティカルナイフをポケットから出してテーブルに載せた。米軍の特殊部隊で使われるニムラバスのシースナイフである。ブラックアノダイズドコーティングがされて耐久性が高めてある特殊部隊隊員の必需品だ。

「私の識別番号を覚えていたのか」

　カシムは嬉しそうに言った。

「ジム、ネディナが死んだことを知っているのか？」

　ワットは険しい表情で尋ねた。目の前の男は、十年前にアフガニスタンで行方不明になったジム・クイゼンベリーであった。ネディナは彼の妻である。

「……知っている。しかも組織に口封じされたこともな。私は、試されたのだ。家内を殺されても忠誠心に変わりはないと」

　クイゼンベリーは眉間に皺を寄せ、ウィスキーを呷った。

「どうして、クロノス、いやＮＧＳに入ったんだ？」

「私はアフガンから帰って、ＰＴＳＤ（心的外傷後ストレス障害）と診断されて苦しんでいた。そんな時、基地のカウンセラーに勧誘されたんだ。世界中に紛争が絶えないのは、人口が多すぎて資源を奪い合うからだと言われたよ。人口が今の十分の一に減れば、誰しも幸せに暮らせるというＮＧＳの教えに我々は惹(ひ)かれた。そして、ＮＧＳが計画した砂漠のバッタ作戦で、我々は再びアフガンに戻り、正式にＮＧＳに入会したのだ」

　クイゼンベリーは、遠い目をして語った。

「おまえがＰＴＳＤというのは、初耳だ。それにわざわざアフガンまで行った理由は、なんだ？」

「基地の精神科医もカウンセラーもクロノスのエージェントだったからだ。アフガンに行ったのは、行方不明になっても不自然でないからで、事実、おまえも疑わなかっただろう？　もっとも、私は灰色狼のハッキーム・カシムとして北アフガンの統治を任されることになったがな」

　クイゼンベリーは肩を竦めてみせた。

「アフガンに入ろうとした俺たちを執拗に殺そうとしたのは、秘密が暴(あば)かれるのを恐れたからか？」

　ワットはクイゼンベリーとの十年にも及ぶ歳月の溝を埋めるべく次々と質問をした。

「命令されたのだ。家内が死んでから私の忠誠心に曇りがあると上層部では思われていたらしい。だからこそ、おまえとリベンジャーズを抹殺(まっさつ)して証明する必要があったのだ」

　クイゼンベリーは空(から)になった自分のグラスにウィスキーを注いだ。

「おまえは最愛の妻を殺されても平気だったのか？　ネディナはおまえのゴルフクラブま

で用意して帰りを待っていたんだぞ」

「らしいな」

クイゼンベリーは天井を見上げて絶句した。

「俺と米国に帰ろう。すべてを話してNGSを壊滅させるんだ。このままでは、ネディナは無駄死にだぞ」

ワットは語りかけるように言った。ネディナの死は、ワットにとってもショックだったのだ。

「うるさい！　おまえが私のことを調べなければ、彼女が死ぬことはなかったのだ！」

クイゼンベリーは懐からグロックを出し、ワットに銃口を向けた。

「止めるんだ、ジム。俺はおまえを決して撃たない。銃を下ろせ」

ワットはテーブルに載せた銃には目もくれず、諭すように言った。

クイゼンベリーはトリガーを引いた。だが、銃弾は発射されない。わざと初弾が装塡されていなかったのか、マガジンが空のどちらかだろう。

「銃を取れ！　撃つぞ！」

両眼を血走らせたクイゼンベリーは、ワットの眉間にグロックを突きつけた。

「止めてくれ、ジム」

ワットは怯むことなく、クイゼンベリーをじっと見つめた。

「くそっ！」

クイゼンベリーは、銃口を自分の顎(あご)の下に押し当てて再びトリガーを引いた。

パンッと乾いた音がし、クイゼンベリーは首から血を流して倒れた。

「馬鹿な男だ」

ワットは立ち上がると、自分のグロックをズボンに差し込んだ。クイゼンベリーが居場所を書いたメモを残したのは、ワットらが生き残った場合、殺されることを覚悟していたからだろう。銃を奪うこともできたが、あえて死を選ばせた。クイゼンベリーは妻の死で、ぎりぎりの精神状態だったに違いない。

「大丈夫ですか！」

柊真がグロックを手に、部屋に飛び込んできた。

「終わった。帰ろう」

ワットは肩を落とし、部屋を後にした。

エピローグ

マレーシア、ランカウイ島。六月二十九日午後五時四十分。

浩志は背中に魚の入った蔦で編んだ籠を背負って、島の北部にある小高い丘の上に立っていた。夕日に照らされたアンダマン海の美しさについ足を止めてしまったのだ。タンジュン・ルーに流れ込む入江、そしてその向こうに見えるアンダマン海が見渡せる雄大な光景は見飽きることはない。

トルクメニスタンの灰色狼のアジトでの死闘から二週間近く経っており、腹部の銃創もほぼ治っている。

仲間とは十日前にカブールで解散していた。経験上、銃創は暖かい土地で治すのが一番だと分かっているので、イスタンブール経由で友人である元傭兵の大佐ことマジェール・佐藤の水上ハウスを訪ねたのだ。

何年か前に水上ハウスの近くにある丘の上の小屋で、美香と一緒に一年近くも隠遁生活を送ったことがある。久しぶりに訪れたが、小屋はまだ健在だったので、三日前から大佐の家ではなく、小屋で療養生活を送っていた。しばらく無人だったが、大佐がメンテナンスをしていたらしく、快適に過ごせている。

浩志は坂道を上り、小屋に戻った。小屋といっても、十六畳のリビングキッチンに十畳のベッドルームに三畳の納戸、それに崖の上に設置された十八平米もあるサンデッキがあり、別荘と言っても過言ではない造りになっている。

「……！」

右眉を吊り上げた浩志は、背負っていた蔦の籠を音を立てないように下ろした。小屋の奥で物音がするのだ。出入口に置いてある籐の籠の下に隠してあるグロック17Cを握った。

「あらっ。お帰りなさい」

寝室からブルーのサンドレスを着た美香が出てきた。

「あれっ。明日じゃなかったっけ」

浩志はグロックを背中に隠して尋ねた。美香は仕事の都合で明日から合流することになっていたはずだ。

「私は優秀でしょう。だから仕事をさっさと済ませて一日早く到着したの」

美香は近付いてくると浩志の頰にキスをし、右手で背中のグロックをさりげなく抜き取った。

「そっ、そうなんだ」

銃を奪われた浩志は、苦笑するほかない。

「漁に出ていたの？」

美香はグロックを籐の籠の下に戻すと、蔦の籠の中身を見た。銃の隠し場所も知っていたようだ。さすがというか、一流の諜報員だけに隠し事はできない。

「フエダイにハタ、いいわね。お刺身とフライにする？」

美香は早くもキッチンに魚を持って行く。彼女は料理の腕も一流である。彼女に任せれば、レストランに行く必要もない。

「まだ、晩飯には早いから、デッキでビールを飲みながら夕日を見ないか？」

漁をしてきたので、シャワーを浴びてビールを飲みたかった。

「賛成！　ワインも出しちゃお」

美香は笑顔で冷蔵庫から缶ビールを出し、ワインとグラスは浩志が用意する。

二人は寝室を抜けてサンデッキに出た。

「綺麗！」

美香がデッキの端に立ち、感嘆の声を上げる。

浩志は木製のテーブルにグラスとワインのボトルを置き、赤く染まった海を見た。つい最近まで砂漠で闘っていたことが嘘のようである。

　ハッキーム・カシムことジム・クイゼンベリーの言葉が気になっていた。中国がミスを犯して新型コロナを自国にばらまいたというのだ。中国の軍情報部に所属する梁羽から、中央統一戦線工作部がカナダから細菌を盗み出したことを聞いている。それだけにクイゼンベリーの言葉が現実味を帯びていた。本当に新型コロナが世界中に広まるようなことがあれば、世界は一変するだろう。

「何を難しい顔をしているの？」

　振り返った美香が睨んでいた。

「なんでもない。乾杯！」

　浩志は缶ビールのプルトップを開け、夕日に翳すように掲げた。

この作品はフィクションであり、登場する人物および
団体はすべて実在するものといっさい関係ありません。

怒濤の砂漠

一〇〇字書評

切り取り線

購買動機（新聞、雑誌名を記入するか、あるいは○をつけてください）

□（　　　　　　　　　　　　　　）の広告を見て
□（　　　　　　　　　　　　　　）の書評を見て
□ 知人のすすめで　　　　□ タイトルに惹かれて
□ カバーが良かったから　□ 内容が面白そうだから
□ 好きな作家だから　　　□ 好きな分野の本だから

・最近、最も感銘を受けた作品名をお書き下さい

・あなたのお好きな作家名をお書き下さい

・その他、ご要望がありましたらお書き下さい

住所	〒				
氏名		職業		年齢	
Eメール	※携帯には配信できません		新刊情報等のメール配信を 希望する・しない		

この本の感想を、編集部までお寄せいただけたらありがたく存じます。今後の企画の参考にさせていただきます。Eメールでも結構です。

いただいた「一〇〇字書評」は、新聞・雑誌等に紹介させていただくことがあります。その場合はお礼として特製図書カードを差し上げます。

前ページの原稿用紙に書評をお書きの上、切り取り、左記までお送り下さい。宛先の住所は不要です。

なお、ご記入いただいたお名前、ご住所等は、書評紹介の事前了解、謝礼のお届けのためだけに利用し、そのほかの目的のために利用することはありません。

〒一〇一－八七〇一
祥伝社文庫編集長　坂口芳和
電話　〇三（三二六五）二〇八〇

祥伝社ホームページの「ブックレビュー」からも、書き込めます。
www.shodensha.co.jp/bookreview

祥伝社文庫

怒濤（どとう）の砂漠（さばく）　傭兵代理店（ようへいだいりてん）・改（かい）

令和 2 年 11 月 20 日　初版第 1 刷発行

著　者　渡辺裕之（わたなべひろゆき）
発行者　辻　浩明
発行所　祥伝社（しょうでんしゃ）
東京都千代田区神田神保町 3-3
〒 101-8701
電話　03（3265）2081（販売部）
電話　03（3265）2080（編集部）
電話　03（3265）3622（業務部）
www.shodensha.co.jp

印刷所　萩原印刷
製本所　積信堂
カバーフォーマットデザイン　芥 陽子

本書の無断複写は著作権法上での例外を除き禁じられています。また、代行業者など購入者以外の第三者による電子データ化及び電子書籍化は、たとえ個人や家庭内での利用でも著作権法違反です。
造本には十分注意しておりますが、万一、落丁・乱丁などの不良品がありましたら、「業務部」あてにお送り下さい。送料小社負担にてお取り替えいたします。ただし、古書店で購入されたものについてはお取り替え出来ません。

Printed in Japan ©2020, Hiroyuki Watanabe　ISBN978-4-396-34685-0 C0193

〈祥伝社文庫　今月の新刊〉

渡辺裕之
怒濤の砂漠 傭兵代理店・改
米軍極秘作戦の捜査のため、男たちはアフガンへ。移動途中、軍用機に異常事態が……。

新堂冬樹
痴漢冤罪
「この人、痴漢です！」手を摑まれたら〝人生終了〟!?　恫喝飛び交う戦慄のサスペンス。

南　英男
警視庁武装捜査班
火器ぶっぱなし放題！　天下御免の暴力捜査。犯人逮捕のためならなんでもあり！

大下英治
高倉健の背中
監督・降旗康男に遺した男の立ち姿
高倉健演じる主人公は、なぜ台詞が少ない？舞台裏や逸話とともに、二人の軌跡を辿る。

向谷匡史
任俠駆け込み寺
つらいときには御仏にすがればいい。アツい坊主が世知辛い事件や悩みを一刀両断！

五十嵐佳子
結びの甘芋 読売屋お吉甘味帖
子育てや商い、自らの役目を終えながらも誰かのために働く女性達を描く。傑作時代小説。

尾崎　章
竹馬の契り 替え玉屋　慎三
奇手奇策、剣と騙りで無体な役人を撃退できるか。〝替え玉屋〟一味が因縁の敵を追う！

辻堂　魁
女房を娶らば 花川戸町自身番日記
愚かと言われても、夫を想う気持ちは一所懸命――。三者三様の夫婦の絆を描く。